U0942020

来临之日 ㊤

欧阳乾◎著

江苏凤凰文艺出版社
JIANGSU PHOENIX LITERATURE AND
ART PUBLISHING LTD

目 录

楔　子

西汉，元帝永光元年，确切地说，是公元前43年的某一天，一支零散的匈奴骑兵小队艰难地行进在西伯利亚的冰原之上。

他们已经在这里跋涉了五天，身上所携带的干粮也已经耗尽，而在这片冰寒的地带上，根本没有猎物可打。风雪越来越肆虐，几乎像刀子一样钻透他们赖以御寒的羊皮衣物，胯下马匹的脖颈上也已经结了一层厚厚的冻霜。

骑兵的小队长木阿朵不止一次动过勒马返程的念头，但匈奴正值崛起之时，军令森严，如果他们抓不到逃脱的俘虏，回去以后都要被处死。但如果抓到了，木阿朵将荣升为百夫长，这个头衔足以光耀他的部族。

在这种信念的驱使下，木阿朵带领着骑兵小队不断深入冰原腹地，直到进入了“纳呼查”。“纳呼查”在匈奴语里的意思是“死亡禁区”，这里寒风肆虐，冰封万里，是一片久永性冻土地带，进入其中便意味着死亡。木阿朵有些不相信，他们一直追踪的那个汉人俘虏，竟然拖着他们走了那么远的路程。

那个汉人俘虏是他们在与中原的一次小规模战役中俘获的，并且已经被赐予了单于的女儿做奴隶。拥有一个汉人身份的奴隶，是身为皇族的象征。但没想到，那个汉人俘虏竟然趁看守他的警卫松懈，从俘虏营里逃了出去。为了与中原交战，他们在南部设有流动的军事封锁线，那个汉人俘虏为了逃生，一路北上。

木阿朵之前见过那个汉人俘虏一次，由于语言不通，并不知道他叫什么名字，只知道别人都叫他翎羽。翎羽在逃脱之后，单于很生气，看守翎羽的两名警卫被处以死刑，然后将翎羽追回的任务就落在了木阿朵的身上。对于匈奴人来说，这不仅是一个俘虏的问题，而是关系到了整个部族的荣誉。

匈奴人是天生的追踪高手，木阿朵带领一支七人组成的骑兵队，循着翎羽的踪迹一直追踪到了他们从未踏足过的西伯利亚腹地。翎羽所展现出来的强大的求生意志不止一次让木阿朵感到惊叹，他无法想象一个没有补给、没有马匹，甚至连御寒的衣物都没有的人，怎么能在冰原上长途奔袭这么多天。他断定，翎羽已经到了人类所能够达到的极限。

木阿朵估计得没错，衣衫褴褛的翎羽正处于死亡的边缘。他已经连续数天没有进食，身上全是冻伤，脚下的鞋子早就磨破扔掉了，只草草地用碎布包裹了起来。那些碎布已经和他脚底的冻疮冻在了一起，每走一步都感到钻心的疼。到后来，连这种疼痛感都消失了，两条腿像是木头一样，只是凭着本能摆动。

翎羽终于支撑不下去了，一头栽倒在了雪地上。他已经到了身体的极限，活着比死了更难受。他知道追兵将至，甚至能听到从风雪里传来的马铃声。就这样吧，他在心里放弃了抵抗，静静地趴在地上一动不动。

温热的呵气融化了他面前的雪，处在恍惚状态的翎羽好像看到下面闪过一抹亮色。他扒开面前的雪，看到雪层下面是透明的冰层，冰层里埋着一块巨大的菱形冰晶，他刚才看到的那一抹亮色，就是冰晶上的淡红色暗纹。那暗纹像是烙印在上面一样，如同锁链一样缠绕着整块冰晶。而在冰晶中心处，又有了一枚指甲般大小的淡蓝色冰珠。

正讶异间，翎羽身体周边的雪忽然被一股莫名的力量荡开了，这股力量像一条大蟒般绕着他的身体徘徊一圈，又猛地钻入了他的体内。翎羽的整个身体都弓了起来，全身的骨骼都因为剧烈的挤压而咔咔作响。在那一瞬间，他仿佛穿过了冰原，穿过了整个西伯利亚，穿过了深邃的浩瀚星河，直至看到了广袤宇宙的无限边缘。

风雪忽然狂暴了起来。木阿朵率队驱驰，隐隐约约看到一个人影，他唿哨了一声，抽出马刀，向那人影驰去。终于追到了，木阿朵心里不由得一阵轻松，只需要斩下俘虏的首级交回去，他就算完成了任务。

那人影非但不跑，相反却朝着木阿朵冲了过来。电光石火般错身而过后，木阿朵忽然发现自己的身体轻飘飘的，景物在他的视野里颠倒了过来。他脑中掠过了最后一个念头：原来自己的首级在别人的手里。

一只体格硕大、毛发丛生、模样如狼人一般的生物拎着木阿朵的脑袋出现在了其他匈奴骑兵的面前。这些骑兵大惊失色，他们胯下的马匹出于恐惧的本能，纷纷往后退了两步。“狼人”一声狂啸，如同裂帛，震人心肺。

西伯利亚的风雪里，多了一丝血腥的味道。

第一章　上古遗骸

2037年，郊外，一处废弃的仓库里。

北风骤起，天气阴沉沉的，仿佛要下雨的样子。比这天气更阴沉的，是弥漫在仓库里紧张的气氛。两拨人一共有三十来个，分立两旁，剑拔弩张地对峙着。他们手里都抄着家伙，有砍刀、锁链、管叉之类，其中一个光头文身的汉子揣着裤兜，里面鼓鼓囊囊的，懂行的人一眼就能看出来里面藏着一把手枪。

两派的老大就坐在中间，围着一张破桌子，皮笑肉不笑地寒暄着。

“邱哥，你们‘刀枪炮’现在真是名声在外啊，尤其是在长沙做的那一单，把‘湘淮三虎’全都砍废了，现在外面道上混的，谁不知道你邱大军的名号啊？”一个留着摇滚歌手般长发的后生一边说着，一边递过去了根烟。

一头短寸青皮的邱大军歪头点上香烟，深吸一口，徐徐吐出了一道烟柱：“嗨，挣口饭吃，都不容易。麻三，你现在混得也不错嘛，看看你这手下，一个个精神得。”

麻三嘿嘿一笑，露出后牙槽上的一颗金牙：“邱哥，你是混到口饭吃了，也不能把兄弟们都逼得没饭吃啊。”

“这话怎么说的？”邱大军歪着头，斜睨着他。

“非要挑明了说吗？要挑明了，恐怕连兄弟都没得做。”

邱大军皮笑肉不笑：“谁跟你是兄弟。”

站在麻三后面的一个小弟忍不住骂道：“姓邱的，不就仗着你那点儿关系吗？找了个保护伞，还以为谁都怕你了！信不信今天就在这废了你！”

“都给我消停点儿！”麻三转头怒喝了一声，接着又换了一副面孔对邱大军道，“邱哥，底下的小弟不懂事，你别见怪。”

“小弟不懂事，当老大的也不懂事？”邱大军冷笑一声，“麻三，把我约到这里来，荒郊野外的，你想干什么？”

“嗨，这不图个说话方便吗？邱哥，我就明说了，华旗的场子一直是我们罩着的，现在一点儿知会也没有就被‘刀枪炮’给吃了，这不合道上规矩吧？”

“规矩？谁定的规矩？规矩就是谁有实力谁说话。”

“邱哥，你要这样，咱就没法谈了。”

“没法谈，那就不谈了！”邱大军一脚踢翻了两人中间的破桌子，冷眼看着他。

这一下如同点燃了导火索，双方人马“哗”地一下摆出了架势，随时准备动手。那个光头文身的汉子眼中闪过一丝阴鸷，裤兜里面的家伙顶了起来，只待老大一声令下，他就开火。

麻三脸上的笑意也消失了，冷冷地看着邱大军。他眯着眼睛，握着的拳头逐渐张开，那是一个信号，一个给手下先发制人的信号。只待他的手掌完全张开，枪声乍起，邱大军的身上就会多出几个血洞。

“咣当”一声，破旧的仓库顶棚上忽然被掀开了一个洞，一个穿着得体、身材健硕的中年男人凭空跳了下来，稳稳地落在了地面上，目光冷峻地扫视着周围的一切。

这突如其来的一幕惊呆了所有人，麻三惊问道：“你是谁？”

“我要找一个人。”男人低沉地说道。

“找个屁啊，你也不看看这是哪儿？”一个小弟过去就推搡他，结果被他一把扼住了咽喉，面皮迅速由青发紫，眼看就不行了。男人眼中精光暴涨，须发皆张，两颗尖锐的犬齿显露了出来：“是不是只有变成死人，你们才会安静地回答问题？”

这模样吓住了麻三，他大叫道：“开枪！开枪！”

“砰！砰！”光头文身的汉子掏出枪连开两发，男人在空中信手一抓，接着慢慢摊开了手掌，在缕缕白烟中，摊开掌心里赫然是两枚已经变形的弹头。这一下让所有人瞠目结舌，要知道这五四式手枪贯穿力极大，威力极强，是黑道分子的最爱，称之为“大黑星”，在距离不超过二十米的情况下，穿透防弹衣没有任何压力。而如今这男人只是信手一抓，竟然就把弹头握在了手心里，到底是人是鬼？

麻三和邱大军几乎同时发出了指令：“砍死他！”

三分钟后，仓库里安静了下来，只有人微弱、痛苦的呻吟声，地上和墙壁上都是喷溅的血渍和散乱的残躯。麻三的脑袋早已经和身体分了家，挂在一根从顶棚垂下来的钩子上，大睁着眼睛。男人在邱大军的面前蹲了下来，帮他把小腹处流出来的肠子塞回去，面无表情地说：“回答我的问题，我帮你叫救护车，十分钟内赶来的话，你还有救。”

“你问……”邱大军虚弱且惊恐地答道，早已经没了当初飞扬跋扈的样子。

“林宇风，听过这个名字吗？”

“听过……”

“他是不是‘刀枪炮’的人？”

“是……”

“他是哪个？”男人转过头去，打量地上那些残躯的躯体。

“他……他不在这儿。我们在长沙做的案子栽了，上头管我们要人，林宇风抽到了黑签，出去顶罪……”

“什么时候的事情？”

“两年多了……”

“他关在哪个监狱？”

“这我真不知道。我不是不怕死，我是真的不知道啊……”邱大军说着，眼泪鼻涕一块儿流了下来。

男人从地上捡起一只手机，拨通120扔在了邱大军的身上，说：“忘了今天看到的一切，不要提起任何关于我的事情，否则，我让你见不到明天的太阳。”

半个月前。

沱沱河当曲段流域出现了罕见的河道淤塞情况，这是自有人类文明记载开始便不曾发生过的事情。进入夏季的后半段，水位应该暴涨才对，这里的水位却在持续下降，突破了历史新低，造成了好几艘南下船只的搁浅。

这个反常的情况让西北水文局当曲水文站的站长宋伟哲十分纳闷，他在这里监测了十几年，从来没有遇到过这么邪门的情况。那天，他带着站里的几名技术骨干赶到了淤塞的河段，却发现镇长带着三十多名年轻后生，光脚蹚在泥水里，正拿着镐把、铁锹等工具在河底挖着。

宋伟哲急得大喊：“老多嘎，你这是干啥呢？”

镇长多嘎宁布从泥水里抬起了头，他是个藏人，五六十岁的年纪，面皮跟胸膛一样都被高原上的太阳晒得通红。他用胳膊抹着头上的汗水，喊道："宋站长，你来得刚好嘛。这河道底下，有东西嘛。"

"有什么东西啊？"宋伟哲叫道，"谁让你们随意破坏河道的？这样是会有大麻烦的！"

"没有麻烦，没有麻烦，这下面有麻烦！"多嘎宁布招手道，"宋站长，你自己下来看嘛。"

宋伟哲不知道他葫芦里卖的什么药，便脱了鞋，一脚跳进了泥泞的河道里。多嘎宁布道："宋站长，你知道水都跑到哪里去了吗？"

"哪去了？"宋伟哲皱着眉头问道。

多嘎宁布朝下指了指，神秘地道："都跑到地下去了嘛。"

"什么？跑到地下去了？"

"可不是嘛，这河道下面出现了一个大家伙，把水全都吸下去了，要命的嘞！宋站长你看一下。"

要在平时，宋伟哲肯定认为这是无稽之谈，可这次情况特殊，再加上多嘎宁布曾经上过区里的电大，在镇上也算是个知识分子，不会没事就信口开河。他将信将疑地走到那群后生正在挖掘的地方，看到河道底下的淤泥已经被清了出来，挖了一个深度约有五六米的漏斗形的深洞。一个后生拄着锹，气喘吁吁地说："宋站长，挖到下面，就再也挖不动了。"

"下面有啥？"

"你看看。"

后生递过来一个手电，宋伟哲打起强光朝下面照去，只见黑漆漆的洞底不见了泥土，取而代之的却是某种坚硬平滑的东西。宋伟哲不由问道："这是什么？"

"我们刚才拿绳子吊着一个小鬼下去看了，他也说不好那玩意儿是什么，只是觉得摸起来好像是……"

“好像是什么？”

“他说，好像是块骨头。”后生嗫嚅着说。

骨头？宋伟哲哑然失笑。这沱沱河成形于三叠纪末期的印支造山运动，少说也有几千万年了，能有什么骨头保存到现在？就算真有骨头，也应该是化石吧。

“你确定是骨头没错？”宋伟哲又追问了一句。

“那小鬼说……是骨头。”后生迟疑着答道。

听到这犹豫但肯定的回答，宋伟哲皱起了眉头。他预感到，事情可能比他想象的更为复杂。

喜马拉雅山脉，卓穷峰。

寒风肆虐地刮着，夹杂着地上的雪花，即使戴着护目镜也觉得天地一片苍白。这样的地理环境最容易让人产生“雪盲”。救援队的几名队员们早已不辨方向，他们能够依赖的只有手中的指南针。

救援队的队长宋伟哲走在最前头，暗自咒骂着这恶劣的鬼天气。他从事救援工作年头也不少了，但还是第一次登到这么高的地方来救人。卓穷峰位于喜马拉雅山脉南侧，海拔高达7589米，地形十分险峻，不仅倾斜度高，还布满了纵横交错的冰裂缝。更要命的是那些裂缝被厚厚的积雪覆盖着，伪装度极强，一脚踏空就会坠落下去。宋伟哲想不通，那些烧了脑壳的登山发烧友们怎么专挑这种要命的地方？

就在两日前，一支来自欧洲国家的业余登山队挑战了卓穷峰，也不知道是他们技术太糙还是神经太大条，等下了山才发现少了两名队员。这时候宋伟哲和他的救援队就派上用场了，擦了这么多年的屁股，宋伟哲觉得他们的救援队可以完爆任何一支专业的登山队。

风越吹越大，夹着着大雪片子直扑护目镜，就算知道没事都有些睁不开眼。副手拉了一下走在最前面的宋伟哲，大声说着什么。风雪太大，宋伟哲听不清楚，便把耳朵靠了过去："你说什么？"

"小林掉进冰裂缝了！"

这一句他可是听得清楚了，心里不由得咯噔一下。小林是他们队里年龄最小的队员，经验也最少，为了保护他才让他走在队伍的末尾，没想到却发生了这种意外。宋伟哲急忙掉头，看到后面果然出现了一个冰裂缝的洞口，应该是小林偏离了队伍路线，一脚踩空掉了下去。其他队员正在准备固定绳索，下去援救。

"小林，小林，你怎么样？"宋伟哲对着高频率对讲机呼叫道，可对讲机里除了"刺刺啦啦"的信号干扰声以外，什么都没有。

宋伟哲的心往下一沉，拿手电往下面照了照，只见那洞里漆黑一片，深不见底，像是怪兽张开的深喉。

"队长……我……是小林。"对讲机里忽然传来了小林的声音。

宋伟哲大喜，急忙问道："小林，你情况怎么样？"

"应该是摔断了一条腿，没其他的伤……"小林的声音断断续续的，但也能听出来十分痛苦，"队长，我在下面发现了那两名失踪的欧洲队员。"

宋伟哲听后，立刻带上了现场急救物品，顺着绳索进入了冰裂缝。这道冰裂缝有三十多米深，两壁光滑如镜，不知成形于何时。宋伟哲下到洞底，发现下面是一个天然空洞，竟如同一个大房间一般。

宋伟哲找到了小林，也找到了那两名失踪的欧洲队员。小林摔下来的时候，幸亏是砸在了一名欧洲队员的身上，否则就不是摔断腿那么简单的事情了。而那两名欧洲队员脸色苍白，身体僵硬，早已是死去多时了。

想必，他们在两天前掉下这道冰裂缝的时候，就已经命丧黄泉。

宋伟哲感觉很可惜，这样两条年轻的生命就永远地葬没在了雪山深处。但这样的事情他见得多了，也未有太大的心理波动。他让队员把小林以及两名欧洲人的尸体拉上去，自己则在洞底盘桓了一会儿。洞底的冰壁在手电的照射下，发出了类似石英般通透的颜色，他拿手敲了敲，回音沉闷铿锵，依据经验判断，这应该是一处永久冰封层。

所谓永久冰封层，是从喜马拉雅山脉诞生之际就已经形成的冰封层，具体有多少万年已不可考。吸引他在此处流连的原因，却是其它方位的冰壁都是通透的颜色，而只有一面冰壁，呈现出一种不一样的暗黄。

他极目看去，终于发现了颜色不一样的原因，原来是这里的冰层里面包裹了一个巨大的、圆柱形的东西，在手电灯光的照射下，呈现出一种暗黄的颜色。永久性冰封层都是一次成型的，也就是说这个东西在里面至少已经被封冻了上千万年。而从它本身具有一定规则的形状来看，显然并非自然的产物。

在这庞然大物前，宋伟哲伫立许久，仿佛有一种自然的伟力吸引着他进入了沉思。直到对讲机响了起来，才把他的思绪拉回现实。

“宋队，宋队，你那里情况怎么样？”是副队的声音。

“副队，副队，我很好——”宋伟哲咽了一口唾沫，道，“你通知科考队，让他们迅速派人上来，喜马拉雅山脉卓穷峰中段，坐标为东经86.6度，北纬35.9度，就说我在这里发现了……无法描述的东西。”

科考队达到现场经过简单的勘察后，气氛陡然发生了转变，他们通知上级封锁了喜马拉雅山脉卓穷峰段，实施秘密破冰发掘工作。同时宋伟哲得到命令，要他告知救援队全体队员，不要将这里的事情对外界泄露一句。

富有经验的宋伟哲知道，这已经上升到了“一级戒备”的程度。他本来以为自己发现的只是类似史前遗迹之类的东西，看样子，这个东西的神秘性远超他的预想。

科考队立刻投入了工作，从破冰到挖掘，再到把那个“无法描述的东西”运输回地面实验室，整整耗费了一个月的时间。宋伟哲虽然没有参与发掘工作，但盘桓在他心里的疑虑一直消弭不下去，为此，他向上级连续打了两次报告，要求亲眼看一看神秘物体到底是什么东西。经过上级批复后，宋伟哲终于可以以“第一发现人”的名义前往西北实验基地参观。

在实验基地内，接待他的是女研究员常琳。常琳虽然已经是四十多岁的年纪，但五官间依然隐隐流露出年轻时的魅力，细细品去颇有几分韵味。宋伟哲却对她萌生不出任何好感，因为这个女人自始至终都挂着一副冷酷的知性面孔，看到她，宋伟哲就想起卓穷峰上的风。

宋伟哲办了相关手续，换了一身消毒服，跟着常琳来到了存放他发现的那个“无法描述的东西”的实验室。在实验室门前，守卫着两名荷枪实弹的武警，除此外，进入实验室还要输入指纹才能打开门禁。这一切都在表明它的高度绝密性。

实验室的门缓缓地开启了，那个庞然大物完完全全地呈现在了宋伟哲的眼前，泛着一股他初见之时的暗黄色。它的大小相当于半节火车厢，占据了实验室里百分之八十的空间，让人一靠近，心中就生出一股天然的压迫感。

宋伟哲忍不住发出了一声感慨：“我操……”

常琳在一边介绍道：“此物大体呈圆柱形，全长17.6米，末端半径6.8米，表面有不规则凹痕。中间略细，两端有凸起，整体质量达5600千克。”

宋伟哲对这些数字没有概念，他直接问道：“这到底是个什么东西？”

常琳道：“根据我们的初步研究，这是一块骨头。”

“骨头？”宋伟哲瞪大了眼睛，“我能摸摸它吗？”

常琳看了他一眼，面无表情地点了点头。

宋伟哲用手摸了摸，传来的触感果然像是骨头。但这么大一块骨头，着实惊人。他问道：“是恐龙的吧？”说完之后他又自言自语道，“不对，这只是单独的一块骨头，并不是一副骨架……乖乖，这个玩意儿要比恐龙大得多。”

常琳点点头：“你说得很对，这并不是恐龙的遗骸。”

“那到底是什么？”

“你看这里。”常琳指着桌子上放着的一个模型说道。

那是一个人类手骨的模型，掌骨与五指俱在，呈伸开状。宋伟哲粗看过去，并未发现这跟庞然大物有什么关系，可随后他就意识到了不对劲，顷刻间，后背上的汗毛都竖了起来。

“这是……”宋伟哲张口结舌，说不出话来。

“没错。”常琳替他把下面的话说了出来，“这个庞然大物跟人类食指的第二段指骨的形状高度一致，经过DNA检测和成分化验，我们初步确认，这是一段人类的指骨遗骸。”

西北实验基地的主任张淼坐在办公室里，正在一根接着一根地抽烟，他右手边放着常琳递交上来的关于“指骨遗骸”的报告，而左手边的烟灰缸里，烟蒂已经堆成了一座小山。

张淼喷云吐雾，眉头紧锁，有些事，他想不明白。

人类基因组由23对染色体组成，其中包括22对常染色体、1对性染色体，这已经是生物界公认的事实。指骨遗骸的基因与人类基因组保持了高度一致，却少了一对染色体，缺少的正是决定性别的那对X染色体和Y染色体。也就是说，这段指骨的“主人”是没有性别的。经过检测，指骨遗骸中DNA的两条长链完全包含了人类DNA中的片段信息，除此外，还有大量的片段信息无法被解析。跟指骨遗骸中的DNA相比，人类的DNA序列真是简洁到了苍白的地步。

最后，常琳给出了一个颠覆性的结论：指骨遗骸中的所有信息，正是人类DNA的起源。

这个结论除了让张森感到震惊外，还让他感到头疼。人类DNA起源？人类不是从猴子变过来的吗？最早的生命不是从一堆无机物里碰巧诞生的吗？这样的一份报告，他要怎么呈交上去，怎么面对他的上级？张森捏着那薄薄的两张纸，却感到有千斤重，他深知，如果让这样的一份报告流露出去，会引起何等的轩然大波。

掐灭了烟头，张森往常琳办公室打了一个电话："常琳，你过来一趟，我有事要跟你谈谈。"

五分钟后，常琳敲门进来了，张森一指沙发道："先坐。"

常琳坐下，开门见山地道："张主任，你是不是对我那份报告有意见？"

张森已经习惯了她这种直来直去的性格，也不感到意外，说道："常琳啊，你知道，我是一个坚定的唯物主义者。"

"我也是。"常琳说。

"可是你的报告——"张森苦笑道，"有太多与现有理论相悖的地方。"

"正是因为我们都是唯物主义者，所以才要用事实来说话。关于分析结果，我都已经明确无误地写在了报告里。这段指骨遗骸包含了人类所有的DNA信息，除此外，它还有很多我们无法解析出来的信息片段，更重要的是，它没有X和Y染色体，说明它是中性的——日本生物学家中村资生在1968年就提出了中性学说，可惜当时并未得到重视，如今我们可以正视这一切了。"

"你说它是中性的，可既然如此，没有交配，没有繁殖，它又是怎么来的呢？”

“这个问题，恐怕就要问上帝了。”

“小琳，你刚才还说自己是一个唯物主义者。”

“主任，此上帝非彼上帝，是自然秩序，是宇宙法则。”

“我知道你的想法一直很前沿、很先锋，可是你应该听说过这么一句话，任何超脱飞扬的思想在沉重的现实面前都会砰然坠地。小琳，我们耗费了这么多人力、物力和时间来研究这块骨头，不能最后交出这样一份报告。”

“抱歉，主任，以我的水平，只能做到这种程度了。”

“我不是质疑你的能力，而是觉得这里面肯定还有一些更值得探索的东西，我们还没有发现。所以，我觉得应该给你配备一名更得力的助手，让你研究得更深入些。”

“主任既然这么说，想必已经有人选了。”

张森拨弄了一下脑门上的地中海，道：“现在国内有一个风头正劲的生物学家，接受私人投资搞了一个实验室，专门从事基因方面的研究工作。我见过这个人，的确是有两把刷子，叫顾茂昌。”

常琳没有说话，但身子却为之一颤。这个名字陡然传到耳朵里，还是能引起这么大的本能反应。

“我知道你们之间的关系。你们同为西南大学生物系的高材生，毕业之后结了婚，后来有过一个女儿，叫莫……”

“主任——”常琳抬起头，以目光制止了他，“不用再说了。”

“这么说，我请他过来协助研究，你没问题？”

“只要是工作上的事情，我没意见。”

两天后，顾茂昌接到了西北实验基地要求协助研究工作的函件。函件上只有简单的两句话：我司现有较棘手的基因课题，特请顾茂昌教授协助进行研究工作。研究期间，报销一切来回差旅费用。

顾茂昌拿着函件，眼睛微微眯了起来。岁月虽然在他的脸上增添了不少皱纹，却没有改变那刀削般的线条，年近五十的他面庞看起来还是那么刚毅。他放下函件，拿起一根烟，还没点上，先叹了一口气。

只有他的学生兼助手修杰知道他在叹息什么，那是一声属于回忆和往事的叹息。修杰知道，当他的老师顾茂昌拿到这封西北实验基地发来的函件时，第一时间想到的不是什么研究项目，而是一个人。

去了，就势必要见到她。见到她，就势必会被往事淹没。这才是顾茂昌叹息的真正原因。

修杰试探地问道："老师，去吗？"

顾茂昌深吸了一口烟，从鼻子下面喷出了两道笔直的烟柱："看来不去不行，他们确实遇到坎儿了。"

修杰拿出函件又看了一眼："这上面写得很简单啊，只是说有个研究课题很棘手而已。"

"越简单，越严重。"顾茂昌问道，"你见过着急的人说废话吗？"

"没有。"

"那就对了，人只有在十万火急的时候才会直奔主题，顾不上那些繁文缛节。看来这一次，咱师徒俩得走一遭了。阿杰，你准备一下，咱们明天就出发。"

"那好，我先订好火车票。"

"订什么火车票，坐飞机！"顾茂昌指指函件，"没看见写着的嘛，报销来回差旅费用。"

西北实验基地位于边陲之地，看上去颇有些荒凉，却远离城市繁华，是个搞研究的好地方。从飞机场再坐吉普车到实验基地，一路上，顾茂昌吃了不少沙子。

到了地方，主任张森亲自出门迎接，道："哎呀，莫大教授，好久不见。来到这西北之地，感觉还适应吧？"

"挺好，就是有些牙碜。"

"哈哈，老顾，你还是那么幽默，这么多年一点没变。"一句玩笑话，立刻拉近了两人的距离。张森本来要给他接风洗尘，但顾茂昌却提出要先看看研究项目。

张森想了想说："也好，不过老顾，我要先提醒你一句，你得做好心理准备。"

顾茂昌笑道："放心吧，我可是见过大世面的。"

到了实验室，负责接待他的就是这个研究项目的负责人常琳。两个人打了个照面，一时间都有些尴尬，不知道该说些什么。倒是修杰反应比较快，对着常琳喊了一声："师母。"

"别……"一向冷酷的常琳竟然有些慌乱，她撩了撩额前的乱发，说，"你叫我常老师就行。"

说完这句话，常琳也冷静了下来，恢复了以往的神态，冷冰冰地道："顾茂昌教授，我目前是这个研究项目的负责人，接下来要带你观察一下研究对象。不过我要事先提醒你，无论你最后是否决定参与这个研究项目，在这里看到的一切，都不许对外界提及。"

"放心。"顾茂昌的表情也没有任何的波澜，"我已经签过保密协议了。"

常琳点点头，带着顾茂昌进入了实验室。在打开门的一瞬间，见过大世面的顾茂昌还是惊呆了。以他的眼力，第一时间就判断出了眼前的庞然大物是一块骨质遗骸，并且还是一块单体骨头，如果将这个生物复原出来，它的巨大程度无法想象。

“这他妈不是真的吧？”顾茂昌喃喃地道。

“还有更加让人不敢相信的。”常琳看了他一眼，说，“你仔细观察一下这具骨骸的形状。”

当顾茂昌搞清楚眼前的状况后，他整个人都不好了。如此情景，已经超出了他的知识范围。从十六岁开始一直到现在所构建的理论体系在这个庞然大物前彻底崩溃了，像被巨人之手拂过的大楼般轰然倒塌。他目瞪口呆的样子，看起来并不比没有接受过专业科学训练的宋伟哲雅观多少。

顾茂昌仰起头，呆呆地看着面前的陈列品。他需要镇定，需要把敏锐缜密的思维重新唤回来，以层层剥茧的手法来解析这尊庞然大物。而此刻，他脑中都被一种无来由的巨大的压迫感给填满了。

“这个……东西，取名字了吗？”顾茂昌想了半天，也不知道该怎么称呼它。

“我们内部有一个暂定的名字，叫‘盘古’。”

“‘盘古’，万物之源吗……小琳，如果我没猜错，这个名字是你起的吧？”

“请叫我常琳，谢谢！你怎么知道是我起的名字？”

“读大学的时候，你就对神秘学和各民族的原始神话十分感兴趣，你可能觉察不出来，虽然你是学生物的，要求务必以严谨唯物的眼光来看待这个世界，但在你的内心深处，却充满了一种对自由奔放的向往。我想，当你发现‘盘古’DNA秘密的时候，应该是惊喜大于震撼吧。”

常琳惊讶地看了他一眼。虽然他们曾经一起生活过多年，但这些话，却是第一次听他提及。常琳有些不敢相信，这个她曾经觉得自己“瞎了狗眼”才会嫁的男人，竟然对自己是如此的了解。

“没错，‘盘古’的名字是我取的，我觉得很贴切、很适合。”常琳微微地叹了一口气，“但领导并不这么觉得。”

“屁股决定脑袋，这种事情，你应该在读大学的时候就明白的。花费了这么多的人力物力和科研时间，领导最后要的无非是一纸体面的报告，难道你能让领导去汇报‘我们发现了一块‘盘古’身上的骨头吗’？”

“但事实就是这样的啊。”

“有些事情，能说不能做；有些事情，能做不能说。这么多年了，你还是不懂这个道理。”

常琳看了他一眼：“知道我最喜欢的电影是哪一部吗？”

“《富春山居图》？”

“骂人是不是？”

“不是，不是，我就随口一说。那你最喜欢的电影是哪部？”

“李连杰演的《精武英雄》。”

“哦？”顾茂昌有些意外，“你会喜欢动作片？为什么？”

“因为黑龙会的船越文夫在电影里有这样一句台词——我只是个教头，不是走狗。”丢下这句话，常琳转身离开了实验室。

顾茂昌看着她倔强的背影，只有苦笑。修杰在一边道：“没想到都这么多年了，师母还是这个脾气。”

“她算是改不了了。”顾茂昌摇头道，“否则以她的实力和水平，绝不只是混到今天这个地位。”

“老师，你准备从何处下手研究？”修杰又把目光转向了“盘古”。

“实验基地的领导之所以请我前来，无非就是最后想提交一份过得去的报告。按照小琳的那个研究结果，肯定是不行的。我们得另辟蹊径，换一个方向重新研究，最好能够跟生物科技、基因工程啥的挂上钩，上面就喜欢这些东西。”

晚上回到住处，奔波了一天的顾茂昌和修杰都有些累了，洗漱了一下就准备上床睡觉。修杰习惯性的在睡前浏览了一下手机，发现有一个陌生的ID“天人”请求添加他为好友。从不随便添加陌生人的修杰随手就拒绝了对方的请求。

他刚放下手机还没两分钟，“天人”的好友添加请求又发送了过来。修杰有些气恼，本来想把他拉进黑名单里彻底删掉，却一眼看到了对方请求的附加信息，不由得浑身惊出了一身冷汗。

“你好，恭喜你今天见到了‘盘古’。”

在西北实验基地已经待了半个多月的时间，顾茂昌对于‘盘古’的研究却始终没有任何进展。他所研究出来的成果与数据，全都是常琳之前得出的结论。在常琳的结论之外，他还没有发现其他任何新的东西。

这对顾茂昌来说是一种震撼，他亲手验证了这块上古遗骸与人类种族之间的关系，由此，生物界现有的许多理论可能都需要重新改写。而对于征辟顾茂昌前来基地的张森来说，这却不啻于一种打击，他本来以为喜欢“不走寻常路”的顾茂昌能够捣鼓出一些新的东西，没想到还是之前常琳的那一套。

张森有些心急，便把顾茂昌叫到了办公室里，寒暄了两句就直接问道：“老顾，有什么新进展吗？”

“你是说‘盘古’？”

张森一愣，这个名字他之前听常琳提过两次，当时还斥责了她两句，说这个代号太过于“怪力乱神”，弥漫着一股浓郁的原始神话气息，一点都不符合科学发展观。没想到今天又从顾茂昌的嘴里听到了这两个字，他也只能认了，便点了点头。

“很遗憾，张主任，之前常琳的工作做得很细致、很到位，我这半个多月的研究，无非又是验证了一遍她之前数据的正确性。”

“老顾，你这……我很难办的。”

“没办法，事实就是这样，数据在这摆着。”

“就算事实就是这样，我也不能这样说啊。你有没有想过，如果把这个事实放出去，多少现行理论会站不住脚，多少知识体系会全盘崩溃，这就不单单是一个学术问题了，它所上升的层面……嗨，你懂得。”

“我明白。”

“你明白就好，所以我迫切地需要你给我写一份新的报告。”

“张主任，不是我不写，以目前的数据，还没有办法写一份新的报告出来。”

张淼眉头紧锁，深深地吸了一口烟，拨弄了一下额头上有些凌乱的地中海。接下来，顾茂昌的一句话更让他感到崩溃。

“到现在为止，我们还没有办法对‘盘古’成功断代。”

“这怎么可能？”张淼问道，“碳十四测定法呢？”

“失效。”

这着实让张淼吃了一惊。

碳十四年代测定法，是根据碳十四衰变的程度来推算目标存在年代的一种测量方法，特别是用来测定古生物化石的年代，尤为精准。因为生物体在活着的时候会通过呼吸、进食等不断地从外界摄入碳十四，最终体内碳十四与碳十二的比值会达到与环境一致。当生物体死亡时，碳十四的摄入停止，之后因遗体中碳十四的衰变而使遗体中的碳十四与碳十二的比值发生变化，通过测定碳十四与碳十二的比值就可以测定该生物的死亡年代。而如今，碳十四测定法竟然对“盘古”失效了，这让张淼想到了另一种具有颠覆性的可能。

“你是想说，‘盘古’这个生物体，根本就没在地球上生活过？”

“从目前的分析结果来看——”顾茂昌点了点头，“应该是这样的。”

“Oh，no！”张森颓然地一屁股坐回了椅子上，眼神更加迷茫了，“那这份报告让我怎么提交？人类所有的DNA都源自于一个来历不明的巨大‘盘古’？这简直是太疯狂了。”

顾茂昌的研究工作陷入了僵局，修杰的日子也不好过，他作为顾茂昌最得力的助手，每天工作到深夜，但在新领域却并未取得一丝一毫的进展，身心的疲惫都已经达到了极限。这天夜里，修杰睡到半夜忽然醒来，鬼使神差地拿出手机，点开“天人”的ID，给这个加了半个月却从未说过一句话的陌生人发去了一条信息：“你到底是谁？”

“我是谁并不重要，重要的是我知道你是谁。”

修杰迟疑了半晌，给对方回了一条信息：“你知道我是谁？”

“对，你是将带领人类进入新纪元的人。”

修杰的手一抖，手机差点滑落下来：“为什么这么说？你到底知道些什么？”

“我知道你见到了‘盘古’。这是值得载入人类历史的一件事。”

“‘盘古’到底是什么东西？”

“‘盘古’是宇宙之子。”

修杰更困惑了：“你是说，‘盘古’是外星文明？”

“不，比那复杂得多。宇宙根本不是你所想象的那个状态。”

“你到底想说什么！”修杰有些愤怒了。

对方忽然发来了一个手机游戏，并且附上了一句话：“你如果能顺利通关，我就会告诉你一切的真相。”说完就下了线，无论修杰再说什么，对方都不再回复。

这一切都太无厘头，修杰只能把它当做一个恶作剧。但是工作上的停滞不前又让他心烦意乱，终于在第三天的晚上，修杰又从睡梦中醒来，拿起手机，点开了那个游戏。

那是一个典型的密室通关类游戏。修杰被关在一个密闭的房间里，他必须要利用房间里的一切道具来打开房门，逃出生天。这种游戏对于智商高达140的修杰来说毫无难度，没费多长时间，他就找到了藏在抽屉里的钥匙，打开了房门。

可当房门打开之后，修杰愣了一下，因为还有一个更大的房间套在外面，出现了一扇更大的门。他同样需要在这个更大的房间里找到可以利用的道具，再次打开房门。

然后，当这扇门打开后，他惊异地发现，外面还有一个房间。

整个游戏就像是一个俄罗斯套娃般，一个房间外面套着另一个房间，几乎到了黎明时分，修杰才通过了所有的关卡，艰难地打开了所有的房门，他算了算，从里到外整整套了十个房间。然后通关动画出现了：他身后的房子轰然倒塌，从最外面的第十个房间开始，然后是第九间、第八间、第七间……直到第三间，坍塌才终于停了下来。

修杰给“天人”发了一条信息：“游戏结束了。”

很快地，“天人”回复道：“恭喜你顺利通关。我果然没看错你，你的智商之高令人惊讶。”

修杰回复：“可是我还是不明白这个游戏的意思。”

“很简单，每一个房间，都是一个宇宙。”

“宇宙？”

“对，不同维度的宇宙，从一维到十维，整整十个宇宙。”

“我不明白。”

“跟游戏里的场景一样，低维度的宇宙是被包裹在高维度宇宙里的。就像点构成线，线构成面，面构成立方体——这是三维空间。而立方体所构成的东西，就是人类不可理解的更高维度了。”

“跟房间一样……难道宇宙有十维？！”

“宇宙诞生的时候，就是十维空间，一个完美的世界，毫无瑕疵。可惜，后来发生了一些事情，宇宙的能量不足以支撑十维空间的存在，于是向九维空间坍塌，没过多久，九维空间又向八维空间坍塌……如此，一直坍塌到了我们现在所熟知的这个三维宇宙空间，并且这种状态也稳定了下来。但它绝不是宇宙的本来面目。”

看着对方的文字描述，修杰想起了通关动画中那些房间逐级倒塌的画面，每一层房间倒塌，都会露出它里面所包裹的更小的房间，直至到最后一个。按照对方的意思，那第三个房间，便是人类现在所生活的三维宇宙。

“你到底是谁？你为什么会知道这些！”修杰打字的手有些颤抖，他的知识体系和世界观在对方的循循诱导中开始崩溃。

“你不需要知道我是谁，你已经见到了‘盘古’，难道还没明白吗？”

“这跟‘盘古’有什么关系？”

“高维理论，能够解决你现在遇到的一切难题。”

修杰愣了一下，的确，碳十四年代测定法的失效，无异于在他胸口上击了一记重锤。可以说，只要在地球上生活过的生物，都逃脱不了碳十四的测定范畴，除非……修杰双手颤抖地发出了信息：“你是说，‘盘古’是更高维度的生物？”

“你终于开窍了。”

对方又发来了一段信息，一段对世界来说足以“致命”的信息。修杰看完之后，矍然而起，大脑一片空白地坐在床上，像是受到了某种剧烈刺激之后的自我休眠。此刻，窗外已经是黎明时分，太阳正从地平线上露出头来，洒下淡淡的金光。修杰迎着那一片朝晖看去，却感觉如万箭穿心。

第二章　永生之路

对于“盘古”的研究工作持续进行着，整个实验室都进入了连轴转的工作状态，但除了已得出的那些数据外，没有任何新的进展。修杰一夜没睡，在工作的时候浑浑噩噩，感觉大脑里混沌一片，他甚至把一个常规数值的小数点都给抄错了。

这个错误被顾茂昌及时发现了，他有些愠怒，没想到自己最得意的学生竟然会犯这种低级错误，便呵斥道：“阿杰，你是怎么搞的，怎么能出现这种基本错误！”

“老师，对不起。”修杰急忙道，“我刚才一个走神，所以才……”

“阿杰，我跟你说过多少遍，做科研工作，来不得半点马虎，要始终保持着严谨细微的态度！你知道这一个小数点上的错误列入公式里，会得出什么样荒谬的结论？”

“对不起，老师……”修杰只得一再道歉。实验室里的其他人都有些惊愕，没想到平时看起来大大咧咧的顾茂昌，竟然在工作上面这么较真。

“行了，一点错误而已，又没有造成什么损失，你没必要在这上纲上线的。”常琳站了出来，道，“不是所有人都像你一样，把工作看得跟命一样重的。”

听了常琳的这句抢白，顾茂昌的脸上掠过了一丝很复杂的表情，他看了常琳一眼，又叹了口气，转过了头去不说话了。实验室里的同事也大都知道这二人之间有些什么过节，具体的却不是很清楚，当下也都闷声不语，埋头于自己的工作，气氛一时间变得有些尴尬。

修杰的心情有些郁闷，便走出了实验室，来到走廊的拐角处吸烟。忽然有人拍了一下他肩膀，修杰回头一看，急忙道：“师母。”

“叫常老师就好。”常琳道，“给我也来一支。”

修杰拿出一根烟，帮常琳点上，两个人就在走廊尽头喷云吐雾起来。

“你老师就那个脾气，你也别怪他。”常琳稔熟地弹了弹烟灰，“平时看起来大大咧咧、随遇而安的，一旦到了工作上面，整个人就神经质了。”

修杰苦笑道：“这个我明白，我也跟了他这么多年了，老师的脾气，我早就摸得透透的。”

“唉……”常琳叹了一口气，眼神有些迷茫，似乎在回忆往事，“读大学的时候，他是我的学长，比我高一届。当时我就觉得，这个人怎么这么有趣啊，太有意思了，幽默、开朗、体贴、博学，整个人似乎都散发着一种光芒。当时就义无反顾地跟他谈了恋爱。可惜的是，我们从事的是一个行业，他在工作的时候，就完全变成了另外一个人，我完全受不了他搞研究时的那种刻板和冷酷。”

修杰小声道：“老师说，这是一个科研工作者应该遵守的最基本的准则。”

“哼，准则，这个世界上哪有什么准则！我们人类总是自以为是，认为这是对的，那是错的，还要把这种荒谬的认识写成定理和体系，以让后世的人无法辩驳。其实再过几百年，那时的人看我们就像看一个笑话，就像我们看原始人一样。”

“师……常老师，也不能这样说，人类总是在进步嘛。”

“这种进步太缓慢了，要想真正获得突飞猛进的成果，就必须要打破常规，不被现有理论所束缚。从天圆地方到地心说，再到日心说，再到观测到整个银河系，哪一次进步不是颠覆性的、毁灭性的？可直至今天，我们对宇宙的了解又有多少？不及九牛一毛。”

修杰的心里猛然一颤。

常琳抽完了最后一口烟，扔了烟蒂，情绪忽然有些伤感：“我这辈子最大的错误，就是在离婚的时候没有把顾青争取过来。如果顾青跟着我，也不至于最后……唉，不说了。”

提起顾青，修杰的心里恐怕要比常琳还痛苦上许多倍。是因为开朗活泼的顾青，修杰才爱上了生物学这个专业，也正是顾青，修杰才成为了顾茂昌的学生，一直到毕业之后做了他的助手。可以确定的是，顾青从顾茂昌那里根本没有得到过太多的父爱，因为自从离婚以后，顾茂昌几乎就把所有的时间都放在了工作上，那些神秘的DNA螺旋结构，那些颜色深邃的细胞染色体，仿佛有着无穷的魅力，吸引着顾茂昌投入微观世界里而欲罢不能。他太注重自己的工作而忽略了身边的人，等他觉察出顾青的身体开始出现异样时，却已经是癌症晚期。

人类不是造物主，即使顾茂昌是生物学领域的专家，他也没有办法从死神的手里夺回自己的女儿。顾青的去世，对于顾茂昌和常琳是一个巨大的打击，而对于修杰来说，他的整个世界几乎都崩塌了。

修杰静静地站着，似乎在回忆往事，连烟蒂烧到了手指都没有察觉。常琳拍了拍他的肩膀：“阿杰，我知道顾青的事情，你的心里也很难受。唉，过去的就过去了，不要再想了，我们总得往前看。”

“不，不一定非得往前看的。”修杰忽然神经质地反应了过来，“我们或许可以换一种角度！”

“什么？”常琳对他的反应有些意外。

修杰像下了某种决心似的，双眼散发着熠熠的光芒，瞳孔里仿佛燃烧着陡生的火焰：“我要告诉你一个秘密，一个具有颠覆性的、毁灭性的秘密！”

夜里十二点，西北实验基地的户外，黑色的地平线无边无际，天上繁星点点，一切都纯净得像一颗宝石。躺在草地上的修杰感慨着，好久没有看到这么透彻的天空了。

远处，有人轻轻地喊了一声：“阿杰。”

那是常琳的声音，他们约好了在这里见面。

修杰很谨慎，他知道有些话是不能在实验基地里说的，那里人多嘴杂，况且还是国家重点实验基地，不知道哪个房间里就装着监听设备，他不能冒这个险。但是，他却相信常琳，自从再一次在这里见到她，修杰就明白，这么多年过去了，他的这个师母的秉性就没有改变过。

两个人盘腿坐在草地上，都抽着烟，烟头一明一灭的，从远处看去，像两颗微弱的恒星。

修杰不疾不徐地抛出了自己的理论，像是陈述某本科学著作上的文摘。听他说完后，常琳沉默了一会儿道：“你的推论很有意思，宇宙是多维的，并且由于能量流失和自我膨胀，其总体不断地由高维度向低维度坍塌，经过亿万年的演化，终于形成了我们所生存的三维宇宙。”

“常老师，你认同这个观点？”

“基本认同。根据熵增原理，孤立系统总是从有序走向无序。如果没有宇宙外围造物主的话，那么宇宙本身也是一个孤立系统，它的发展趋势也是由有序走向无序。更低的维度使得光速变慢，生命存在更加低等，总体上呈现一种无序的状态。那么维度越高，宇宙这个系统越是有序，十维空间，便是宇宙最初始化的高度有序状态。”

“没错，所以维度坍塌的理论是站得住脚的。”修杰接着道：“‘盘古’的DNA结构符合地球生命的存在准则，并且和人类息息相关，所以它不可能是外来文明生物，那么就只有一种解释：它原本是更高维度的生物体——起码在三维以上，所以碳十四年代测定法也对它无效。”

“呼……”常琳长舒了一口气，“虽然这个理论无法证伪，也无法证实，但从目前来说，它从逻辑上是成立的。”

“我还有另一条逻辑线，可以解答我们遇到的另一个困惑。”修杰说。

“哦，说来听听。”

“说起来，这更像是一个故事。在很久很久以前，当宇宙还处于更高维度的时候，生活着一个庞大的生物体，我们称他为‘盘古’。在宇宙中有这样一条法则：当高维度向低维度坍塌之时，由于量子状态发生了改变，任何物体都会出现不同程度的质量湮灭。‘盘古’生存了很长时间，而随着宇宙高维度向低维度的坍塌，它自身的能量也在逐渐消耗。终于，到宇宙坍塌到第三维度空间之时，‘盘古’自身的能量已经消耗殆尽，孱弱的它已经无法再继续维持自身的存在状态，于是它就分裂开来，以更加细微的个体状态生存下去……”修杰站了起来，仰头看着天空，仿佛周身都沐浴着流泻的星光，“而这，就是人类。”

“不可能！”常琳尖叫着站了起来，惊愕地看着他，仿佛在看着一只魔鬼。她可以接受十维宇宙，可以接受维度坍塌，但无法接受人类只是某个庞然大物的分裂体！这将完全改写人类存在的终极意义。

对于常琳的惊慌，修杰只是以淡淡的目光回应着。会出现这样的反应，早就在他的意料之中。常琳只是表达了自己的惊慌失措和不敢相信，如果换了顾茂昌或者别的人，一定会斥之为歪理邪说。没有任何一个科研工作者可以接受这样的理论——布鲁诺曾被裁定为“异端”而被烧死在罗马鲜花广场，这个理论公布于众的话，修杰的下场并不会比他好多少。

可随即，常琳瞬间的惊惧就被巨大的震撼给填满了，没错，这条逻辑线完美地解释了为什么数据显示‘盘古’是人类的生命起源，那段指骨遗骸为什么会包含了人类所有的DNA信息。并且它不偏不倚，它是中性的，神奇伟大的中性——没有比这更贴近事实的逻辑解释了。

常琳觉得有些头晕，顷刻间仿佛天旋地转，夜幕上的星星纷纷向下掉落，她支撑不住，一个趔趄向后倒去。修杰急忙过去扶住了她，问道：“师母，你没事吧？”

“阿杰，你告诉我，这一切都是谁告诉你的？”常琳紧紧地抓住他的手臂，“我相信这不可能是你自己推导出来的。”

修杰低下了头：“这的确不是我自己推导出来的。”

“是谁？”

修杰犹豫了一下：“我也不知道他是谁，对方只是一个网络上的陌生人。”

常琳不由得倒吸了一口冷气，这个陌生人不仅知道“盘古”的事情，而且只推导出了两条逻辑线就完美地解释了他们目前所遇到的所有难题，还顺带颠覆了一下现行的生物学体系。这个陌生人，他绝非泛泛之辈。

“你真的不认识这个人？”

“完全不认识。”修杰摇头道，“我也不知道他为什么会找上我。”

经历了刚才暴风骤雨般的思维冲击，如今常琳也冷静了下来，她又点上了一根烟，深深吸了一口：“这个人不简单，绝对是我们生物学界的同僚，所以才能接触到第一手的资讯，其在生物学领域的造诣非常高深，不在你我之下。”

修杰试探性地说道："我看未必吧，或许是哪个脑洞大开的热心人士呢？"

"高手在民间吗？这是不可能的事情。你年龄小一点，知道龙飞虎事件吗？"

修杰点了点头，龙飞虎事件他是知道的。当时在著名的清风围棋网上出现了一个名叫"龙飞虎"的ID，竟然连续四次下赢了身为职业棋手的罗洗河八段，在网络上引起了轩然大波。众人纷纷惊呼高手在民间，原来市井之中还隐匿着如此厉害的围棋高人。但最后事情水落石出，原来"龙飞虎"也是一位科班出身的职业棋手——丁伟九段。他只是一时心血来潮，上网下了几局，没想到引起了如此轩然大波。

常琳的分析很有说服力，修杰也不得不认可，但现在对于他来说，"天人"的真实身份到底是谁已经不重要了，重要的是，他已经发现了真相，借助他人之手推导出了两条惊世骇俗的理论——"十维宇宙"以及"盘古分裂"。

现在，他要利用这两条理论做些什么了。

修杰轻轻地握住了常琳的手："师母，你想念顾青吗？"

常琳没有回答，她觉察到修杰的表情有些异样，便问道："阿杰，你想做什么？"

"师母，你知道吗，自从顾青离去后，我好想她，真的好想她，我每天的梦里都是她。她的一颦一笑，她的一举一动，都深深地刻在了我心里，永远也抹不去。顾青她不是一个人离去的，她带走了我的整个世界……"修杰说着，已经是泪流满面。

"阿杰，你……"

"师母，我决定了，我要让顾青复活……不，不止是复活，我要让她永生！"

常琳从来没有像现在这么恍惚过，一连几天，她都魂不守舍的。

那一天晚上的星星，如同漩涡一样疯狂地盘旋在她的心里。

当修杰将他的计划全盘托出之后，常琳认为他简直是疯了，就像一个穷凶极恶的歹徒，已经丧失了最基本的理智。但是在内心深处，她又有一丝渴望修杰的成功。毕竟作为一个母亲，顾青的离世是她这辈子最痛苦的事情。

可是，按照修杰所说的方法复活的顾青，还算是顾青吗？或者只是一个人类集体意识中的触角？她不知道，也不清楚自己该如何面对这件事情。她就像一个无知的儿童，站在了人类道德与浩瀚宇宙的边缘，审视着那深邃和广袤的一切，才发现所谓的人类情感在宏大的宇宙法则面前不值一提。

她选择了沉默，她没有对任何人提起过这件事，包括顾茂昌。

她的沉默就是纵容。一个星期后，修杰直接向西北实验管理委员会提交了“返祖计划”报告书。他违背了最基本的报告提交流程，不仅越过了他的老师顾茂昌，甚至连实验基地的主任张淼也是事后才知情的。

这一份报告书在管理委员会内部引起了轩然大波，不啻于在他们面前引爆了一颗核弹。立刻，这份报告书的内容就被反馈回了西北实验基地，得知这份报告书内容的所有人，包括张淼和顾茂昌，都被深深地震撼了。

毫不夸张地讲，这也许是他们这辈子感到最震惊的一件事情。

张淼在惊慌失措之余勃然大怒，立刻宣布西北实验基地进入一级戒备状态，任何人不得随意出入。基地内部启动“天眼”机制，对所有成员实行24小时监控。之前所有接触过修杰或“返祖计划”内容的人员一律被单独隔离，由专门成立的内部审查委员会负责对他们进行审讯。同时宣布“返祖计划”报告书为最高机密文件，任何人都不许对外界透露一句。

而修杰，已经作为基地的首号被监控人员，关进了单人禁闭室。

顾茂昌绝对想不到，自己的学生竟然会做出这种事情来，他几乎不敢相信这一切。修杰已经跟了他十年，这十年里，他自认为对这位爱徒的秉性摸得一清二楚，却没想到竟然会失察至此！以至于张淼单独询问顾茂昌的时候，顾茂昌还对整起事件持怀疑态度。

“张主任，这件事情真的跟阿杰有关？”

“事到如今，我还有必要骗你吗？”张淼丢了一份资料在他面前，“我拿到了‘返祖计划’报告书的原件，你看看吧。”

顾茂昌拿起报告书看了起来。一份阅读时间只有五分钟的文件，却看得他大汗淋漓、毛骨悚然。之前，他只听过“返祖计划”的大致内容，如今详细地看下来，只感觉到一股深入骨髓的恐惧。这份恐惧，让他觉得手中的这两页薄薄的纸张似有千斤重。

放下报告书，顾茂昌不发一言。没错，这的确是修杰的杰作，字里行间都充斥着他这位爱徒惯用的行文风格。但那支平时用来写数据和推演公式的笔，这次却描摹出了地狱的模样。

顾茂昌不知道应该怎么形容自己的心情，他没想到自己的学生竟然能从一块来历不明的指骨遗骸中推导出这么匪夷所思的理论来，这样的事情让他感到荒诞。但是，在“返祖计划”报告书里罗列的那些强有力而富有逻辑性的论点，那些他们亲自验证过的翔实的数据，都在昭示着荒诞的真实性。

“老顾，我确信你是不知情的。”张淼抓了抓稀疏的头顶，“以我对你的了解，如果你知道修杰递交了这样一份报告，一定会阻止他的。”

“没错，我是不知情，但我真的没想到修杰会有这种想法，还暗中做了这么多功课……”顾茂昌微闭双眼叹了一口气，“是我的失察。”

“以他自己的能力，根本完不成这份报告，起码从内容数据来看是这样的。”张淼指了指那份报告书，“你看报告里罗列的这些数据，关于‘盘古’DNA与人类DNA的比对分析，这些数据是实验室的核心资料，以修杰的权限，根本接触不到。”

顾茂昌顿时萌生出一种更加不好的预感：“你是说……”

“没错。”张淼迎着他的目光点了点头，“就是常琳。”

“这怎么可能！”顾茂昌脱口叫道，“常琳跟这件事情有关系？！”

“我们有充足的理由怀疑，这些数据就是常琳提供给修杰的，目前常琳已经处于隔离状态，被关在禁闭室里。我已经让审查委员会的人问过她了，可是她什么都不肯说。老顾，这个事，我想让你出马。”

“你是想让我审问常琳？”

“对。”

“不，我不能同意你的安排。”顾茂昌神色怆然，“就算这是真的，我们也应该遵守最基本的避嫌原则。”

“非常时期，行非常之事。老顾，你也知道常琳的脾气，只要她不想说的事情，无论怎么样她都不会开口。可你们毕竟有些情分在，你去问，兴许能问出什么。”

顾茂昌是打心底里希望常琳跟这件事情没有任何关系的，但希望这种东西，总是拿来破灭的，就像他自以为最为了解的爱徒修杰，却不声不响地办了一件让人如此瞠目结舌的事情。为了一探究竟，顾茂昌答应了张淼的要求，亲自审问常琳。

一张桌子，四面白墙，上面挂着一盏惨白的日光灯，镇流器里发出电流经过的“滋滋”声——这间小小的隔离室里，充满了严酷肃杀的味道。面色苍白的常琳，此刻就以被审问者的身份坐在顾茂昌的对面。

顾茂昌看到她的第一眼，就明白张森所言不虚，那份报告书里的机密数据的确是常琳所提供的。

一块生活了那么多年，顾茂昌太了解她了，只需一眼，就知道她心里在想什么。此时此刻，常琳紧紧地闭着嘴巴，目光却如此笃定，面色坚毅——这样的表情让顾茂昌想起了小学课本上的刘胡兰。她摆出这样一副架子，无形中表明了自己的态度：要以一己之力对抗所有人。

“唉……”顾茂昌还没说话，就轻轻地叹了一口气。

“过来审问我，你现在听张森的了？”常琳忽然嘲讽道。

“我不是听他的，我只是想知道事情的真相。”

“事情的真相？”常琳笑了起来，“事情的真相，就是阿杰在‘返祖计划’报告书里写的那样，你都看过了。”

“这么说，你在这之前就知道这件事情了？”顾茂昌把话说得很含糊，他知道这个房间里有监听器。

“对，没错。”面对顾茂昌，常琳却大大方方地承认了，“那些核心数据，都是我提供给他的。”

“糊涂！糊涂！”顾茂昌激动起来，一拍桌子叫道，“什么‘返祖计划’，根本就是一个反人类反社会计划！这想法太疯狂太荒诞了——要以‘盘古’遗骸为母体回收人类，将所有人类的意识融合在一起，形成意识一体化，构建巨大的统一思维场……修杰疯了，你也疯了吗！”

“我们都没有疯。”常琳平静地说道，“按理论推断，‘盘古’很有可能是人类的母体，它是由于维度的坍塌而丧失了能量，无法维持自身庞大的存在形态，才分裂成了无数个更加细微的‘人类’状态。而细微的人类经过千万年的进化，又发展出了自己的生存法则，开始互相欺骗、杀戮、憎恨……无穷无尽的战争，毫无节制的砍伐，永无休止的污染，人类不仅在伤害着自己，还伤害着这个世界！每年有多少物种因为人类而灭绝，这个数据就不用我讲给你听了吧？如果通过我们掌握的基因技术，让人类重回‘盘古’状态，这样所有人就变成了一个人！无数的意识体融合在一起，形成一个统一的思维，这样就消弭了人类中的偏见与憎恨，抹去了自私与贪婪，再也不会有战争和伤害！同时也不会阻碍人类文明的发展，有了统一的思维场，我们所有人可以共用意识思考一个问题，集所有人的思维于一体！想想吧茂昌，那将是一个人类纪元的黄金时代，我们就是彼此，彼此就是我们！”

顾茂昌被她的话震惊了，喃喃地说道：“疯了，疯了……”

“我没有疯，是你们不敢面对研究成果而已。”

“成果？你知不知道这份报告书如果流传出去，将会造成多大的社会恐慌！将会导致什么样的人心惶惶！”

常琳微微一笑：“我只相信自己的研究所得出的结论。”

“这是、这是谬论！”

“这个谬论，能让你的女儿复活。”

仿佛有一柄巨锤狠狠地击中了顾茂昌的心脏，让他胸腔里一阵轰鸣。顾青，那个天真烂漫的少女，是他心中永远无法忘却的痛苦，同时也是常琳心中永远无法割舍的怀念。是啊，顾茂昌忽然意识到，这才是常琳一切行为的根本动机！所有人类的意识将融合为一个巨大的“盘古”意识，回到最开始的原始状态，那么从另一个角度来说，所有人的意识都将在“盘古”的意识体内复苏，包括他们的女儿——顾青。

“不，你疯了，你……”顾茂昌面色苍白，嘴唇颤抖，却再也说不出反驳的理由。

隔离室内，顾茂昌和常琳的对话通过监听器，一字不差地传进了张淼的耳朵里。他放下耳机，慨叹了一声，果然，这一切都证实了他的猜

当生与死
被摆在等号的两端
选择
已不具任何意义

想。常琳，那个看似不苟言笑、性情冷淡的女子绝不像她外表展现的那般淡漠，有人说她是冰，却不知道她是冰层覆盖下的活火山。

对于顾茂昌的审问结果，张森很满意，这样的话，他对上级也能有个说辞。一场审问下来，顾茂昌几乎被抽走了半个魂魄，模样似乎转眼间苍老了十岁。

张森拍了拍他肩膀："老顾啊，辛苦你了。你要是觉得累，就先回去休息一段时间吧。这里的研究岗位，我还给你保留着。"

顾茂昌并未接过话头，而是问道："你们会怎么处分常琳？"

"这个要看上面的决定。我知道你跟常琳的感情，但这个事不是小事，常琳也说了自己的打算和动机，她这是典型的反人类反社会啊。"

"可是，可是他们只是有这个想法，并未付诸实践，并且还以报告书的形式先呈交给了实验管理委员会，他们根本没有实际性的行动啊。"

"还想让他们付诸实践？要是付诸实践了，整个人类就他妈全被回收了！"

"张主任，你……"顾茂昌有些惊讶地问道，"你也相信这个理论的正确性？"

"我……我……唉！"张森最后叹了一口气，把"返祖计划"的报告书扔在了桌子上。

顾茂昌盯着那份报告书，的确，这份报告虽然看似荒诞，但其构建的逻辑关系却是无懈可击的，甚至达到了哲学和科学上的完美统一。若只是把它当作一个纯学术理论来看的话，顾茂昌认为它足以达到"艺术"的高度，所谓艺术，便是对哲学与科学最凝练的总结。只是，要从一块骨质遗骸推导出如此惊世骇俗的理论简直太难了，顾茂昌甚至觉得，这绝非人力所能为之。

"张主任，我想见一下修杰。"顾茂昌忽然说道。

“修杰？他的问题很清楚，就是这起事件的主导人员，没有什么好审问的。”

“不，我有些别的事情想问他，请你通融。”

能够让为人桀骜的顾茂昌说出“通融”两个字，已经着实不易，张淼自然也知道这两个字的分量。他犹豫了片刻，点了点头。

修杰所在的单人禁闭室有些特殊，房间内不仅有监听设备，还安装了两个摄像头，进行全天候24小时监视。在禁闭室门口还有一名荷枪实弹的武警镇守，让人望而却步。

修杰坐在椅子上，双眼直直地盯着前方，目光有些阴鸷。他很失望，非常失望，这种失望已经攫取了他的整个身心。他本以为“返祖计划”一定会引起上面的重视，引发热烈的讨论，至于人类最终会不会执行“返祖计划”，那还需要多国协商以及民意表态。但可以肯定的是，此理论的抛出能够让人们意识到所谓人类本就是一个生命共同体，在这个认知前提下，战争和冲突将大大减少，人们之间也不再相互憎恨和伤害，宗教和种族造成的隔阂也将慢慢消弭……人类将进入一个美好的新纪元。

而让修杰没有想到的是，他的“返祖计划”的确引起了重视——所有人都视他为洪水猛兽。

“愚蠢的人类啊”，修杰满脑子只剩下了这一个念头。

顾茂昌打开禁闭室的门走了进来，看到修杰的神态时有些吃惊。他本以为现在的修杰应该很激动、很抵触，没想到他现在却如此平静，这种反常的平静让人觉得可怕。

“阿杰，你受苦了。”看着自己的学生落到这番境地，顾茂昌心中着实不好受。

“老师，我没事。”修杰微微一笑，“比起我来，人类将来所受的苦难更多。”

顾茂昌竟然一时间无法接话，面对修杰这种终极的“人文关怀”，任何的反驳都将流于浅薄。

“阿杰，你的那份报告书我仔细看过了，你之所以提出‘返祖计划’，是因为有两个重要的理论作为支撑，分别是‘十维宇宙’和‘盘古分裂’。我今天来见你，就想让你回答我一个问题，这两个理论是你自己推导出来的吗？”

“老师，这才是你关心的吗？”修杰抬起头，目光直视着他，“难道你就不关心一下别的吗？比如顾青？”

顾茂昌的身子震了一下，他觉得自己开始陷入了一个道德与伦理的漩涡，在这个漩涡里，他快要分不清楚什么是对，什么是错。顾茂昌深吸了一口气，说道：“阿杰，别的事情以后再说，你先回答我的问题，那两个理论到底是不是你推导出来的？”

“老师，以人类的智慧，你觉得能推导出这样的理论吗？”

顾茂昌沉思了一下：“我觉得几率太小，几乎为零。”

“没错，这样的理论，几乎已经穷极了人类思维的边缘。我没那么厉害，是一个自称‘天人’的陌生人在网络上引导着我知晓了这一切。”

“可是他们检查过你的手机和电脑，并未发现任何可疑的聊天记录和邮件来往。”

“他消失了。”修杰平静地说道，“‘天人’告诉完我这一切后，就从我接触的网络里消失了，删除了和我的所有通讯记录。”

“阿杰，你知道，我向来不信这一套。”

修杰笑着摇了摇头：“老师，你跟师母真的不一样。”

结束对话走出禁闭室，顾茂昌满脑子都是晕的。“天人”？这简直是扯淡，顾茂昌根本就不相信会有这种东西，甚至连“天人”是更加高等的外星文明的想法都否定了。顾茂昌只相信一点：在这个世界上，凡事越是离奇古怪，就越是有人在背后捣鬼。

所谓“天人”，顾茂昌也已经给它下了一个定义，不过就是有一点科学素养、内心阴暗、唯恐天下不乱的一个人，或者是几个人组成的一个小团体。可以肯定的是，自从修杰来到西北实验基地后，“天人”就盯上了他，并且要借他之手在世界上掀起一阵狂风暴雨。

可是“天人”的目的是什么？如果真的实行了“返祖计划”，“天人”能得到什么好处？这让顾茂昌百思不得其解。

顾茂昌可能永远也无法从修杰口中了解事情的真相了，因为修杰越狱了。

确切地说，是常琳协助他越狱的。“返祖计划”事件之后，西北实验管理委员会很快给出了处理结果，恢复了常琳的行动自由和工作岗位，但对于主要人物修杰，他们采取了保守的态度，认为还应该再观察一段时间。毕竟一个怀有野心的专业学者放到社会上是很可怕的，尤其是当这野心还跟“反人类”有关时。

但是，管理委员会明显做出了一个错误的决定，或者说，他们错误地估计了常琳。

常琳恢复工作岗位后一直表现得不动声色，就跟往常一样，但她却在暗中筹备着三件事情：第一，偷偷配置了修杰所在的单人禁闭室的钥匙；第二，入侵网络安全系统修改自己的指纹指令，获得了出入实验基地的最高权限；第三，摸清晚上武警换岗的时间规律，规划出了一条避人耳目的逃跑路线。做完这一切后，在一个万籁俱寂的深夜里，常琳按照事先制定好的计划，将修杰送出了西北实验基地。

离开实验基地后，不到几分钟的时间里，修杰的身影就完全淹没在了广袤的黑暗里，连最机敏的警犬都搜索不到。

而让众人感到事态愈发严峻的是，修杰离开时还带走了一部分“指骨遗骸”的样本，虽然质量很小，但天知道他能利用这一点东西做出什么事情来！

很多人都想到了一句老话：流氓不可怕，就怕流氓有文化。

事情的严重性已经超出了众人可以预估的程度，常琳再次被控制了起来，进入一级监管状态。同时，由于事情涉及到了社会安全问题，有关部门也介入了调查，很快地，常琳作为涉事人员之一，由实验基地移交到了刑侦局。

顾茂昌得知消息后，第一时间就找到了张淼，推开办公室的门就质问道：“为什么要把常琳交出去？”

“老顾啊，你别急，先坐……”

“我不坐，你把话说清楚！”

“老顾，事情到这个分上，已经不是我能控制的了，这已经不是一件普通的学术风波了。”

“怎么不是学术风波了？他们是抢劫了还是杀人了？大家只是对于‘盘古’的研究理念不同而已，犯得着这样上纲上线吗？”

“老顾，我劝你不要意气用事。是，一个是你的前妻，一个是你的学生，在这件事上，你肯定比我们都难过着急。但是你也清楚，他们的研究方向不是针对某一个人，而是针对全人类的！现在修杰又带着‘盘古’的样本不知所踪，你知道他能研究出什么要命的东西来？别说研究成果了，就这个理论披露出去，引发的社会恐慌就绝不亚于一次金融危机！你说这样的事，上面能不插手吗？”

听了张淼的话，顾茂昌久久无言，然后颓然地一屁股坐在了沙发上。他有些后悔，他就不应该来西北，不应该与常琳相见，那么这一切也就不会发生了。而现在木已成舟，说什么都晚了。

刑侦局的审讯室四周没有窗子，一盏惨败的白炽灯管瓦数也不够，只能照亮一点点地方，从而在屋子里投下了大片的阴影，这样的格局，能够给被审讯的犯人带来强大的压迫感，以最快的速度摧毁他们的心理防线。此时常琳面无表情地坐在审讯室里，这样的压迫格局似乎对她一点效果也没有。

两个警察坐在她的对面，一个负责审问，一个负责笔录。

“先自我介绍一下，我叫黄大卫，是刑侦二队的队长。常琳女士，我们今天进行的是例行审讯调查，不涉及其他方面的内容，希望你能配合。”

对被审讯者介绍自己的名字和职务，这并不多见，由此也可见刑侦局对于知识分子的尊重，常琳毕竟是一名国家级的科研人员。面对黄大卫的要求，常琳并未多话，只是点了点头。

“好，那我们现在就开始了。你跟修杰是什么关系？”

“他是我前夫的学生。”

“还有其他关系吗？”

常琳沉默了一下，说道：“我和前夫之前有过一个女儿，叫顾青，修杰和顾青是恋爱关系。”

黄大卫翻阅了一下手头上的资料：“你的女儿顾青，在二十一岁的时候得癌症去世了。”

“是的。那时我跟前夫已经离婚了，之前法院把女儿判给了男方。”

“根据我们现有的资料，你和你的前夫顾茂昌都是毕业于西南大学生物系，后来进入了不同的科研所，也都成为了国内首屈一指的生物学专家。以你们两个的实力，会对女儿的病情束手无策？”

“黄队长，我们只是生物学家，不是神仙。实力再强，也要遵循最基本的生物学规律。癌症的出现其实是进化的必然，如果你明白癌症的发病原理，就会知道它是保护人的——确切地说，是保护人类这个种族。”

“哦？”黄大卫来了兴致，“还有这种说法？”

“在以前，医学界认为损坏的DNA是无法被复制和传递的，便成为细胞死亡，然而这是一个错误的认识，即便是损坏的DNA依旧可以被复制和传递，而这就是癌症无法被治愈的原因！癌症不会因为DNA的变异而发生变化，利用这些损坏的DNA来清除新的可能变异的DNA，所以结果就是患了癌症的人死亡。对于个人来说，癌症是一场灾难，而对于人类来说，癌症却是上帝赋予的一把锁——它从某种意义上让人在漫长的进化中始终是人，而不会变成什么其他的物种。”

黄大卫听得有些目瞪口呆，决定先把这些让人头疼的理论放到一边，翻了翻手边的“返祖计划”报告书，问道：“所以你能不能给我解释一下，你跟修杰到底想做什么？”

“报告书里写得很明白，你可以自己看。”

“我看了，但我还是不明白。这里面的数据太多，我这个人从小数学就不好。”

“那我给你解释一下，首先，诞生初期的宇宙一共有十维空间……”

“停，停。”黄大卫摆了摆手，“我一听就要晕了，你千万别给我讲什么理论，什么维度这那的。你就直接跟我说，你们这个‘返祖计划’到底是要搞什么幺蛾子？”

“理论上来说，人类就是由一个巨大的生物体分裂开来的，现在我们要把人类集中起来，回到最原始的状态，也就是说，把所有人变成一个人。”

负责笔录的警察抬起头，征求的目光看向黄大卫。这说法太荒诞了，他不知道该不该记下来。

“记你的，我们说啥你就记啥。”黄大卫又转向常琳，“你说人类是由一个巨大的生物体分裂出来的？照你这么说，进化论是错的了？”

“不，我并没有推翻进化论。可以肯定的是，人类始出现时并不能完全适应地球的环境，肯定会出现大批量的死亡。但有一部分人类为了适应环境，慢慢地产生了一些改变，最终活了下来，这就是一个漫长的进化过程。达尔文的进化论并没有错，只是在人类源头的问题上没有给出清晰的答案，这是历史条件造成的。”

黄大卫沉吟片刻：“我刚才仔细想了想，你这个结论有些恐怖。”

“哪里恐怖？”

“所有人都变成一个人，那不就没有我了吗？我不等于死了吗？”

常琳不屑地笑了起来：“恰恰相反。所有人即是一个人，一个人即是所有人。在无限庞大的统一意识里，你中有我，我中有你，我们是一个共同体——就像一滴水进入大海，它没有消失，它还存在着，只是融入了更加广袤的大海。我们并没有死，相反，所有人都得到了永生。”

“永生……”黄大卫问道，“也包括你的女儿，顾青吗？”

常琳沉默了一下，道：“对。按照理论推断，不仅是顾青，所有存在过的人类的意识体都会复苏，黄队长，也包括你的至亲和爱人。”

黄大卫愣了半晌，靠向椅背，抓了抓本就凌乱不已的头发，长呼了一口气，从兜里拿出一包烟：“要吗？”

常琳点了点头。

两个人点上烟抽起来。黄大卫深吸了一口，在肺里过了一圈，吐出了一道笔直的烟柱：“聊点别的吧。听说你们写这份‘返祖计划’报告书的时候有高人引导？”

“是网上一个ID叫‘天人’的人。”

“‘天人’是谁？”

“我不知道，他只跟修杰接触过。”

“你觉得‘天人’会是谁？”

“觉悟者。”常琳弹了弹烟灰，“这个世界上，总有一些强大的智慧能够看透世界的本相。”

“那么你为什么要放走修杰？”

“修杰也觉悟了，他本就是个天才，不应该受到不公平的待遇。”

“修杰离开的时候，还带走了一部分遗骸样本，他要做什么？”

常琳沉默了。

黄大卫立刻意识到自己问到点子上了，佯装不屑道：“难道还有什么见不得光的事情吗？”

“没有什么不能见光的。就算我说了，你们也找不到他。”

“找不找得到是另一回事。我们只是担心，修杰会把遗骸样本卖到国外黑市。”

“你们多虑了，阿杰不是那样的人。他带走遗骸样本，是为了克隆。”

“克隆？”

“对。”常琳掐灭了烟头，“克隆出一个‘盘古’来。”

“日夜想要解脱，
却终不为过。
一千年的时间，
仍预料不到结局的寂寞。
你只要慢慢离去，
你不要再声声唤我，
我今日淬火，
不得触摸……”

旅行者乐队主唱安琪飘逸空灵的嗓音迅速在网络上蹿红，电子摇滚终于从哥特风、金属风、朋克风、中国风一路跨越到了“太空风”，新晋的旅行者乐队开辟出了一个新流派，迅速征服了国内的一大批粉丝。

刑侦队的小李明显也是旅行者乐队的粉丝，他戴着耳机，闭着眼睛，身体微微晃动，沉浸在空灵迷幻的电子音乐中不可自拔。肩膀忽然被人拍了一下，小李睁开眼睛，看到了队长黄大卫的那张大脸。

“黄队……”小李急忙把耳机摘了下来，有些心慌。上班时间听音乐，看样子又要被训斥一顿了。可是黄大卫什么都没说，只是面无表情地吐出了两个字：“开会！”

会议室里，黄大卫把手头的资料向众人分发了一下：“这是常琳的审讯笔录，你们看一下。据她交代，修杰拿走指骨遗骸的样本是为了做克隆实验，这肯定需要有相应的场地以及大笔的资金支持。一组，你们负责联系一些地方上的实验基地，注意一下有没有什么异动。二组，你们跟商业调查科合作，关注一下异常的大宗资金流动，看能不能找到什么线索。”

“是。”下面的人领命道。

“还有，现在初步怀疑这个与修杰联系过的‘天人’是一名资深的生物学家或者科学家，并且有能够接触到西北实验基地第一手资料的渠道。小李，听说你电脑水平不错？”

“报告，国家网络安全部上个月把我借调过去帮忙，打掉了一个藏匿许久的黑客犯罪组织。”

“好，你带几个人，调查‘天人’的任务就交给你了。”

“是！”

安排完工作，黄大卫刚要宣布散会，忽然有一个人问道：“队长，如果修杰最后得逞了，他会克隆出什么东西来？”

黄大卫愣了一下，道：“我希望你们不要假设有这种可能性，天知道会发生什么事情。”

从西北实验基地逃出来之后，修杰一路向东，逃到了一座他小时候生活过的江北小镇。他深知自己脱逃一事会引起轩然大波，并且还会连累到常琳，但事已至此，他已经顾不得那么多了。修杰估计公安部门一定会介入调查，寻找他的行踪，而这座江北小镇是他小时候生活过的地方，他对这里非常熟悉，万一被发现行踪，也能及时安排最便捷的逃脱路线。

他怀揣着一个无比神圣的使命，为了这个使命，他可以献出自己的一切。不到三十岁的修杰已经和自己的导师顾茂昌合作完成了好几个国家课题，是国内首屈一指的青年科研人员，前途无量。可是跟这个神圣的使命比起来，前途、功名、地位和金钱，这些东西都不值一提。

他一路东行，怀揣着“盘古”遗骸的样本，就像怀揣着普罗米修斯传递给人间的火种一样。只不过那一次火种给人类带来了光明，而这一次的火种，将把这些光明集为一束，燃成熊熊大火。

修杰甚至看到了人类与生俱来的贪婪、愚昧、自私和憎恨这些无法抹除的劣根在这场大火中被焚烧得一干二净，世界将迈入一个新的纪元。

他有些激动，因为这一次他不仅仅是见证者，更是缔造者。他的名字将被刻在人类文明发展史的里程碑上，而在他所创造的那个世界里，再也没有痛苦和死亡，所有人将得到永生。

包括他的顾青。

修杰坚信，现在的人类都不理解他，而真到了那一天，在跨过新世界的门槛后，所有人都会感激他的。

不需要私人赞助，不需要财阀支持，修杰很快着手于研究工作。本来穷途末路的他忽然发现自己账户里多了一大笔资金，在还没有被冻结之前，修杰就把这笔资金转了出来，挪到了一个秘密的户头上。虽然没有打款人的信息，但修杰知道这笔钱的来源一定是“天人”。

凭借着这笔巨款，修杰伪造了一个身份，租下了当地的一个私人研究所，召集了几名科研人员就开始进行秘密的克隆实验。

人类科技发展到今天，克隆技术其实已经是一项十分成熟的技术，自从1996年世界上第一只克隆羊“多莉”出生，就宣告着人类终于可以扮演“造物主”的角色。只不过因为道德底线以及社会认知方面的禁忌，克隆技术一直被限制在有限的范畴里进行研究，克隆人更是触犯法律的一种行为。修杰没想到，他终有一天会跨过这道科学与生命的禁忌。

在修杰的私人研究所里，一切准备工作都在有条不紊地进行着，很快就能进入实验状态。修杰静静地坐在那里，看着培养皿里一块状如鹅卵石般大小的骸骨，眼神里充满了憧憬。它悬浮在培养基质里面，颜色暗黄，细细看去，上面还有一些细微的纹路，这正是他从西北实验基地里带出来的样本。那么庞大的一块骨头，而他只需要这一点就够了，仅仅通过这一点，就足够他打造出一个全新的世界。

沉睡的细胞就快要苏醒了，修杰看着电脑显示屏上不断跳动的数字，心里慢慢激动了起来。只要沉睡的细胞能够苏醒，他就有能力让其脱分化，从而提取出具有再分化能力的干细胞。而现在，这遗骸中不知道沉睡了多少年的细胞，在培养液的浸泡下，正像萌生新芽的种子一般，终于慢慢地苏醒了。

修杰猛地站了起来，浑身的血液都在沸腾，他终于在这条伟大的“天国之路”上迈出了第一步。

第三章　人类始祖

“你是我的小呀小苹果……”深更半夜，手机铃声突然响了起来，黄大卫睡眼惺忪地抓过手机，瞄了一眼来电号码，立刻一骨碌从床上坐了起来。来电显示是队里打来的电话，这个时间呼他，肯定有非常重要的事情。

“喂？”黄大卫立刻接通了电话，声音镇静，睡意全无。

“队长，是我。”是小李的声音，“我刚刚查到‘天人’的线索了！”

黄大卫陡然兴奋起来，他压着声音问道：“线索准确吗？”

“绝对准确，我已经核实过了！”

“好，你在队里等着，我这就过去，十分钟后到。”

深夜的大街上空旷无比，偶尔能见到几辆零星的出租车。黄大卫开着车，风驰电掣般地掠过，车灯在夜色里形成了一道流动的轨迹。他感觉心情突然舒畅了起来，这舒畅不仅来自于白天无比堵塞的马路忽然间变得通畅无比，还来自于棘手的案子终于有了突破性的进展。

“天人”到底会是谁呢？黄大卫在脑子里思索着，又踩了一脚油门，汽车呼啸而去。

刑侦二队的办公室里灯火通明，小李正在电脑前迅速地敲打着键盘，他的手边还放着一杯喝了一半的浓咖啡。黄大卫突然推门走了进来，问道："小李，什么情况？"

"队长。"小李站了起来，汇报道："我检查了修杰的手机，他虽然删除了一切跟'天人'有关的联系方式和聊天内容，但我发现他在几乎差不多的时间玩了一款密室通关类的手机游戏，这款游戏的开发商不详，但用户群体却非常少，几乎就没有人玩，所以它在网络上的传播源能从运营商那里调处来。虽然只能分析出对方手机的SIN编码，但我已经黑进了他的服务系统，只要对方一有任何操作行为，我们就可以立刻对他进行定位。"

黄大卫迟疑道："就算这个人跟修杰交流过，也只是给他分享了一款密室逃脱类的游戏，你怎么就能够判断他就是'天人'？"

"我下载了这个游戏，玩了一个晚上才通关。"小李揉了揉因为熬夜而通红的双眼，"这款游戏的构架很奇怪，每成功打开一间密室，外面就会出现一间更大的密室，整个游戏就像个俄罗斯套娃般一层套一层，直到打开最外面的那间最大的密室，游戏才结束。"

"一共几层密室？"

"十层。"

黄大卫的眼皮跳动了一下："十层密室，十维空间……难道对方是在用这个游戏给修杰传递信息吗？"

"队长，我也是这么想的。"

黄大卫拿出一根烟，塞进嘴里点上，这确实是一个十分重要的线索。如果小李分析得没错，那么这个人是"天人"的可能性极大。而现在，他们所能做的，就是等待着对方的下一步动作。

凌晨时分，就在大家昏昏欲睡无精打采之时，电脑报警器突然响了起来，同时屏幕上出现了一个不停闪烁的红色小圆点。小李一跃而起，叫道：“对方的手机有反应了！”

所有人都猛然精神了起来，黄大卫道：“赶紧锁定位置！”

“正在锁定！”小李的双手在键盘上噼里啪啦地敲着，“队长，位置已经锁定好了，就在本市！”

“好，出发！”黄大卫站了起来，吩咐道，“所有人，检查枪支！”

三辆警车，无声地闪烁着红蓝警示灯，朝着浓重的夜色深处开去。弥漫在空气中的雾气被冲破了，翻卷起一阵雾浪。这是夜晚最深沉的时候，但这也是黎明前的黑暗。

虽然对方只操作了短短的十几秒钟手机，或许只是发了个短信或接了个电话，却已经被牢牢锁定。根据监控位置的指引，三辆警车像潜行于密林深处的猎犬一样朝猎物扑了过去。他们越过了大半个市区，朝着南郊的住宅区驶去。

根据位置显示，目标就在市区南郊的一栋住宅内。市区南郊环境优雅，绿化覆盖率高，建设的都是一些比较高档的住宅区，是城里有名的富人区。

小区都是封闭式建设，到了门口，警车被拦了下来，还没等门口的保安开口询问，黄大卫就亮出警官证，沉声道：“警察办案，立刻放行！”

保安一看这阵仗，吓了一跳，也不敢多言，赶紧放行车辆。

小李时刻关注着手提电脑屏幕上的位置，指着小区里的一栋小高层说：“目标就在这栋楼上！”

黄大卫打开对讲机，命令道：“注意注意，接近目标，马上停车。一车的人跟我上去，擒获目标人物；二车的人守住楼梯口和电梯出口，确保任何人不得出入；三车的人守住小区的两个出入口，注意观察可疑人物。好，行动！”

一行人顺着楼梯徒步上楼，在爬到第十三层的时候，小李示意大家不要再移动了，众人屏住呼吸，都把手枪掏出来上膛，严阵以待。小李拿着电脑转了一圈，仔细地分辨了一下位置，指着其中一户房门说："目标就在里面。"

黄大卫："你确定？"

小李说："绝对没错。"

黄大卫点点头，做了一个手势，其他人都分散开来，隐蔽在周围。另有两个人手持枪支，紧贴门框边站好，随时准备行动。黄大卫则一个人站在门前，轻轻敲了敲门。

"谁啊？"门里传出一个中年男子的声音。

黄大卫没有答话，又敲了敲门。

由远及近的脚步声响起，门把手转动，房门"吱呀"一声打开了，一个脑袋探了出来："这么晚了，谁呀……"

话还没说完，一支冰冷的枪管就顶在了他的额头上，同时还有黄大卫的一声低喝："不许动！"

对方被吓了一跳，猛然间愣住了，呆呆地看着来人："黄队？"

黄大卫也愣了一下，有些意外地道："张淼？"

黄大卫万万没想到，从这扇门里出来的人会是张淼。

在修杰偷窃了"盘古"遗骸的样本之后，刑侦二队就介入了调查，跟他们对接的人便是西北实验基地的主任张淼。他向黄大卫介绍了全部案情，临时拘禁常琳和修杰也是他的决定。修杰的叛逃使张淼承受了巨大的压力，黄大卫记得初见张淼那天，他双眼通红，本就稀疏的地中海发型也糟乱无比，嘴上的烟一根接着一根，一直没停过。据实验基地的人说，为了修杰这事，张主任已经两天两夜没合眼了。

怎么看，他跟“天人”也扯不上半点关系。但是，小李手上的追踪系统却分明显示他就是目标。黄大卫思忖片刻，决定先把张淼带回队里再说。

“黄队，黄队，有话好好说嘛，你们这是干什么？”张淼一下就慌了。

“张主任，我们怀疑你跟修杰一案有关，现在请你回队里协助调查，谢谢配合。”黄大卫还是很客气。

“开玩笑，我怎么会跟这件案子有关系？要说关系，我也是作为实验基地负责人监管不力啊，就凭这一点你们也不能抓我啊。”

“我们还发现了别的线索。”黄大卫朝几个队员摆手示意道，“先带回去再说。”

“哎，黄队，黄队，有话好好说……”张淼双手双脚乱扑腾，但还是被两个警员带下了楼，塞进了警车。

审讯连夜开始，当时凌晨已过，东方泛起了鱼肚白。张淼和黄大卫坐在封闭的审讯室里，四周都是墙壁，没有窗户，唯一能够给他们带来光明的，就是头顶上那盏惨败的白炽灯。

“张主任，上一次我在这里审讯你的手下常琳，希望这一次你也能好好配合，让我们早点交差。”跟张淼这样的机关人员比起来，黄大卫的言谈明显多了几分江湖气。

“黄队，这大晚上的，你们把我抓过来，到底是为啥子哦？”张淼一紧张，连家乡方言都蹦出来了。

“有一些关于修杰案子的问题，希望你能回答一下。”

“你让我回答？回答啥子？我知道的全都告诉你们了！实验基地出了这样的事情，我比你们更着急！”张淼急得满脸通红，用手捋了捋脑门上的地中海，“修杰这瓜娃子……”

黄大卫拿起张森的手机晃了晃，说道："张主任，根绝我们的调查，你曾经在案发前使用这部手机给修杰分享过一个密室逃脱类的游戏，有没有？"

"密室逃脱……"张森想了想，恍然大悟道，"哦，对对，我是给他发过一个密室逃脱类的游戏。这个游戏我之前玩过几次，挺难，怎么都通不了关。当时修杰他们的研究项目不是遇到难题了嘛，我就寻思让他玩玩游戏，换换脑子，拓展一下思维。"

"那你为什么不发给顾茂昌？"

"哎呀，修杰是年轻人嘛！你别看我年纪不小了，我是很喜欢跟年轻人打交道的！他们脑子活，接受新鲜事物快嘛。"

"除了分享这款游戏外，你们在网上还聊了些什么？"

"没什么了，剩下的就是一些工作方面的问题了……哎，黄队，你到底怀疑我什么啊？出了这事以后，我真是操碎了心，整宿整宿睡不着，你看我这头发掉得……"张森低着头抓了抓，展示着自己本就稀疏的头顶。

"张主任，我知道你心急，我们这也是发现了线索，例常询问而已。你能解释一下为什么你的手机里没有和修杰的聊天记录吗？"

"呃……这个……"张森咽了一口唾沫，"修杰出事以后，我害怕连累到自己，就把之前的聊天记录全都删除了……"他低着头嗫嚅着，不时地翻下眼睛，打量着黄大卫的表情。

黄大卫不自觉地叹了一口气。负责笔录的警官也放下了笔，朝着他摇了摇头。那意思很明显：这样的家伙，怎么可能是他们要寻找的"天人"？

黄大卫看了看表，也差不多折腾了大半天了，并没有问出什么有价值的线索来，看来张森并不是他们要寻找的目标人物。黄大卫靠向椅背，两根大拇指揉搓着因为熬夜而发涨的太阳穴。

“黄队，你看这要是没什么事，我就先回去？你要是白天还让我待在这里，我是没什么，可实验管理委员会那边，你们总得知会一声吧？”

这句话让黄大卫颇为头疼，实验管理委员会是国家重点单位，级别比他们刑侦局还要高，他真要扣人的话，委员会那边必须得给个交代。他不想惹这麻烦，反正从张森嘴里也问不出什么来了，他就摆了摆手，说：“行，张主任，你先回去吧，今天算是得罪了，不过你也体谅下，咱们都是为了案子嘛。”

“嗨，明白明白，你们也是公事公办。那我就先回去，黄队，回头有什么情况，咱们再及时沟通。”

审讯室的门打开了，张森捋了捋乱糟糟的地中海，正要走出去，却和风风火火地闯进来的小李撞了个满怀。他立刻掏出了手枪对准张森大喊道：“你干什么！不许动！”

“小李！”黄大卫呵斥道，“你在干什么，跟张主任的谈话已经结束了！”

“队长！刚才商业调查科那边发来信息，说他们查到案子发生以后，有一笔巨款从张森的账户转到了修杰的账户下，而那笔钱已经被修杰提了出来，转到了一个秘密户头里！”

黄大卫浑身一个激灵，习惯性地摸向后腰，但他在进审讯室之前就已经把枪支摘除了，于是只能站起来大喝道：“张森，双手抱头，坐下！”

“哈哈哈哈哈……”沉默了数秒钟，背对着他的张森忽然笑了起来。

“你笑什么！把你的问题交代清楚！”黄大卫喝道。

“没想到，你们竟然能调查到这一步，是我大意了。”张森慢慢转过身子，一脸冷淡倨傲的表情，与之前怯懦的样子判若两人。他斜睨着黄大卫，眼中散发着锋利睿智的光芒。

黄大卫愣了一下，问道："你到底是谁？"

"我是谁？我的身份你们不是很清楚吗？张森，西北实验基地的主任，一个无所事事的官僚，一个明哲保身的机关要员，一个你们眼中混吃等死的国家蛀虫。"

"我是问你的真实身份！"

"真实身份？那就看你们想知道什么了。"

"你为什么要给修杰提供资金援助？"

"没有钱，他怎么研究指骨遗骸，怎么克隆出'盘古'？"

在场的人皆是一惊。黄大卫问道："你就是……'天人'？"

面对黄大卫的质问，张森冷笑了一声，道："'天人'？没错，是我引导着修杰推导出了'十维宇宙'和'盘古分裂'，也是在我的暗示下，修杰构建出了伟大的'返祖计划'，却没想到招致了人类社会如此的恐慌，将之视为洪水猛兽……我以'天人'的名义在暗中做了这一切，但我却不是'天人'，我只是'天人'的信徒，是'天人'的奴仆。"

"那'天人'到底是谁？"

"'天人'并不是谁，'天人'是一种文明，一种比人类更高等的文明！借助'天人'的力量，我们不仅可以重塑人类，还可以重塑宇宙！"

"你到底在说什么？"

"我说的，难道你听不明白吗？"张森冷冷地看着他，几根稀疏的地中海发丝垂落下来，遮住了半个眼帘，目光却深邃无比，"上次审讯常琳的时候，想必你已经知晓了'十维宇宙'吧？"

"那只是一个虚幻的理论……"不知道为什么，面对张森刀锋一样的目光，黄大卫忽然有点心虚。

"不，并不是虚幻的，宇宙在诞生之初，就是十维的，那是一个完美的世界，无比和谐。你们知道高维度和低维度之间最大的差别是什么吗？是光速！维度越低，光速越慢，而在十维空间，光速是无限的！光速无限，也就代表着时间无限；时间无限，也就代表着生命无限！在十维宇宙里，一切的生命都是无限的，没有死亡，只有永恒的存在！”

张淼张开双臂，高昂着头，注视着惨白的天花板，仿佛那里是无限浩渺的宇宙。黄大卫他们都被张淼的言语惊到了，一时间说不出话来，连小李端着枪的手都在轻微地颤抖。

“但好景不长，因为宇宙本身的持续膨胀，其能量无法支撑十维状态的存在，所以宇宙由高维度不停地向低维度坍塌，九维、八维、七维……终于到了我们现在所生存的三维宇宙空间。”张淼的声音开始变得低沉，仿佛蕴含着巨大的悲哀，“在三维宇宙状态，光速变得极慢，时间变得有限，连生命都是转瞬即逝的，这真是一个可悲的宇宙。黄队，你不这样觉得吗？”

“我……”黄大卫的嘴唇动了一下，不知道该怎么回答。

“你们一定想知道，‘盘古’到底是什么东西。它不仅是完美巨大的人类始祖，更是十维空间的生命体！唯有它能够连通人类与十维空间之间的桥梁，带领人们摆脱转瞬即逝的死亡命运。”

“你的目的……到底是什么？”黄大卫有点跟不上他的思维了。

“我的目的是拯救你们，拯救全人类。”张淼歪着头看了他一眼，露出了一抹邪魅的笑容，“你们应该知道，宇宙里充满了以太，它是一种均匀的无质量的物质，散播于整个太空。无数的以太，便组成了以太弦，那是一种能量和物质的过渡信元，类似于光的静态——对于没有接受过基本科学研究的你们来说，可以暂且这么理解。而一旦修杰提出的‘返祖计划’成立，所有人类重回原始状态，那么巨大的‘盘古’就会重新诞生，恢复成亿亿亿万年前的完全形态，它的力场足以震荡以太弦，引起维度空间的震荡反弹——届时，整个宇宙将凭借反弹之力，重回十维空间。”

黄大卫好不容易从巨大的震惊中清醒过来，问道：“重回十维宇宙，这就是你教唆修杰的目的？”

“教唆？这个词太难听了，我把它叫作‘引导’。从‘盘古’遗骸被发现的那天起，我就在物色合适的人选，本来我是想让顾茂昌承担这个使命的，但后来我发现他的学生修杰更加适合，他骨子里对于神秘主义和宏观宇宙的向往，甩了顾茂昌和常琳几十条街。”

“所以，从修杰进入实验基地的那一刻起，你就在策划整起事件了？”

“这也是没办法的事情。我知道管理委员会根本不可能通过‘返祖计划’，这样的方案只能让愚蠢的人类感到恐慌，他们只能看到自己眼前的一亩三分地。只有将修杰逼入绝境，才能激起他彻底的反抗之心，他才可能不顾一切地去克隆出‘盘古’，引导人类走向永恒之路。”

“你为什么不亲手做这些？”

“在时代的进步中，总要有人走上台前，充当光辉的引导者；也总要有人躲在幕后，默默地守护着这一切。”

“也就是说，如果修杰失败了，你会想办法培养下一个李阿杰，王阿杰？”

“黄队，交谈了这么久，这是你说的最睿智的一句话。”

“别废话！”黄大卫有些糟心，他本来以为这起案子只是几个科学家的失心疯而已，看来案情要比他想得更为复杂。

黄大卫厉声喝道：“张森，老实交代，‘天人’到底是什么组织，藏匿在什么地方？”

“‘天人’并不是什么组织，我说过了，它是一种潜伏在人类世界中的更高文明。”

“那么你……”黄大卫还想问什么，忽然看到张森拨弄了一下手表的表盘，嘴角露出了一抹淡然的笑容，他不知道这意味着什么，只是凭着直觉大喊道，“快阻止他……”

可是已经来不及了。张森看着黄大卫说：“黄队，我相信修杰一定会成功的，咱们十维宇宙见……”话没说完，忽然“噗”的一声闷响，张森的胸腔被炸出了一个血洞。黄大卫整个人被震愣在当场，呆呆地看着这一切。

很快，张森的验尸报告出来了，他在体内植入了一个微型爆炸装置，能够通过拨动手表的表盘启动。这枚微型爆炸装置不知道在张森的心里藏了多少年，黄大卫忽然想到了一个词——死士。

没错，他就像是一个死士，完全隐藏了自己的性格和身份，以另外一副面孔活在众人中间，却在暗中推动着一切。而当身份不幸暴露，他便义无反顾地选择了死亡。这种决绝，让黄大卫感到了一种彻骨的寒意。

难道这一切都是真的？黄大卫快要疯了，巨大“盘古”、十维宇宙、维度坍塌、‘天人’文明……这些东西像搅拌机一样在他的脑子里颠来倒去，疯狂地旋转着，仿佛交织成了一个看不见底的巨大漩涡，一点点地将他吞噬。

在以前，他肯定会觉得这是一群患有妄想症的疯子科学家想出来的荒诞故事，或者是哪个唯恐天下不乱的野心家编造出来的一套恐怖说辞。但现在，他却不得不面对这些铁一般的事实：常琳因此身陷囹圄；修杰因此匿踪而逃；张森更是因此自杀，而在这之前，也不知道他在实践基地潜伏了多少年……难道这些人都是疯子吗？很明显不是。

黄大卫真的很崩溃。他这一辈子也没想过自己能跟什么十维宇宙、外来文明扯上关系，老老实实地做一个警察怎么就这么难呢？而让黄大卫更崩溃的，是他还得把这些如实向上级汇报。

刑侦局的罗局长是个老警察了，作风正派硬朗，从事刑侦工作几十年，眼里从来容不得一点沙子。在听了黄大卫的案情汇报之后，当即拍案而起怒吼一声："荒唐！"

黄大卫低着头，不安地搓着鼻子："罗局，我也觉得这事挺荒唐，可……"

"可什么？一个国家级实验基地的主任在我们审讯室里死了，你说他是自爆，并且还为了这一刻潜伏了许多年，还是什么外来文明'天人'的死士……黄队长，你是不是觉得我老糊涂了？"

"不是，罗局，我绝对不是这个意思，但张淼真的是自爆而死的啊，跟我们一点关系都没有。你看，这里有法医的验尸报告……"

罗局长接过验尸报告看了一眼，随即放在了桌子上，长叹了一口气："这到底是怎么回事？"

"事情真的就是这样，罗局长，整个案子的来龙去脉，我都已经给您汇报过了。"

罗局长一言不发，眼睛看着窗外，沉默了良久才道："大卫，不是我不相信你，可这样的一个案子，你……你让我怎么相信啊！"

"我一开始也不相信，可调查来调查去，真的只有这些线索了。"

罗局长烦闷地揉着自己的太阳穴，闭上眼睛说："这样吧，张淼的事情，我去向实验管理委员会解释，能压就先压一压，千万不要让媒体知道，否则他们会报道成什么样鬼才知道。现在案子的关键点，就是尽快找到修杰，找到他，很多事情就会真相大白了，这个事，你全力去办。"

"是。"黄大卫顿了一顿，又道，"我申请向全国发布修杰的A级通缉令。”

“好，你去办吧。”罗局长无奈地挥了挥手道。

张森“畏罪自杀”的消息传回实验基地，顾茂昌简直不敢相信自己的耳朵，他想不明白这个向来只知道明哲保身的老油条，怎么也会被牵扯到修杰的案子里。但铁一般的事实摆在眼前，让人不得不信。

张森事件之后没几天，实验管理委员会的人找顾茂昌谈了话，问他愿不愿意进入实验基地的人员编制，继续“盘古”项目的研究，如果他愿意的话，会给他一个合适的职位。

顾茂昌只是短暂地犹豫了一下就答应了实验管理委员会的请求，因为他与常琳、修杰、甚至张森之间都有着不同程度的交情，也想把这件事彻底搞明白。没过几天，实验管理委员会的调任命令下来了，宣布顾茂昌暂时接替张森的工作，任西北实验基地主任一职。

新上任那一天，顾茂昌把自己一个人关在实验室里，看着巨大的“盘古”遗骸，心中百味陈杂，思绪万千。自从这个庞然大物重见天日，他身边的一切就都被打乱了，仿佛被卷入了一个不停下沉的漩涡之中。他的前妻常琳如今身陷囹圄，他的爱徒修杰如今隐姓埋名、不知所踪，张森虽然人品不怎么样，但也是他多年的老朋友，如今却落得个“畏罪自杀”的下场……顾茂昌发现自己越来越看不懂这个世界了。

“到底什么才是真的……”新一任的实验基地主任顾茂昌抚摸着巨大冰冷的“盘古”遗骸，陷入了沉思。

修杰的A级通缉令已经在全国发布。但对于这一切，修杰毫不知情，他一直蜗居在自己的私人实验室里，吃喝拉撒从来没有出过门，将所有的心思都用在了“克隆盘古”的实验项目上。

而如今，克隆实验已经取得了突破性的进展，从指骨遗骸里提取的细胞脱分化而成的干细胞趋近完美，经过他们团队的悉心培育，正在一点一点地撕破“生命禁忌”的屏障。

在这座隐蔽的地下私人实验室里，好几个实验仪器的管子都连接着中央的一个半椭圆形的封闭舱，向里面输送着氧气和养料——这是孕育“盘古”的中枢设备：人工子宫。透过人工子宫半透明的保温外壳，修杰观察到了像母体里的婴儿一般蠕动的身影，他激动地颤声叫道：“看啊，我们能拥有的不止是虚幻的理论，也不止是冷冰冰的遗骸，我们现在拥有了真正的生命雏形！”

在“盘古”身上，修杰看到了希望，看到了人类社会的光辉未来，看到了生命将回到最开始的黄金岁月，他甚至还看到了顾青，顾青还是那么漂亮，那么善良。他的嘴唇嗫嚅着，向空气中伸出手，仿佛在抚摸着顾青的脸庞：“顾青，等我，我们很快就能见面了。到时候我们再也不分离，永远，永远在一起……”

“盘古”在人工子宫里的孕育时间已经到了设定的期限，作为一个胚胎个体，它已经完全成熟了，甚至开始敲打人工子宫的保温壁，想要从里面挣脱出来。修杰明白，让“盘古”面对这个世界的时候到了。

对于人类世界来说，这是再普通不过的一天。太阳照常从地平线升起，人们依旧要赶着去上班；老人百无聊赖地坐在家门口晒着暖烘烘的太阳；孩子们则背着沉重的书包走向学校……而对修杰来说，这一天却是不同凡响的一天，这一天，是全人类迎来新生的一天。

“来吧。”修杰站在即将开启的人工子宫前张开双臂，“‘盘古’，睁开你的双眼！”

两个工作人员互相配合，拉开人造子宫的密封门，“哗啦”一声，半透明的培养液从里面涌了出来，淌得一地都是。而他们期望出现的生物体却蜷缩在人造子宫里面，不敢露出头来。

修杰站在人造子宫前面，双手轻轻地拍着，像召唤婴儿那般轻声叫道："'盘古''盘古'……"

"刷"的一声，一团白色的东西从里面窜了出来，猛地扑到了一个工作人员的身上，几乎包住了他的整个上半身。这个工作人员并未穿防护服，一下就被扑倒在了地上，哀号着打滚。其他人一下子慌了，拼命地将他拽了出来，却看到他的整个上半身几乎已经被融化掉了，缓缓地蒸腾着缕缕白气。

这情景完全出乎意料，在场的人全都惊叫了一声。只见那团白色的物质在地上蠕动着，慢慢地站了起来，模样好似一个侏儒状的人形，它四肢皆俱，还有一张面目模糊的脸，在那脸上貌似有鼻子和嘴巴的形状，却没有眼睛。

这生物体勉强往前走了几步，却因为骨骼太软不足以支撑身体，一下子又瘫倒在了地上，却迅速地蠕动起来，像是在寻找着下一个目标。吓得工作人员纷纷惊叫着四下散开，碰翻了实验室里的各种仪器设备。它寻找了一圈后，径直朝着愣在原地的修杰爬了过去。

修杰已经面无人色，他不敢相信自己耗费了所有精力，却培育出了这样一只怪物。它那丑陋的爬行姿态把他所有的希望都给打碎了，在那一瞬间，修杰站在这里，觉得活着还不如死了痛快。就在那东西即将要扑到修杰身上的时候，他的助手白浩冲了过来，抄起一个高压电棒就捅在了它的身上。顿时爆出一阵"噼里啪啦"的电火花，那东西张大嘴巴发出了一声类似公鸡打鸣般的嘶叫，接着便抽搐了一阵，瘫在地上不动了。

修杰惊魂未定，愤怒、恐惧和失望的情绪一起涌上心头，几乎让他的精神崩溃。他抓起一支火焰喷枪就要把这东西给结果掉，却被白浩死死拦住。白浩指着瘫软在地上的那团东西说："等等……等等……你没发现它和刚才比有什么变化吗？"

听白浩这么一说，修杰才发觉，它跟刚从人造子宫里出来的时候比起来确实有了一点变化，变得更大了，并且两条前肢上开始显现出手指的轮廓。白浩推了推鼻梁上的眼镜，道："它刚出来的一瞬间，我看得很清楚，并没有手指的轮廓和面部五官的形状，只是一坨类似混沌体那样的东西。"

"阿浩，你确定？"修杰惊讶地看着他。

"我确定，现在它的这些变化都是从扑倒那个研究员之后才开始的。"

修杰倒吸了一口冷气，一个念头突然像闪电一样划过了他的脑海！

在那一瞬间，他的眼前变得澄澈一片，如果白浩所言不虚，那么这就是它的成长方式——吞噬人类！

不，不是吞噬，是融合！人类本就是"盘古"的分裂体，现在它回来了，要以融合的方式让所有的人类重归于自己的体内，重新完成肉体和精神的统一！

修杰的心情像坐过山车那般大起大落，而此时，他再次捏紧了自己的拳头。没错，他成功了，他完成了世界上有史以来最伟大的克隆体，他恨不得让全世界都知道——"盘古"出世了。

白浩是修杰最信赖的助手，在进入这个实验室之前，他还是一个刚从生物系毕业、一直找不到工作的穷学生。因为没钱，他被房东赶了出来，女朋友也因此跟他分手，挤在人山人海的招聘会上，白浩感觉自己像是罐头里的沙丁鱼，连呼吸都变得困难了。他逃也似的离开了那个地方。正当他为自己的生计和以后的前途发愁的时候，他遇到了修杰。

当时修杰刚刚启动"盘古克隆"项目，急需人手，初出茅庐的白浩就这样进入了他的视线。白浩虽然刚从学校毕业，但专业技能极为扎实，在项目研究上给了修杰极大的帮助。更为重要的是，他完全认可修杰的理念，认为“盘古”将是拯救人类命运的不二之选。

此刻，白浩就蹲在那里，仔细地打量着这个刚从人工子宫里孕育出来的生命体。它已经从被电击的晕厥中苏醒了过来，像一滩稀泥似的瘫软在地上，几次想努力站起来，可是由于骨骼太过于软弱，最后还是蜷缩在了地上。它已经初具人类的雏形，四肢、躯干、头颅一应俱全，但面部五官却模糊不清。它身体表面呈现出一种惨白色，上面还有层层叠叠的皱褶，也许是在培养液里浸泡的时间太长的缘故。当白浩慢慢靠近它，它显然觉察到了陌生人类的靠近，脑袋慢慢地仰了起来，嘴巴处裂开了一道黑暗深邃的缝隙。

白浩浑身一个激灵，立刻向后躲去，几乎就在同时，它猛然一扑，差点就上了白浩的身，幸亏两条拴在它手臂处的铁链发挥了作用，限制了它的活动。它犹不甘心，挣得铁链“哗啦”直响，吓得白浩出了一身冷汗。

修杰正坐在办公室里发愣，因为他刚才打开电脑想查询些资料，定期更新的音乐软件自动弹出了几首推荐歌曲，其中有一首歌的名字让他吃了一惊，叫作《盘古再生》。修杰扫了一眼，显示演唱者是旅行者乐队。他在脑海里搜索了一下，隐约知道这个乐队的名字，这是最近才蹿红的一支乐队组合，主唱安琪一头黑直发，身材高挑，面容冷酷，一开口就是飘逸空灵的太空风，可谓是新一代的宅男杀手。

正在这时，白浩推门走了进来，看修杰正在发愣，便问道：“你没事吧？”

“哦，没事。”修杰急忙关了电脑，问道，“‘盘古’的情况怎么样？”

“它已经从电击的晕厥状态中苏醒过来了，一直有攻击的倾向，刚才还差点把我干掉。”白浩自嘲地笑了一下，“趁它刚才昏厥的时候，我给它做了一个全面检查。很明显，它现在还是一个不完全体，骨骼已经成形，但十分脆弱，所以很难以人类的姿态直立行走。它的神经系统已经发育完成，但还处于十分微弱的状态，刚才的电击又给它造成了不小的创伤……”白浩说着，有些自责。

“没事，阿浩，这不怪你。要不是你及时拦住，我可能已经用火焰喷枪把它给干掉了。如果我猜得没错，它应该是中性的吧？”

“对，十分奇怪，像是雌雄叠加态，或者说，属于人类尚未发现的第三性状。另外还有一点，就是它没有发育出视觉神经系统。”

这有些出乎修杰的意料：“你是说，‘盘古’看不见？”

“不只是看不见。”白浩迟疑了一下，道，“我刚才给它做了诱导性测试，它做出的反应全都是条件反射或者应激反应，所以……我怀疑它根本就没有自我意识。”

“这个正常。阿浩，别忘了，‘盘古’是人类的集合体，它的意识来源于我们人类的意识，现在没有自我意识是正常的。”

“那我们应该怎么办？”

“给它提供养料。”

“养料？”白浩心里一惊，“您是说……”

“没错。”修杰目光炯炯地看着他，“就是人类。”

第四章　盘古暴走

嘈杂的酒吧里光影闪动、纸醉金迷，充斥着一股糜烂的味道。吧台上坐着两个腰背宽阔的中年男子，年龄和打扮和这间酒吧里的气氛格格不入。其中一人头发糟乱，嗓门低沉，赫然是刑侦局的队长黄大卫。他已经喝得微醺，双颊通红，举起酒杯道："茂昌兄，来，我敬你一杯。"

坐在他旁边的顾茂昌摆摆手："算了，别叫茂昌兄，叫我老顾就行。"

"老顾，好，这个叫法不生分。我说老顾，你别看我今天主动约你在酒吧见面，这种地方，我可是第一次来。"

"我也不常来这种地方。"顾茂昌微微皱起眉头，"黄队长，我有点不明白，你既然没来过这种地方，为什么还要约我在这里见面？"

"体验一下呗！"黄大卫仰头干了一杯酒，打了个嗝道，"这人生啊，就是什么都得体验一下。你看我干了一辈子刑侦工作，抓过小偷、抢劫犯、强奸犯、杀人的、贩毒的……我想可能没谁比我接触过的离奇事更多了吧。嘿，最后真扇我一耳刮子，连'盘古'都出来了，还有什么'天人'……你能体会我那崩溃的心情吗？"

顾茂昌点点头："大约可以。"

"老顾，有时候我真是佩服你们这些搞科学的，再玄乎的事，你们都能接受，搁我就接受不了，到现在我也接受不了。”

“不管你接不接受，事实就在那摆着。你们搞刑侦的不是最讲究证据吗？”

黄大卫醉醺醺地摆了摆手：“别跟我讲证据，我现在凌乱着呢。老顾，今天我约你出来，就想问你一句话，这些事，到底是不是真的？”

顾茂昌沉默了一下，谨慎地点了点头。

“知道德雷克·埃基尔吗？这位英国的地质学家曾经说过这么一句话——”顾茂昌点上一根烟，深吸了一口，又徐徐吐出，“地球的任何一部分历史，都犹如一个士兵的生活，由长期的无聊和短期的恐怖组成。现在，我们可能要面临那个短期的恐怖时刻了。”

黄大卫定定地看着顾茂昌，忽然又笑起来：“老顾，你不会恨我吧？”

“恨你什么？”

“你的前妻，是我抓走的。你的学生修杰，也是我发布的通缉令。你的老朋友兼上司张森，也是在我审讯的时候……”

“这跟你没关系。”顾茂昌摆摆手打断了他的话，“各司其职而已。”

“好吧，我就当你宽宏大量了。不过，事情到了这个份上，你有什么打算？”

“我在等待。”顾茂昌缓缓地碾灭了手里的烟头，“我在等着修杰实验成功的那一刻。我太了解他了，克隆不出‘盘古’，他是不会出现在你们的视野里的。”

顾茂昌太了解修杰了，他的这个学生天生有着一股执拗劲儿，凡是认准了的事情，一定要做到底。何况这一次，他还把“克隆盘古”当成了一件利国利民的好事。但顾茂昌还知道一点，不过他没有说出来。修杰想复活顾青，当他知道“盘古”的秘密的时候，这个想法就在他的心里扎了根。

为了这一切，修杰早已在心中有了决断：他可以牺牲所有，哪怕被人当作从地狱里爬出来的撒旦。

寂寥的大街上，小雨淅淅沥沥地下着，尤其在这清冷的夜色里，行人格外的少。两个流浪汉蜷缩在街头的拐角处，身上披着不知道从哪捡来的破旧的棉大衣，相互依靠在一起取暖。远处，一个修长的身影慢慢走了过来，在流浪汉的面前驻足而立。

两个流浪汉相互看了一眼，不知道这人要干什么。只见来人从兜里翻了一阵，掏出了几张百元大钞递了过去。这倒是吓了两个流浪汉一跳，犹豫着没敢接。

“没事，拿着。”他轻声说道，声音听上去人畜无害，“这么冷的天，买点衣服和吃的。”

这是碰到好心人了，流浪汉的眼里散发出感激的神采，急忙接过了钱，欣喜地摩挲着，他们也遇到过好心人，但从来没有人给过他们这么多钱。

“这点钱，够吧？”

“够，够。”两个流浪汉忙不迭地点着头，含混不清地说。

他笑了起来：“其实，我们在做一个研究项目，想找两个志愿者，就是测测心跳量量血压什么的，很简单，很快就能做完。完事之后会有一笔酬金，两位有没有兴趣？”

两个流浪汉又相互看了一眼，犹豫了半天才鼓足勇气问：“能给……多少钱？”

“是你们手里的两倍吧。”

两个流浪汉一听大喜：“好，好，我们愿意做志愿者。”

听到这样的回答，白浩笑了，他摘下了雨披的帽子，在街边路灯的照耀下，露出了青涩和蔼的笑容。

白浩领着两个流浪汉去了他们的秘密实验室，修杰亲自接待了他们，先让他们洗了个澡，换了一身干净的衣服，又吃了一顿丰盛的夜宵。两个流浪汉已经是受宠若惊，问道："到底需要我们做什么？你们吩咐吧。"

修杰微笑着点了点头："就是一个志愿者研究项目，过程很简单，马上就能结束。不过在这之前，我要代表人类文明的进步谢谢两位的贡献。"

两个流浪汉被带入了一个黑漆漆的房间，没有光，什么也看不到，只能隐隐约约地听到一些粗重的喘息声。两人正疑惑间，房间里的灯忽然亮了起来，眼前的事物让两人发出了一声惊呼！

这是一个看上去人不人鬼不鬼的东西，有半个成人那么大小，皮肤惨白，沟壑不平，浑身裸露着半蹲踞在地上，面部五官依稀可辨，那粗重的喘息声就是从它的嘴巴里发出来的。最可怖的是，这东西没有眼睛，在本该长出双眼的地方却是一片空白。

但修杰知道，它根本就不需要眼睛，它与生俱来的本能和第六感能够侦察一切。它强大的感应意识，便是它目光如炬的双眼！

站得最近的那个流浪汉刚来得及惊叫一声，便被它扑倒在地，整个上身被完全包裹了进去。他蹬着双腿拼命地挣扎着，可没几下子就不再动了，像是被什么东西融化了一样，向上蒸腾着缕缕的白气。另一个流浪汉吓得六神无主，拔腿就跑，却被把守在门口的白浩一电棍扎在了身上，"噼里啪啦"一阵电火花后，当场放倒在地。

"你就老老实实地作'盘古'的养料吧！"白浩面色通红，双眼圆睁，"等'盘古'恢复成完全体，你会跟我们一起永生的！"

一座人口不足三十万的江北小城，在短时间内消失了大量的街边流浪汉，这个情况是非常让人起疑的。接到举报，当地的公安机关立刻对这一情况着手调查。可是由于线索极少，那些流浪汉又多是一些没有身份的人，所以调查工作一时间陷入了僵局。

这天早上，城区派出所来了一位面容枯槁的年轻人，头发蓬乱，脸色疲惫，那样子看起来好像几天都没有睡觉了。接待人员问他有什么事情，他说："我有案子，要找你们所长。"

"不好意思，所长最近特别忙，您有什么事可以直接跟我说，或者到报案中心登记……"

"是关于流浪汉失踪的案子！"他突然大声叫道，"我知道他们都去了哪！"

接待员一听这话，不敢怠慢，急忙联系了所长。

城区派出所的所长姓方，本来都快退休了，又被流浪汉无故失踪的案子搞得焦头烂额。听说有新的线索，急忙将人请到了所长办公室。方所长也是被逼得急了，开门见山就问道："你有流浪汉失踪案的线索？"

"嗯，是的。"来人木讷地点了点头，"我知道他们为什么全都消失了。"

"为什么？"

"因为他们成为了'盘古'的养料。"

"'盘古'？"

"'盘古'，一个巨大的生命体。'盘古'需要养料，他们只能先从流浪汉下手。那天晚上，对，就是下雨那一天，我亲眼目睹了这一切，我看到他们从外面带来了两个流浪汉，送给'盘古'去吞噬。其中一个还想跑，结果被他们给电晕了……天呐，那一幕太可怕了，我从来没想到自己会参与这么一个恐怖的计划，从那天晚上开始，我一闭上眼就是'盘古'扑到人身上的场景，我真的受不了了……"

方所长也受不了了。他看着面前这个失魂落魄的年轻人不停地絮絮叨叨，说的话却是牛头不对马嘴。他开始怀疑这是从哪个精神病院里跑出来的疯子，便皱着眉下了逐客令：“这样吧，你提供的线索我们已经了解了，我们会认真考虑的，好吗？没事的话，你可以先回去了。”

“不，你没听明白我的话，你根本就不知道这件事情的严重性……”

方所长很无奈，叫了两个警员把这个精神病给“请”出去。对方却不依不饶，一边被拖拽一边大喊大叫起来：“我说的都是真的，他们克隆出了‘盘古’！我就是那个实验室的研究人员之一，那天晚上我亲眼看到他们把流浪汉送给‘盘古’作养料……”他突然停止了挣扎，指着墙上张贴的通缉令叫道，“没错，就是他，修杰！”

方所长虎躯一震，急忙问道：“你认识修杰？”

“他换了名字，但我认得这张脸！就是他开发的这个项目！就是他带着我们克隆出了‘盘古’！就是他……他，他就是杀死那些流浪汉的罪魁祸首！”

修杰的眼皮狂跳了一阵，他不知道怎么了，突然有点心神不宁。这时，他的手机响了起来，是一个陌生号码。

自从潜伏在这座小城以后，修杰就换了一部新手机，并且除了实验室固定的几个人外，从没有跟其他人联系过。所以拿起手机后，他迟疑了片刻，才按下了接听键。

“赶紧撤离这里，你的身份已经暴露，有人出卖了你。”

对方是一个声音低沉的男人，说完就挂了电话。修杰“喂”了两声，再回拨过去，却已是无法接通。

他站在那里，手里拿着电话，有些不知所措。正在这时，白浩走了进来，觉出有些异样，便问道：“怎么了？”

“阿浩，我刚才接到一个电话，说我们被人出卖，位置暴露了，要赶紧转移。我在想，这会不会是谁的恶作剧……”

“谁会拿这种事恶作剧啊！”白浩惊叫起来，“知道这里面底细的，肯定是我们的人！咱们得赶紧转移！”

“对，宁可信其有，不可信其无，咱们不能现在失败，那可就功亏一篑了！”修杰下定了决心，吩咐道，“这里已经不安全了，立刻转移，只带上‘盘古’和原始的数据资料，其他的统统不要了，快！”

在他做出这个决定的十分钟后，几辆拉着刺耳警笛的警车就包围了这里，十来个手持警用手枪的民警相继从车上跳下来，径直冲进了地下实验室。修杰躲在一家咖啡馆里远远地打量着这一切，他拉了拉帽檐，让阴影遮住了大半个脸，心里掠过一阵略带庆幸的后怕。

民警突击进入实验室搜寻了一番后，确认这就是修杰搞秘密实验的地方，但整个实验室里设备仪器都在，却一个人也没有，更没有那个举报人声称的恐怖生物“盘古”。他们已经是以最快的速度赶来了，但还是扑了个空。

方所长不敢怠慢，立刻将此事上报，消息很快汇总到了刑侦局黄大卫那里。对于这个情况，他并不感到意外，因为近来让他意外的事情实在是太多了。如果说修杰真的得到了“天人”的帮助，那么容易被抓到才让他感到意外呢。

顾茂昌得知此事之后，提出要见一见常琳，黄大卫同意了。

在刑侦局的会见室内，顾茂昌见到了常琳，她已经被羁押了两个多月，但神色并没有显著的变化，还是一贯的冷酷严肃。

“小琳……”

“叫我常琳，谢谢。”

顾茂昌低下头，叹了一口气，“事情到了这个地步，你还是不能原谅我。”

“没什么原谅不原谅的，咱们之间的事，都属于过去式了。”常琳顿了一下，又问道，“有烟吗？”

顾茂昌拿出烟，常琳点上，深吸了一口问道：“你不会只是单纯地来看看我这么简单吧。”

顾茂昌又被说中了心事，尴尬地咳嗽了一声。这个女人就是这么犀利，一旦摆脱了恋人的身份，就会以屠夫审视猎物的眼光来观察自己。

“小琳，其实我早就想过来看看你，但又不知道该怎么面对这一切……”

“少来套近乎，说正事吧——还有，请叫我常琳，谢谢。”

“好吧，我这次来主要是想跟你说，修杰的克隆实验成功了。”

“成功了？真的成功了？”常琳陡然兴奋了起来，“他克隆出了‘盘古’？”

“是。”顾茂昌点了点头。

“天呐，难以置信！没想到他真的能成功，看来我们推测的一切都是真的！十维宇宙、维度坍塌、‘盘古’分裂，这一切都是真的！”常琳激动地握住了顾茂昌的手，却又猛然间发现不妥，将手抽了回来，颇为尴尬地弹了弹烟灰，问，“对了，你怎么知道他的实验成功了？据我所知，他现在可是被通缉人员。”

“他暴露了，但是没有被抓住，有人在暗中保护他。”

“并不奇怪。‘天人’一早就介入了这件事情，虽然我们现在还搞不清楚这到底是一个神秘集团，还是外来文明。”

“常琳，我这次来见你，主要是想说，如果你有办法联络到修杰，能不能劝他收手？”

“收手？为什么要收手？‘盘古’已经被克隆出来了，顾茂昌，你别告诉我你不知道这对于整个人类的意义！我们现在一只脚已经踏在了新世界的门槛里，再往前走一步，就会是翻天覆地的变化！你让他在这个时候收手，可能吗？”

“人类的进步，总不能以牺牲无辜者的性命为台阶吧！”顾茂昌也激动起来，“你知不知道，修杰四处搜寻没有身份的流浪汉，把他们当作喂养‘盘古’的养料！这种行为简直是令人发指！”

听到顾茂昌这么说，常琳也震惊了一下，陷入了沉默。她凝思了一会儿，慢慢摁灭了烟头道，“我们所有人都来自于‘盘古’，现在只不过是回溯而已，回归于‘盘古’本身，就像尘归尘，土归土。我能理解你的愤怒，但有时候人类的道德情感在广袤的宇宙法则面前，简直不值一提。你知道，这世界有多少光明，就有多少罪恶，而现在这所有的罪恶，都背负在了修杰一个人的身上。”

“你这简直是谬论！”顾茂昌已是气极，“流浪汉不是人吗？流浪汉的命不是命吗？难道他们的命就可以被随意当作垫脚石？”

“没错，在造物主面前，生命都是平等的，一个流浪汉和一个归国精英没有任何区别。修杰现在选择流浪汉作为牺牲者，是没有办法的事情，他目前只能做到这个地步。当‘盘古’成长到一定程度的时候，它就会选择无差别融合，到时候，无论你是身居高位的权贵，还是市井底层的小民，都会回归于‘盘古’母体，再无阶级之分，再无身份差别，那才是真正的平等。”常琳说着，眼中闪现出无尽的期望，散发着熠熠光辉。

“疯了，你们简直是疯了……”顾茂昌喃喃道，“你们会毁了人类的。”

“没错，人类的新世界将在这片废墟上重生。”

“如果，如果没有顾青，你还会做出这种选择吗？”顾茂昌终于问出了心底的话。

常琳沉默了片刻，说：“发生的已经发生了，没有如果。我现在只知道一件事情，‘盘古’能让我们所有人永生，包括顾青。”

只要是在双城道上混过的人，没有不知道严老三的。严老三之所以出名，倒不是因为他是老炮，而是因为他是双城混子圈里最有名的瘾君子。

严老三吸毒是出了名的狠，K粉冰毒什么的从来不碰，直接就是海洛因静脉注射，全身上下都是针眼，久而久之血管就完了，隔着皮肤都找不到可以注射的静脉。他为了吸毒，竟然开始打大动脉，在瘾君子圈里，大动脉注射有个别名，叫“开天窗”，意思是十分危险，弄不好就挂掉了。海洛因经动脉注射后会直接顺着血液进入大脑，非常危险，极容易当场“飘”死。但严老三不怕这个，他玩的就是过瘾。

长久的吸毒生涯让他的身材枯瘦如柴，眼眶深陷，身上的皮肤一点弹性都没有，跟纸一样。严老三自知也活不了多长时间了，吸毒吸得愈发猛烈。这天晚上，他又搞了一笔钱，从上家那刚买来海洛因就迫不及待地找了个偏僻处注射起来，一管子高纯度的海洛因下去，严老三感觉自己好像在天上飞。他嘿嘿笑着，眼前一黑，一头就栽倒在了地上。

五六分钟后，一辆经过的皮卡停了下来，一个穿黑衣的人走到严老三的身边，把他翻了过来，探了探鼻息，然后扔到了皮卡后面的车斗上。车斗里还躺着另外几个人，全都处于晕厥或者昏迷的状态。

严老三感觉自己在颠簸，在晃动，好像飘在坚硬的云彩上一样。当他再次迷迷糊糊地睁开眼睛的时候，发现自己在一个陌生的房间里。这里好像是一个仓库，顶棚很高，至少有十几米，但在他面前却有一个莫可名状的庞然大物，几乎要顶到那顶棚上。

严老三晃了晃脑袋，他还以为这是自己打多了海洛因出现的幻觉，很快，他就发现这场景真实无比——旁边有个人大声地惊叫着，拼命地挣扎，但双手双脚都被绑了起来，被慢慢地拖向庞然大物那里。那庞然大物感觉到有人靠近了，嘴巴咧开，发出“嘶”的一声低吼。严老三这时才看清楚，他面前的庞然大物竟然是一个巨大的人形！

这个巨大的人型像一座小山似的矗立在那里，身上的皮肤像被水泡过一样泛着惨白，上面还有凹凸不平的沟壑。它面容恐怖，五官皆具，却唯独没有眼睛，在本该长出双眼的地方一片空白，更显得诡异无比。四条粗重的铁锁链从墙壁里延伸出来，分别拴着它的双手和双脚，感觉到有人接近，它低吼一声，伸手抓去，却超过了自己的活动半径，挣得铁链“哗啦”一声。

严老三没说话，他已经被吓傻了。

白浩和修杰拖着被捆住手脚的人向前走去，任凭这人恐惧地浑身发抖，高声尖叫。修杰觉得有必要先安抚一下他的情绪，便蹲了下来，掐住他的下颌道：“嘘……不要再叫了，你不知道自己在献身于一件多么伟大的事业。对于‘盘古’来说，你是祭品，而对于全人类来说，你是先驱，你将成为我们进入新纪元的领路人。放心去吧，没关系的，当一切都完成后，你会重生并永远存在。”

“不，不……”这人已经吓得有些神志不清了。

修杰和白浩合力将他往前一抛，便扔进了‘盘古’的活动范围内。它一把抓起这人就塞进了嘴里，两条腿还露在嘴巴外面，晃动了两下就没了动静。

目睹这一切的修杰激动起来，张开双臂似要拥抱整个宇宙：“我们亲眼见证了‘盘古’的成长，亲眼看着它从孱弱的幼体成长为伟岸的巨人！这是多么惊人的事情啊！”

严老三觉得眼前的一切都太不可思议了，他无法理解看到的一切。巨大的惊吓使他跌跌撞撞地站起来，想要逃出去。可是海洛因的劲儿还没有过去，他刚踉跄地跑了两步，又一头栽倒在地上。

修杰和白浩走过来，搬起严老三。严老三眼皮半睁，气若游丝地问：“你们要……干什么？”

“你很快就要摆脱这具糟糕的肉体了，相信我，到最后你一定会感谢我们的。”修杰表情肃然，跟白浩一起把严老三掷了出去。严老三身轻体薄，像只风筝似的飞了出去，还没有落地就被“盘古”一把攥在了手里。在那一瞬间，严老三忽然想起自己的兜里还有一包海洛因，他虽然不能了解眼前的状况，但也知道自己命当休矣，便用力把海洛因塞进嘴里，以求最后一爽。紧接着，“盘古”的嘴巴大张，他就滑入了无尽的深渊。

片刻之后，“盘古”忽然张大嘴巴，发出了一声震颤人心的嘶吼，那声浪如同冲击波一般，把人的头发都吹了起来。这里本是偏僻城郊，而附近的狗全都被惊醒了，此起彼伏地狂吠着。

修杰和白浩面面相觑，神色惊异，“盘古”以前从来没有出现过这种情况，它像受了什么刺激一般狂躁不安，张开大嘴嘶吼起来，从胸腔深处喷出一股又一股强烈的气流。整个身躯狂暴地扭动着，四条链条被挣得“哗啦”直响，整个仓库都在颤抖。

修杰大惊失色：“这是怎么回事？”

白浩也不知道这是怎么了，他只是隐约地看到严老三在被“盘古”抓住的一刹那，从身上掏出了一袋白色粉末状的东西塞进了嘴里。他并不知道严老三是瘾君子，也不知道严老三体内的海洛因含量已经达到了一个惊人的浓度！当严老三被吞噬时，体内的海洛因迅速融入了“盘古”的中枢神经，将人世间能够创造出来的最大的颤栗和兴奋带给了它。

“盘古”疯狂地嘶吼起来，一声高过一声，所有的狗都不敢再叫了，对于危险的恐惧本能让它们夹着尾巴躲到了狗窝里，身体蜷缩成一团瑟瑟发抖。修杰大叫道：“快，快想办法制止它……”

话没说完，忽然“咣咣”几声闷响，铁链竟然被生生拽断了，“盘古”获得了自由，猛地向上舒展开身体，一下子就将仓库的顶棚掀飞了出去。

接着大手一挥，仓库的半面墙壁就像纸糊的一样轰然倒塌。

白浩瞬间呆住，他愣愣地看着这一切，竟然一步一步地朝着“盘古”走了过去。修杰从后面一把拽住了他，叫道：“阿浩！‘盘古’已经失控了，赶快逃啊！”

“不。”白浩挣脱了他，“这不正是我们献身的最好时机吗？和‘盘古’融为一体，成为人类进入新纪元的开拓者！”

“你疯了！还不到我们献身的时候！我们得活着，如果我们现在就献身了，你知道人类会怎么对付它？”修杰用手一指正在发疯的“盘古”，吼道，“只有我们活着，才能确保‘返祖计划’顺利进行！因为这个使命，我们只能是最后融入‘盘古’的一批人！明白了吧，我们不是先驱，我们要为全人类殿后！”

白浩一个激灵，猛然反应了过来。此刻，发疯的“盘古”已经觉察到了附近有人类的气息，它转过脑袋，张开嘴巴，朝着二人走了过来。它每迈出一步，都带着“呼呼”的风声，地面一下接一下地颤抖着，像是地震了一样。

顾茂昌接到紧急通知是在凌晨的两点半，他来不及收拾就急匆匆地上了早已在等待的直升飞机，黄大卫已经坐在那里等他了。

“什么情况？”顾茂昌问道。随即一阵巨大的噪音传来，飞机起飞了。

黄大卫低头看了一下表：“两个小时前，‘盘古’在江北双城失控了。”

“什么？‘盘古’？”顾茂昌惊愕道，“到底怎么回事？”

“我也不知道怎么回事。总之，两小时前，有一个巨大的人形生物在双城郊区出现，袭击了周边的一个城镇，根据目击者的描述，我们基本上可以断定为‘盘古’。双城军区的陆战部队已经出动了，在四周拉了电网，暂时限制了‘盘古’的活动范围。但到底该如何处理它，是消灭掉还是采取别的措施，没有人敢拿主意。你现在是‘盘古’项目的研究负责人，只能等你到了地方再说。”

这突如其来的消息震惊了顾茂昌，他一时间愣住了，心中一片茫然。为什么会出现这种情况？这件事跟修杰有关系吗？还是说，这根本就是修杰的一个阴谋？一时间，无数杂乱的想法掠过了他的心头。

飞机飞行了没多长时间，黄大卫手中的电话忽然响了起来，他接通之后，沉默了一会儿，便递给了顾茂昌说：“喏，找你的。”

“找我的？”顾茂昌有些意外，接过电话说了一声“你好”。

“茂昌，是我！”电话里的人叫了起来，顾茂昌一愣，他听得很清楚，是常琳的声音。

“茂昌，我知道了‘盘古’的事情，我也知道你正在跟黄队长去往双城！”常琳的声音很急促，“我知道他们都在等着你拍板，你答应我，千万不要毁掉‘盘古’，千万不要！”

“小琳，可是……黄队长说，‘盘古’已经失控了。”

“茂昌，你听我说，‘盘古’一旦被毁了，就不会有第二次出现的机会，没人敢再去进行这件事情的！它的出现是一个奇迹，你懂吗？所以你千万不能毁了它，想想人类未来的命运，想想你的女儿顾青！”

顾青，提到这两个字，顾茂昌心头猛然一颤。

电话里传来两声“滴滴”的警报声，常琳迅速说道：“茂昌，我的通话时间要结束了，你记着千万不能毁……”话没说完，通话就自动切断了。顾茂昌拿着传来忙音的手机，兀自坐在那里发愣。

“怎么着，媳妇给你吹枕头风了？”黄大卫把电话拿过来说。

“是前妻。”顾茂昌纠正道。

“还不都一样，反正是一夜夫妻百夜恩。”黄大卫打了个哈欠，“在这件事上，我劝你理智一点，不要太儿女情长。”

“跟儿女情长没关系。”顾茂昌转过头，看着舷窗外的莽莽山脉，“黄队，我想听听你的意见。”

“我不发表意见，这件事你才是专家，我们都得听你的。”黄大卫靠在座椅上眯起了眼睛，“不过，现在‘盘古’暴露了，军区也掺和了进来，事情变得很复杂，恐怕不是你想怎样就能怎样的。”

“军区的人会把‘盘古’的事情捅出去吗？”顾茂昌一惊。

“放心吧，部队上的保密条例可比我们刑侦局的还要严格，只要他们不愿意，这件事就不会透露给公众。但是，出于军事研究的考虑，他们可能会插手‘盘古’项目的研究，又或者会要求消灭掉‘盘古’也说不定。总之，我瞎猜的。”

经过四五个小时候的长途飞行，他们终于赶到了事发地点。整个双城已经进入了戒严状态，事发区域被完全封锁了起来，即使当时天色刚蒙蒙亮，通过各种途径得到消息的记者们还是蜂拥而至，不过都被荷枪实弹的士兵挡在了警戒线外。

接待顾茂昌和黄大卫的是一个当地军区的副参谋长，叫彭飞。彭飞文质彬彬，说话谦逊有礼，一看就是搞文职工作的，倒是他手下的一个叫潘劲松的连长按捺不住性子，叫道：“奶奶的，你们可算来了！怎么整，只要你们一句话，我现在就开大炮轰他娘的！”

“潘连长，注意纪律！”彭飞呵斥了一声，又转头道，“二位，抱歉，因为事情发生得太过突然，刚才在事发区域下电网的时候，潘连长的十几个兄弟都折进去了。他现在心情比较急躁，请你们理解。”

“理解理解。”黄大卫说，“我也是部队出身，89年的退伍兵，战友们那种手足兄弟的感情，我明白。不过这事具体怎么处理，还得顾教授说了算。”

“对，上级已经给了我们命令，怎么处理这件事情，由顾教授来决定。”彭飞说着，看向了顾茂昌。

顾茂昌点点头，说：“我想先到事发现场看一看。”

“看劳什子！奶奶的，先让我轰了再说……”潘劲松又忍不住嚷嚷起来。

彭飞有些愠怒了：“潘连长，请注意你的情绪！这件事情太蹊跷，已经超出了我们部队的控制范围，顾教授是这方面的专家，你要全力配合！现在，你带着两位去事发现场看一下！”

“可是，彭参谋……”

“这是命令！”

“是！”潘劲松条件反射地一个立正，接着又懊恼地梗了梗脖子，说，“两位，跟我走吧！”

他们坐上一辆军用吉普，开到了附近的一个高岗上，又往前开了一段路，吉普车停下了，潘劲松说：“两位，下车吧，再往前就是电网了。”

站在高岗上，他们几乎可以俯瞰全局。这个镇子并不是很大，此刻却像被台风地震蹂躏过一般，到处都是一片狼藉，映入眼帘的几乎没有一座完整的建筑，黄大卫不禁倒吸了一口冷气。

潘劲松在一边咬牙切齿，双眼通红：“不知道从哪冒出来的一个怪物，把整个镇子糟蹋成这样，你看看这模样惨得，没几个人跑出来。娘的，这到底是个什么鬼？”

正在说话间，他们隐隐约约地看到了远处有一个白色的影子，正在一堆废墟和瓦砾中间来回乱窜。潘劲松用手一指，说道：“看，就是那个玩意儿——来啊，来弄死我啊，你爷爷在这！”他居然把手放在嘴边高声喊叫起来。

接下来的情景让顾茂昌和黄大卫大惊失色！也许是被潘劲松的喊叫声所吸引，那白色的影子竟然掉转过头，朝着他们狂奔而来！从远处看，它不是很大，而随着距离的接近，它的身躯变得越来越庞大，快到跟前的时候，简直就像一座小山一样！它每踏下一步，地面就震颤一下，好像有千军万马狂奔而来。它的步伐极大，转瞬之间就奔到他们面前。

顾茂昌忍不住惊叫了一声，却听潘劲松道："别怕，它过不来，咱前面有电网。"

果然，在距离他们五十多米远的地方，巨大的电火花"噼里啪啦"地闪烁起来，声音之大好似晴天霹雳。"盘古"被电得一个趔趄，向后退了两步，碍于高压电的威胁不敢上前，只能朝着他们发出了一声狂暴的嘶吼。

这一声嘶吼伴着气浪，像一阵狂风般吹了过来。这是顾茂昌第一次见到"盘古"的真身，并且还是在如此近距离的情况下。他被深深地震撼了，这庞大的躯体带来的天然压迫感自不必说，他没想到这样一个生命真的能诞生在地球之上！"盘古"已经具备了完整的人形，却唯独没有眼睛，在本该长出双眼的面部上只有一道深深的凹槽，更让人觉得恐怖诡异。

同样惊呆的还有黄大卫，他看着这一切，喃喃地说道："天呐……他们竟然真的成功了……"

在双城封锁区，临时会议紧急召开。

顾茂昌大体介绍了一下"盘古"的情况，但为了避免不必要的麻烦，他隐去了诸多细节。所幸彭飞也并不是很关心这个，他只是出于军事方面的考虑来安排整个战略部署。

彭飞道："顾教授，你也看到了，现在整个区域处于戒严状态，但这种状态不能维持太长时间，否则会来世人的种种猜测。你刚来的时候也看到了，那些记者们现在都围堵在周边，就想搞个大新闻。接下来应该怎么做，我们得商量出一个具体的行动方案。"

彭飞的话说得很委婉，所谓的“行动方案”，说白了，就是要在消灭和保留之间做出选择。本来在前来的路上，顾茂昌在这个问题上还在犹豫，而当他见了“盘古”的真身以后，巨大的震撼感颠覆了一切，他已下定决心要争取让“盘古”活着，他要了解它、研究它，从它身上得出人类以及宇宙的真正奥秘。

“‘盘古’得活着。”顾茂昌语气坚决，“彭参谋长，‘盘古’的出现从生物科学上来说，是一个里程碑式的事件，具有极大的研究价值！所以我们需要‘盘古’的活体做细致的研究，希望你们能尊重我的决定。”

“让它活着？我十几个兄弟都折进去了！”潘队长突然暴跳起来，“报告彭参谋长，远程攻击武器已经准备就绪，只待您一声令下，我就把它轰成渣！”

彭飞这一次却没有阻止暴怒的潘劲松，而是沉思了片刻，道：“顾教授，我尊重你的决定，毕竟你是这方面的专家。但是我希望你在做决定的时候能够考虑两点：一，这个东西，哦，就是你们说的‘盘古’，要保留活体，万一以后失控，再出现这样的局面怎么办？二，军区的建议是立即对‘盘古’发起攻击，尽快销毁，这样就能避免此事经过媒体的报道进而发酵，规避不必要的社会恐慌。”

“您的建议很中肯，但有些太看眼前了。科学研究，尤其是生物科学研究是一个很漫长的过程，从达尔文提出进化论以来几百年的时间，其实根本没有什么颠覆性的进步，我们甚至对人类本身都还不够了解，这其实很可悲。你不明白‘盘古’出现的意义，它将会是一次翻天覆地的变革。为了这种变革，冒再大的险都是值得的，这也是我今天出现在这里的原因。”

彭飞叹了一口气，面色有些为难。顾茂昌见状，又说了一句：“如果我的意见不被采纳，那么上级派我来这里，也就没有任何意义了。”

“好吧，你是专家，我同意你的决定。”彭飞摆了摆手，制止了又要暴跳如雷的潘队长，说道，“不过，我们也有一个要求，那就是我们要派人参与你们后续对‘盘古’的研究，能够与你们及时共享研究成果，你懂的。”

“你懂的”三个字说得意味深长，顾茂昌明白，这是对方出于军事研究的目的，说不定“盘古”的哪些研究成果就能应用在军事武器上面，大大提高部队的战斗力。这个要求无可厚非，顾茂昌点点头道：“好，我明白。”

彭飞道：“好，那我们马上实行B方案，不过波及范围可能有些大，我们需要暂时从这个区域内撤离。”

顾茂昌大惊：“还是要使用大规模杀伤武器吗？”

“不，不。”彭飞解释道，“我们这次配备了新研发的武器，超强次声波发射器。放心，释放出的次声波不会破坏‘盘古’的神经系统，只是能够和它的神经振动频率无限接近，然后产生共振，让它陷入昏厥状态。”

顾茂昌有些意外：“你们已经探测到了‘盘古’脑部的阿尔法节律？”

这下轮到彭飞吃惊了，“顾教授不愧是生物学的专家，竟然对次声波武器的攻击原理也有所研究？”

顾茂昌笑了笑：“次声波武器应用在军事上可能算比较先进了，但这个原理在生物界已经算是老生常谈。想要和生物体的频率达到共振，就必须先掌握它脑电波的阿尔法节律，我想，你们是用小型无人探测机做到这一点的吧。”

“您分析得一点没错，正是这样。”

“果然高效率，看来你们一早就做好准备了。”顾茂昌道，“那么，咱们现在就撤离吧。”

在从封锁区撤离的路上，黄大卫小声地问顾茂昌：“阿尔法节律、频率共振是怎么回事，我怎么听不明白？”

顾茂昌解释道：“无论任何生物体，不管是神经系统还是内脏器官都存在固有频率，大约在4—18赫兹之间，如果次声波的次声频率与这个数值无限接近，就会引发神经系统或者内脏器官的共振，进而使目标进入痉挛状态，甚至死亡。阿尔法节律便是脑电波的频率，现在你明白了吧？”

黄大卫恍然大悟：“哦，也就是说，要用次声武器干扰‘盘古’的大脑，把它直接弄晕过去？”

“没错。这是在避免物理伤害的情况下能够制服它的唯一办法了。”

“牛。”黄大卫竖了下大拇指，“别说，专家就是专家，你看见没老顾，刚才彭飞那小子看你的眼神都不一样了，满脸的恭敬。”

“这没啥。”顾茂昌淡淡地说道，“术业有专攻而已。”

一架武装直升机从电网封锁区低空掠过，从上面抛下了一个由厚厚的橡胶层包裹着的球状物体，像个大皮球似的砸在了地面上。落地以后，大皮球自动打开，里面探出一个形状类似于“大锅盖”仪器，上面还有一串军用编号：步AG—3872。大锅盖在缓慢地旋转着，同时发出“嗡嗡”的低鸣声，似乎在积蓄能量。

这奇怪的声音吸引了“盘古”，它迈着大步朝着声音的源头走了过去，好奇地围着它转了一圈，接着伸出了手，眼看着就要把这东西捏个稀巴烂，突然间，次声波如潮水一样蔓延了出去，它以“大锅盖”为圆心，瞬间扩及周围十几公里的区域。这无形的波浪并未造成任何的异样，甚至连一根瓦砾间的小草都没有撼动，但“盘古”庞大的身躯却一阵震颤，身体上的皮肉像流水一样来回鼓荡着，没有眼睛的面目也扭曲了起来，它朝着天空拼命地嘶吼了一声，踉跄数步，接着轰然倒下，像一座小山似的重重砸向了地面。

“姓名？”

“白浩。”

“年龄？”

“22岁。”

“毕业院校？”

白浩沉默了。

黄大卫抬起头看着他：“你不说，我们也会调查出来，只需要几分钟。”

“天工大……生物工程专业。”

“什么时候跟修杰认识的？”

“今年4月份。当时我正在找工作，在招聘会上与他第一次见面。他想说服我一起来做‘克隆盘古’的研究项目，并且给了我一笔钱。”

“知不知道修杰是通缉犯？”

“知道，虽然他用了化名，但我知道他就是修杰。”

“为什么不举报他？”

“因为他的理念吸引了我，我同意和他一起做项目研究。”

“然后呢？”

“然后，我们就成功了，我们用人工子宫孕育出了‘盘古’的克隆体。我们的位置暴露过一次，之后就转移到了双城，继续做研究。可是那天晚上，不知道为什么，‘盘古’突然失控了，我们控制不住它，只能分头逃跑。我和修杰在混乱中失散了，整个双城又戒严了，我跑不出去，就在一家小旅馆里躲了三天，最后还是被警察给找着了……接下来的事情，你们都知道了。”

黄大卫抬头看了他一眼：“你们之前待的地方和现在的双城，大量流浪汉的失踪跟你们有没有关系？”

“……”白炽灯下，白浩咽了一口唾沫，瘦削的面孔格外苍白。

“说！”

“是我们做的。”

“怎么做的？”

“我们以各种条件引诱街边的流浪汉到实验室，然后……”

“然后怎么样？”

“然后用他们喂养‘盘古’。”

黄大卫的眼皮子一颤，看着他说：“你们还真下得去手啊，那可都是一条条鲜活的人命！”

“为了迈入新纪元，总得有人要做先驱。反正到最后，我们都会永生。”

又来了，又是这种荒诞的论调，黄大卫只感觉到心乱如麻，痛苦地揉捏着自己的太阳穴，问道：“白浩，你到现在还觉得自己没有错，是吧？”

“这世上，有光明就有黑暗，我们只不过是代替你们站在了黑暗中，背负起了所有的罪恶。就像布鲁诺被裁定为异教徒，被烧死在罗马鲜花广场。当时所有的人都认为他是恶人，可他却让人类走出了认识太阳系的第一步，奠定了伟大的宇宙观。”

黄大卫无言以对。这种感觉很矛盾，他是一个刑侦人员，却在审讯犯人时从心底涌现出一种犹如面对无限深邃宇宙的无力和渺小。这种感觉不是第一次，他在面对常琳时有过，面对张森时有过，甚至面对顾茂昌的时候也有过。这种感觉能在顷刻间攫取他的全部身心，仿佛要把他抛向遥远星河的漩涡。

为了压制自己的情绪，黄大卫问道：“修杰现在在哪里？”

“我不知道，跑散了以后，我就跟他失去了联系。”

“那你知不知道，他还有没有其他的据点？”

“应该没有……”

黄大卫想了想，又问道："你有没有听修杰提过'天人'？"

"'天人'？"白浩思索了一下，"听他提起过'天人'文明，他是受到他们的引导，才有了克隆'盘古'的计划。"

"那你知不知道'天人'文明到底是个什么东西？是一个人，还是一个组织？"

"不知道。"白浩摇了摇头，"修杰应该也不知道，每次提到'天人'的时候，他也是只言片语。"

黄大卫叹了口气，"天人"这两个字成了扎在他心上的一根刺。凭他多年的经验，他感觉要是不把这个脑洞大开的人物或组织给揪出来，以后会给他带来更大的麻烦。

修杰那天也差点被警察抓住。全城戒严之后，他知道捅了这么大的篓子，警方肯定会出动大规模警力搜索全城。于是他用衣领遮挡着面孔，想趁乱脱逃，结果被几个维持秩序的巡警给发现了。巡警刚大声制止其行为，修杰便如惊弓之鸟一般撒腿就跑，这一下确实惊动了几位巡警，开着警车就追了过来。修杰拼了老命地跑，可两条腿怎么能跑得过四个轮子？就在他穷途末路的时候，一辆跑车"嘎吱"一个急刹停在了他的面前，驾驶位上一个黑发披肩的女人叫道："上车！"

修杰慌不择路，打开车门就上了车。跑车瞬间启动，巨大的冲力让修杰整个身子都贴在了座位上。这女人开车极其凶猛，在车水马龙的大街上来回穿插，几个急转之后就甩掉了跟在后面的警车。修杰虽脱离险境，仍心有余悸，转头去看半路杀出来救他一命的女人，却发现这张脸似曾相识，好像在哪里见过，他想了半天之后脱口叫道："安琪？！"

这女人转过头来，对他嫣然一笑，赫然就是旅行者乐队的主唱安琪！

"你，你怎么会在这里出现？"修杰有些语无伦次。

"当然是为了救你。"

“救我？你到底是谁？”

“你刚才不是叫了我的名字吗？”

“你真是安琪……你为什么要救我？”

“救人一命胜造七级浮屠，何况还是这么有价值的一条命。”安琪一只手握着方向盘，另一只手放在红唇上做了一个“嘘”的噤声动作，“别问那么多，我带你去见一个人，等到了地方你就明白了。”

“我们要去哪？”

“双城已经不安全了，我们去襄州。”

襄州距离双城并不远，娱乐产业比较发达，修杰虽然并不关心娱乐新闻，但也知道旅行者乐队刚在襄州举办完“全国巡回演唱会襄州站”，当时占据了很多门户网站的娱乐头条。安琪开车载着他径直去了襄州市中心，在繁华地段的一栋商务大厦前面停了下来。

整个过程中安琪未发一言，修杰也不知道该问什么，只是乖乖地跟着她下了车，心怀忐忑地走入大厦，乘坐电梯来到了最高层。这栋大厦几乎是整个襄州的最高建筑，站在最高一层，大半个襄州的景色尽收眼底。

空旷的走廊寂寥而安静，轻轻地回荡着安琪的高跟鞋踩在地板上清脆的“咔咔”声。修杰忽然有些莫名的紧张，他似乎都能听到自己的心跳。他虽然跟眼前的这个安琪从未有过交集，但不知道为什么，他觉得这个女人知道他的一切。

安琪在一间商务房门前停了下来，修杰注意到这个房门有些特别，门的材质以及门把手都是特质的，并且在门把手下方有一个纽扣大小的五芒星标志，他之前从未在任何建筑材料上见过这样的LOGO。安琪在房门的密码输入器上输入了一串数字，接着打开房门。

修杰走了进去，看到里面是一间会所的样子，中间有一个吧台，已经坐了五六个人。看到修杰和安琪走进来，都朝着他俩微微点头致意。

修杰瞄了一眼，这几个人气质高雅、衣着考究，一看就是上流社会的人。他不明白安琪把自己领到这里来干什么，正要发问，安琪道："你在这里稍坐一下，我去去就来。"

在会所里面还有一个隔间，安琪打开隔间的门走了进去，留下修杰呆在会所里。这几个人他都不认识，也不好贸然和对方打招呼，便百无聊赖地在里面逛了逛，他看到其中一面墙壁上挂着许多相片，无论是光影的处理还是角度的选取都十分精妙，一看就知道都是些大师级的作品。这些照片里有几张旅行者演唱会的现场照片，安琪穿着一身黑色的皮质夹克，长发飘飘，眼神迷离，颇有些灵魂歌手的味道。还有几张乐队接受记者采访的照片，除了乐队的四名成员外，还有一名面色严肃的中年男子，修杰猜测这或许是他们乐队的经纪人。

修杰又看了些别的照片，忽然感到哪里有些不对劲。在这些照片里，还有一些年代比较久远的黑白摄影作品，其中不乏一些人物肖像。他注意到一张黑白照片，相纸已经开始发黄。照片是一张个人肖像，在室外拍摄的，背景处还有一条横幅，上面的字有些看不太清，但可以断定是将近一个世纪之前拍的了。

每个时代都有着属于自己的独特印记，这并不奇怪，而让修杰感到纳闷的是，照片上的这个中年男人他好像在哪里见过，又来回打量了一阵子，他背上的汗毛陡然竖了起来！

他知道自己为什么感到不对劲了！那张黑白照片中的男人，竟然和旅行者乐队的那位经纪人长得一模一样！

修杰心里"咯噔"一下，急忙仔细分辨，没错，一模一样，就连长在左眼角下方的那颗黑痣都别无二致。

天呐，修杰不知道该怎么解释这两张照片了。以黑白照片上的景物来判断，最晚也得追溯到1950年，那个时候的一位中年男子，怎么会出现在旅行者乐队的现场？这中间隔了将近一个世纪的时间，这个人怎么一点都不见衰老？

就在修杰面对着照片冥思苦想的时候，背后有人走了过来，同时说道："修杰，我们的主角，欢迎登场。"

修杰回头，看到安琪身边多了一位穿着休闲西装的中年男子，正向自己走来，他的脑袋禁不住一阵眩晕，眼前的这名男子，赫然就是照片里的人！尤其是左眼角下的那颗黑痣，位置竟然分毫不差！

修杰往后退了一步，惊问道："你是谁？"

"我叫何翎羽，目前的身份是旅行者乐队的经纪人。你可能没见过我，我一般都在幕后工作。"

"何翎羽，何翎羽……"修杰念叨着他的名字，又一指那张黑白照片，"那这个人，他又是谁？"

何翎羽微笑起来，轻轻地鼓了鼓掌，说道："果然是修杰，观察这么细致，张淼没看错人。"

修杰又是一惊："你认识张淼？"

"何止是认识，他为我而死，我欠他一条命。不过没关系，回到十维宇宙，我们都会永生。"

修杰全身一震，颤声问道："你，你到底是谁！"

"长久以来，我有过各种不同的身份，但我还是喜欢那个比较传统的称呼——'天人'。"

何翎羽站在修杰的面前，清澈的眸子里掠过一抹沧桑，他衣着得体，面带微笑，整个人却散发着一股难以言喻的野性。修杰注意到，在他的西装的袖扣上，有一个与门把手上一模一样的五芒星标志。

"你是'天人'？"修杰陷入了极大的困惑之中，"这到底是怎么回事？"

他还想对何翎羽的身份刨根问底，安琪却对他使了个眼色，轻轻地摇了摇头，示意不要再问。何翎羽从保湿管里掏出一根雪茄，接过安琪递过来的雪茄剪轻轻剪掉一截，说道："具体情况我以后慢慢跟你说，来，我先给你介绍几位朋友。"

"这位是王总，这栋商务大厦就是他的产业；这位是苏总，上市集团的副总，你克隆'盘古'的项目资金就是他提供的；这位是张工，网络系统高级工程师，没有他通风报信，估计你早就被抓起来了……"在何翎羽的介绍下，刚才那几位一直在聊天的"商务人士"站了起来，朝修杰点头致意。

这几个人的身份全部明了，都是公司总裁或者高级工程师一类的身份，是真正意义上的"成功人士"。那位上市集团的苏总朝修杰伸出手来："我们终于见面了，修杰，虽然一直未曾谋面，但大家始终都很关注你，你是我们当之无愧的主角，欢迎你加入到这个集体中来。"

修杰忽然想到了一个可能性："你们都认识张森？"

"当然，张森是我们的技术骨干。自从'盘古'遗骸现世，他就一直在寻找合适的人选，最终选定了你。虽然他不幸身亡，却为宇宙的新生奠定了基础。等到了十维空间，我们终会再见。"

"十维空间？为什么会回到十维空间？你们说的不是'返祖计划'？"

"返祖计划只是整个大计划的第一步，我们要做的不只是人类的返祖，还有整个宇宙的返祖！"何翎羽端起两杯红酒，递给修杰一杯，"这才是我们的终极目标。"

双城。

"盘古"暴走事件平息之后，由于其体积过于庞大，无法进行运输，便在双城郊区就地挖掘了一座巨大的地下实验基地，以作对"盘古"的研究之用，双城基地名义上属于西北实验基地的分支，顾茂昌则是整个研究项目的总负责人。

“盘古”已经被控制了起来，它被关在地下实验基地内，手腕和脚腕上分别拴着四道特制的合金锁链，每一道锁链都能承受150KN的拉力。保险起见，技术人员又提议在“盘古”的脖颈上多加了一条锁链。这五条锁链深入建筑结构内三十多米，在修建时由水泥混凝土统一浇灌，即使被两列火车头同时拖拽也能纹丝不动。

看着固若金汤的实验基地，顾茂昌也放了心。他知道以“盘古”目前的力量，是无法挣脱这个束缚的，但如果再大一点的话就危险了。“盘古”目前的质量正好达到了一个临界点，如果再多5%，就将出现一个质的飞跃。到时候，体型和质量达到一定程度的“盘古”周身将会出现一种力场，这种力场是随着大质量物体本身内部正负电荷的相互作用而形成的，具有静态斥力和动态斥力的双重效果，到时候恐怕就不是这几条铁链能够制止得了的了。

所以，他要确保“盘古”完全被封锁在这里，不能再吞噬任何一个人类。

双城这边的事情安顿好以后，黄大卫就要回去述职了。临走前，他最后跟顾茂昌见了一面。顾茂昌向他提出了一个要求：“黄队，我想从你这里借两个助手。”

“从我这里借？”黄大卫笑道，“谁呀？”

“常琳，白浩。”

黄大卫的脸立刻就拉下来了，他知道这个问题的严重性。

“我知道这两个人都有罪在身，反人类、反社会，但从专业上来讲，都是国内难得一见的翘楚。他们俩之前从不同的渠道都已经参与了对‘盘古’的研究，积累了一定的经验，有他俩在，胜过一个科研团队。”

“老顾，我劝你别动这个心思。他俩现在是什么处境，你不是不知道。”

“我知道，但他俩目前都还只是嫌犯，没有宣判。让他俩过来做我的助手，也算是将功补过吧。”

“这事我说了不算。”

“你总得替我向上面申请一下吧。”

黄大卫沉默良久，才叹了一口气道：“行，这个忙我帮，但最后成不成，那就不在咱们的控制范围内了。”

“谢谢黄队了。”顾茂昌拍了拍他肩膀，“下次有机会，我请你喝酒。”

“我这也算是为科学献身了吧？”黄大卫自嘲地笑了笑，忽然又严肃了下来，道，“老顾，有个事情，你可能还不太了解，我觉得有必要跟你说一下。”

“什么事情？”

“关于‘天人’的事情。”

“‘天人’？你们找到线索了？”

“还没有，只不过那次审讯张森的时候，他说过‘天人’的目的不止是让‘盘古’重生那么简单。”

顾茂昌的眼皮一跳：“他们还有什么目的？”

“张森说，宇宙里到处都存在着一种物质，叫什么太……”

“以太。”

“对对，以太。无数的以太，就组成了以太弦，对吧？”

“没错，不过这跟‘盘古’有什么关系？”

“张森说，一旦‘盘古’恢复成原始形态，它的力场就足以震荡以太弦，引起维度空间的震荡反弹，到那时候，整个宇宙将借着反弹之力重新回到十维空间。”

顾茂昌倒吸了一口冷气！

原来这才是“天人”的目的！顾茂昌想起来了，他听修杰提起过，在十维空间里，光速是无限的，光速无限也就代表着时间无限，而时间无限也就代表着生命无限！“返祖计划”根本不是他们的终极目的，让所有人类回归“盘古”，这只是整个计划的第一步，他们是想藉由盘古之力，重新回到那个没有死亡的永恒国度！

顾茂昌一下抓住了黄大卫的肩膀，说：“黄队，无论如何，你一定要把常琳和白浩给我争取过来。现在的情况所牵涉到的已经不仅仅是人类文明那么简单了，从宏观上来看，它产生作用的目标是整个宇宙！它所影响的，不仅仅是我们这一世代的文明，还有在人类之后的无数世代的文明！我知道你一定会觉得这事很玄乎，但我真的没有吓唬你……”

“不，我并不觉得这事很玄乎。”黄大卫摊了摊手说，“事到如今，你觉得我还有什么接受不了的吗？”

第五章　地球往事

深夜，皓月如盘。

修杰睡不着，有些谜团在他的心里挥之不去。

他从床上起身，看着自己在月光里投下的影子，愣了一会儿，慢慢地推开门走了出去。

他轻轻推开门，来到了另外一个房间，蹑手蹑脚走了进去。在距他不足十米远的地方，有一个人正躺在床上，侧身而眠。

修杰走过去，慢慢将手伸向那人的头发。他的动作很轻，轻得仿佛是一根飘来的羽毛，无声无息。就在他的手接触到那人发梢的刹那，“砰”的一声闷响，床上的人陡然翻身掐住修杰的脖子，一下子将他推到了墙边。修杰只感觉到自己被一股异常强大的力量压制着，如同翻船的人掉进了惊涛骇浪里一样。当他趁着月色看到面前人的模样时，忍不住发出了一声肝胆俱裂的惊叫。

“怎么了！”穿着睡衣的安琪推门而入，她看到一只个头硕大、毛发丛生、如狼人一般的生物正紧紧地扼着修杰的咽喉，而另一只大手则放在他的胸口处，尖利的指甲正对着他的心脏。

“何翎羽，住手！”安琪叫道，“他是修杰！”

狼人膨胀的肌肉慢慢消失了，硕大的身材也收缩了起来，目光如炬的双眼逐渐恢复成了常人的模样。被他紧扼着脖子的修杰嘶声叫道：“何……翎羽……”

他松开了修杰，朝安琪摆了摆手，说道：“没事了，我一时激动，你回去休息吧。”

修杰像根面条似的软了下来，靠着墙蹲了下去，兀自惊魂未定，喘着粗气。何翎羽打开台灯，给他倒了一杯水：“不好意思，刚才吓着了你。忘了跟你说了，我在睡眠状态下，反应特别灵敏，有其他任何人或者动物接近，都会自然地做出反应。”

“你到底是什么人？”

“跟你说过我是‘天人’。倒是你，这么晚了，来我房间干什么？”

“我……我想拿你一根头发，回去做DNA分析……”

“想破解我的身份吗？”何翎羽笑了起来，“不用那么麻烦，你想知道什么，我直接告诉你就行。”

“你说你是‘天人’，‘天人’到底是什么？不死之身？”

“存在的终会走向灭亡，这是三维宇宙的铁则之一，连我也不能幸免。我并非不死之身，只是活得更长久一些罢了。”何翎羽抽出一根雪茄，剪掉一截后点上，徐徐地吐出一口烟雾，“算算时间，从我出生到现在，已经过了两千多年了。”

要是别人说出这话来，修杰肯定会认为他是一个疯子。而这话从何翎羽的嘴里说出来，他却不得不信。那张黑白照片，便证明了一切。

修杰问道：“你到底是人是鬼？”

“鬼？哪来的鬼？建国之后不是不许成精吗？”何翎羽调侃道。

“你跟我们不一样……我是说，你到底是不是人类？”

“我当然是人类，只不过得到了‘天人’馈赠的力量，所以从某种程度上来说，我也是‘天人’。从拥有这个身份开始，我就一直活了下来，并且没有衰老过。听着很美好是吗？说实话，拥有这么漫长的生命，真的很无聊。相信我，你不会喜欢那种一个人在时间长河里孤独游荡的感觉的。”

修杰咽了一口唾沫：“我想听听你的故事。”

何翎羽笑了一下，面容里似乎隐含着一抹沧桑：“我见过匈奴人、突厥人、鲜卑人、契丹人……不同种族、不同文化、不同信仰的同类都在我身边死去了，只有我一个人活了下来。我经历过大唐最辉煌的开元盛世，也亲眼目睹了惨无人道的五胡乱华。我在中国待了很长时间，直到蒙古人打了过来，那真是一场浩劫，到处都在杀人。我实在看不下去，救过一座城里的老百姓，引起了元军的注意，我干脆离开了这里，去了西方，在欧洲待了一段时间，当时在佛罗伦萨还买了一个庄园。可是当时的蒙古人也入侵过欧洲，他们看我长得跟蒙古人很像，就很害怕，于是就集结起来，烧了我的庄园，还杀了我的仆人。我很生气，就纵容身体变成了另外一种形态——就像你刚才看到的那样，把那些兔崽子们全都宰了。从那以后，我就世界各地地游历，埃及、北非、印度、澳大利亚……直到后来才回到中国来。”

修杰瞠目结舌：“这么说，中世纪欧洲关于狼人的传说是你留下的？”

“谁知道呢？‘即便一个心地纯洁的人，一个不忘在夜间祈祷的人，也难免在乌头草盛开的月圆之夜变身为狼’，说得跟真的一样，真是讽刺。”

“你活了这么久，到底有什么使命？”

“我的使命只有一个，那就是等待‘盘古’的重现。”

“你怎么知道‘盘古’什么时候重现？”

“不知道，所以要等待。上一次‘盘古’出现的时候，还是久远的亚特兰蒂斯时期，当然，那个时候我还没有出生。亚特兰蒂斯文明已经掌握了相当高的科技，他们在海底深处发现了‘盘古’的遗骸，从而把‘盘古’的本体克隆了出来。当时夜王正在寻找重回十维宇宙的办法，他发现了‘盘古’之后十分兴奋……”

“等等。”修杰打断了他，“‘夜王’又是谁？”

“夜王，如果要下一个定义的话，他才是真正的‘天人’。”

“到底是怎么回事？”修杰愈发糊涂了。

“十维宇宙是一个永恒国度，时间无限、空间无限、生命无限，而掌管这一切无限的秩序规则的文明，我们称之为‘创造神’。它是整个宇宙的主宰，是整个时间与空间的主宰。可惜的是，随着十维空间的坍塌，创造神也灰飞烟灭了。这个宇宙丧失了最初的管理者，所以才变得混乱不堪。”

“‘创造神’也会毁灭？”

“对，‘创造神’的存在很特殊，是一种能量文明，它和十维宇宙同时诞生，是与生俱来的存在。而随着十维宇宙坍塌，‘创造神’也随之灭亡。但‘创造神’并未完全陨灭，它有亿分之一的能量逃逸了出来，在掠过人马座3星的时候，赋予了当地一个低等种族进化的能力。它们经过千万年的进化，步入了高等文明的行列，脱离了肉体的束缚，实现了精神的纯能化。这个种族，就是夜王。”

“我不太明白，夜王到底是一个个体，还是一个种族？”

“都是。它们已经实现了精神的纯能化，所有种族的个体意识都凝结在了一起，成为了一个庞大的个体。”

修杰点了点头，从他刚才的震撼中回过神来，已经能逐渐跟上何翎羽的思绪：“夜王跟你到底是什么关系？”

“听我慢慢跟你说。”何翎羽的眼睛看向黑漆漆的窗外，仿佛陷入了遥远的回忆，“夜王达到精神纯能化后，就在各星系游荡，寻找重回十维宇宙的办法。夜王的目的就是要让宇宙恢复到十维状态，复活创造神，恢复昔日的荣光。而在当时，地球上的亚特兰蒂斯文明崛起，挖掘到了‘盘古’遗骸，并成功克隆出了‘盘古’本体。夜王便想借‘盘古’之力震荡以太弦，引起维度反弹，重回十维空间，所以为了争夺‘盘古’的控制权，夜王和人类爆发了战争，最后夜王输了，被当时的人类以自然链封印在了极寒之地西伯利亚。而亚特兰蒂斯也因此一役元气大伤，他们销毁了‘盘古’，但还是不可避免地走向了灭亡。”

修杰听呆了，他不知道围绕着“盘古”遗骸，竟然还有这么多的前史，随便挑一段拿出来，都足以媲美希腊神话。但理智告诉他这并不是神话，而是赤裸裸的发生过的地球往事。

何翎羽继续说道：“夜王并没有那么愚蠢，在被封印之际，它效仿创造神，让一部分能量逃逸了出去。所以最后被封印的只是夜王的意识体，而它的残余能量一直在空寂无人的西伯利亚徘徊游荡。我本是汉朝军队的一名士兵，在跟匈奴的战争中被劫掠到了北方，后来我想办法逃了出来，为了摆脱匈奴骑兵的追击，便一直往北走，最终迈入了空旷无人的西伯利亚。就在我冻饿将死的时候，夜王游荡了数千年的残余能量灌输进了我的体内——我获得了新生。”

修杰听罢忍不住长叹一声：“都说历史就是不断的重复，果然不假。”

“没错，夜王受到了创造神的恩泽，而我受到了夜王的恩泽。虽然这些事件都是无意的，但我从获得新生的那天起，就明白了自己的使命：等待‘盘古’在世间重现，用它的力量，让宇宙回到永恒的十维空间。”

“所以你在各个时代都注意培养一批自己的人，以备不时之需，就像张淼那样的？”

“是的。但我从来不强迫他们，我只是告知了他们世界的真相。重回十维是一个远大寂寥的梦想，但越是对宇宙抱有好奇心的知识分子，越是热衷于这一目标，所以我才会有那么多的追随者。现在，修杰——”何翎羽向他伸出了手，“我已经告知了你所有的一切，正式邀请你加入我们。”

“我加入。”修杰站了起来，双目炯炯，瞳孔深处散发着熠熠光辉，他仿佛当初受到了夜王能量灌输的何翎羽一样，瞬间得到了重生。没错，他的目标已经不止于人类的返祖计划，他将目光看向了更深远处，看向了宇宙的边缘。

“可是——”修杰陡然又沮丧起来，“重回十维宇宙，震荡以太弦，必须要依靠‘盘古’的力量，但现在‘盘古’已经不在我手中了，它被军方和顾茂昌控制了起来，真是该死！”

“没关系，既然他们把‘盘古’抢走了，那我们就夺回来。”

“夺回来？”修杰惊讶道，“虽然你有变身之力，但仅凭着我们区区数人，怎么和他们对抗？”

“当然对抗不了，所以我想让你想办法救一个人出来。有了他，我们就能把‘盘古’夺回来。”

“谁？”

何翎羽抽了一口雪茄，缓缓地吐出了一道烟雾：“夜王。”

对于顾茂昌的请求，经由黄大卫的努力，上面很快就给了回复：同意常琳和白浩以技术人员的身份参与“盘古”项目的研究，但必须被24小时全程监控，包括睡觉和上厕所。

白浩是个年轻人，自然无所谓，顾茂昌料定这一条例肯定会遭到常琳的严重抗议，但出乎他意料的是，常琳竟然同意了这一决议。顾茂昌对此有些不解，在他的印象里，常琳是一个原则性很强的人，很难做任何性质的妥协，这种侵犯她隐私权的事情，放在以前她是万万不会接受的。对此，常琳的解释很简单："非常之时，行非常之事。"

顾茂昌问道："什么是非常之时？"

"现在就是非常之时。"常琳的表情冷冰冰的，丝毫没有因为顾茂昌把她争取过来而有所感激，"所有人都在恐惧'盘古'，但我要证明你们是错的。"

"我不是恐惧。"顾茂昌迟疑了一下，"我只是觉得这事不太对劲。"

常琳冷笑一声："还是恐惧。"

顾茂昌并不想与之争辩，他现在只想尽快弄清楚"盘古"身上的秘密，以此来解决人类起源生命进化等在学术上有争议的问题。随着常琳和白浩的报到，双城实验基地的研究团队基本上就配齐了，接下来，顾茂昌公布了一个大胆的研究项目：与"盘古"交流。

这个提案引起了军方派遣的一位姓胡的技术专家的反对，他认为与"盘古"交流简直是异想天开的事情，根本就无法完成。胡专家说："不同物种的思维场之间存在着天然的壁垒，这是根本无法打破的！顾教授，我不同意这个提案，这简直是在浪费时间！我们还是应该从研究'盘古'的DNA以及它的身体机能入手，从而揭开这个庞然大物的秘密！"

"我倒觉得这个提案不失为一个新颖的研究手段。"常琳说话了，"在西北实验基地，我们已经系统地研究过'盘古'遗骸的DNA结构，有些序列片段我们尚无法破解。你们也知道，解析DNA序列是一个漫长的工程，需要时间，短期内根本无法完成。至于说'盘古'和人类是两个完全不同的物种，我不赞成这种说法，从我们目前已经解析出来的某些DNA片段来看，人类与'盘古'的DNA有着惊人的共通性。"

"胡闹！"胡专家一拍桌子道，"简直荒唐！"

"这并不荒唐，常琳老师说得没错。"一直沉默的白浩说话了，自从来到基地之后，他就沉默寡言，也许是无法面对之前自己犯下的那些罪行。他推了推鼻梁上的眼镜，说，"'盘古'分裂理论并没有推翻达尔文的进化论，相反，还对达尔文的理论进行了有力的补充。如今的人类，确实是进化的产物，'盘古'的出现，只是解决了最根本的生命起源问题。你们可以看到，'盘古'没有眼睛，它是靠意识场来感应周围的一切的，并且'盘古'没有生殖系统，消化系统也很脆弱，它的神经系统也跟人类有较大的出入。"

"这又能说明什么？"胡专家质问道。

"这说明了进化的力量。人类的出现是由于'盘古'的分裂，相信人类在诞生之初，也是这等模样，但细微的个体无法产生意识场，为了适应世界，人类逐渐进化出了眼睛。并且个体的生命十分短暂，为了DNA的延续，人类进化出了两性以及生殖系统。单独的个体无法靠摄取自然能量而存活，所以进化出了强大的消化系统。"

"你……这……"胡专家被反驳得哑口无言，憋了半天才道，"这都是你自己的臆想而已！有证据吗？"

"'盘古'就是最好的证据。"

"好了，不要再吵了，我认为想办法与'盘古'进行交流，是目前最有希望达到的研究成果。"顾茂昌拍板道，"这个提案，我也会向上级申请，通过之后即刻开始着手研究。"

一个星期后，"交流方案"得到了上级的批准，但在具体操作上，却让顾茂昌犯了难。巨大的'盘古'被铁链牢牢地拴在地下实验基地内，无法摆脱的束缚让它异常狂躁，每天都在挣扎咆哮，如同一头发怒的巨兽。任何尝试交流的途径，都以失败而告终。

为了和"盘古"交流，他们尝试了变频音波沟通、脑电波感应、微电流刺激等多种方式，可"盘古"没有给出任何反馈，它把自己封闭在了狂躁而深邃的世界里，人类连窥其一角都做不到。这个结果让顾茂昌很沮丧，他叹道："想和'盘古'对话，就这么难吗？"

"竟然还叹气，这可不像我认识的顾茂昌。"常琳冷笑一声。

"你对我并不陌生，可我却是越来越看不懂你了，小琳。"

"再次提醒一遍，请叫我常琳，谢谢！"沉默了一下，常琳又道，"不过我要感谢你，你没有一狠心让军方把'盘古'干掉，这起码保存了一点微弱的希望。"

"希望不希望的，现在看来也没什么用了。"顾茂昌摊摊手，"跟这个大家伙完全没法交流，我们现在的研究不知道从何下手。"

"或许，并不是完全无法交流……"白浩讷讷地说道，眼神低垂。他和常琳不同，身上有着重大命案，上面一直有人监视着他。为了防止他逃脱，还在他的右侧手臂皮下植入了一枚GPS定位芯片，这可是属于他的"特殊待遇"。正是因为这些原因，白浩除了发表自己的学术观点外，基本不和其他人交流。

"阿浩，你有什么好想法？"顾茂昌问道。他深知白浩罪孽深重，但是在修杰的引诱下才一步步滑入了罪恶的深渊，所以顾茂昌并没有带着有色眼镜去看他。

"'盘古'没有眼睛，因为它是用意识来探知周围的一切的。这是一种独特的感知方式，我想我们应该从这里入手。"

"你是说，直接和'盘古'进行意识交流？"

"对。"

顾茂昌沉思片刻，道："从理论上来说，这确实是一条可行之路。但对于意识交流的研究，人类已经进行了很多年，一直没有成功过……"

"那是因为单个人类的意识力场太微弱，根本无法达到交流的程度！"常琳忽然灵光一现，"但是'盘古'则不然啊！他本身就具有强大的意识力场，不知道是普通人的多少倍！从理论上来说，我们只要能找到和‘盘古’脑电波频率相同的人，就能融入到他这个强大的意识力场内，和它直接进行意识交流！”

顾茂昌也恍然大悟，但同时又意识到了另一种危险性：“不行，这太冒险了，‘盘古’的意识力场太过强大，普通人脑根本无法承受它的意识灌输，可能会在一瞬间就把这人的脑子烧成傻子！”

“所以我们不能只找一个人。”常琳语道，“我们要尽可能找更多的人，同时与‘盘古’交流，以分散他们大脑的承载负荷。我提议，将此实验计划命名为‘神思’。”

“神思计划”，这是一个浩大的工程。

寻找与“盘古”脑电波频率同步的人，无异于大海捞针。他们先从自己人下手，把双城实验基地的工作人员筛查了一个遍，也没有一个通过的。后来又把寻找范围拓展到了社会上，找了很多自愿者，依然没有能够匹配的人。人类的脑电波频率范围在1—30赫兹之间，而“盘古”的脑电波频率却达到了惊人的120赫兹，远超人类阈值。

寻找工作进行了半个月的时间，没有丝毫进展。军区派来的胡专家本来就对顾茂昌的研究计划感到不满，趁此机会向上级打了报告，怒斥顾茂昌制定的“神思计划”太过荒诞儿戏，顺便还告了他一个“公然与唯物主义辩证法叫板”的罪名。

顾茂昌很郁闷，他并不认同修杰所宣称的“返祖计划”，便想通过“神思计划”拿出新的研究成果，以推翻“返祖计划”的荒谬结论。但现在不仅实验没有取得任何进展，还要承受来自上面的压力，这一切都搞得他身心疲惫。这天工作结束后，他并没有回到住处，而是去酒吧喝起了闷酒。

“老板，有没有那种一喝下去，就马上能醉的？”坐在吧台的顾茂昌问道，他现在想要做的就是一醉解千愁。

酒吧老板奇怪地打量了一番这个气质穿着都与酒吧氛围格格不入的男人，说：“来杯深水炸弹？”

“能醉吗？”

老板“咔咔咔”地在吧台上摆了三杯酒，然后挨个丢进去一小杯烈酒，顿时，剧烈的泡沫翻涌了上来。酒吧老板豪气地一摆手说：“三杯下去要是不醉，免单！”

顾茂昌拿起一杯就倒进了嘴里，顿时一股火辣辣的感觉从胃里直冲到头顶。他大喊了一声：“好！”接着又拿起一杯酒倒进了嘴里。

第二杯下肚，仿佛一把火烧到了灵魂深处，烧着了他少年时的那些桀骜不驯，那些肆意轻狂。他一拍桌子，大喊了一声：“痛快！”接着又拿起了第三杯。可手还没伸过去，酒杯就被人抢走了，把酒全泼到了地上。

顾茂昌一下愣住了，他转过头去盯着眼前的人，有些愠怒：“常琳，你干什么！”

“谢谢你没叫我小琳。”常琳把钱拍在吧台上，一把拽起顾茂昌，“起来，跟我走！”

顾茂昌被拽到了外面，被风一吹，脑袋清醒了许多。常琳斜睨着他，冷笑道，“不可一世的天之骄子顾茂昌也学会借酒浇愁了？”

顾茂昌一把甩开她的手：“咱俩已经离婚了，你无权干涉我的私生活，我想喝酒就喝酒！”

“你想喝酒我管不着，我也不是以你前妻的身份站在这里跟你说话。”

“那是什么？”

“同事！”常琳把一沓资料塞进了他的怀里，“看看这个，你就知道还不到喝酒的时候！”

“什么东西？”顾茂昌皱起了眉头，刚才那两杯深水炸弹的威力犹在，他感到一阵头晕。

“‘深蓝儿童’报告书！看看吧，或许能对你有点用处。”

“深蓝儿童”，顾茂昌听说过，是在某年风传“世界末日”时出现的一批拥有特殊体质的人类，他们在儿童时期就显示出了不同于寻常人的“超自然能力”，比如精神感应、未来预测等。经过科学家们的研究，这些孩子的内脏器官有与众不同的功能，他们的免疫系统比普通人强好几倍，细胞内有一种不寻常的突变类DNA。从人体能量摄影的图片中发现，他们身上代表精神力的蓝色光波特别明显，因此被称为“深蓝孩童”。当时很多人都相信，“深蓝儿童”是世界的希望，是带领他们安全度过世界末日的未来使者。

可惜的是，这一切在后来被证明是假的，所谓“深蓝儿童”，只是一场人们一厢情愿搞出来的童话。

“我现在没空打假，这是司马南干的事情。对了，他也不干了，这家伙现在不是跑了吗？”顾茂昌自嘲地笑了起来。

“我没让你打假，我只是说让你看看这些材料！”

“这些材料？有什么好看的？”趁着酒劲，顾茂昌一挥手把十几页纸全都撒了出去，“哼，科学乌托邦。”

“你！”常琳气得大叫，“当时有科学家对很多疑似“深蓝儿童”做过研究，发现他们其中有好几个人的脑电波频率能达到惊人的120赫兹！”

“什么？”顾茂昌愣了一下，立刻手忙脚乱地去捡那些飘散在风里的纸张。

“深蓝儿童”报告书已算是一份比较久远的材料，随着谎言被戳破，这份报告书也被尘封在了地方档案馆里，一直无人问津。是白浩在网络上检索资料的时候偶然发现了其中端倪，常琳又费了九牛二虎之力从浩如烟海的封存档案中把它找了出来。

顾茂昌立刻进入了工作状态，他把报告书翻阅了一遍，四个人的名字进入了他的视线：林宇风、司徒萧、李若辰、李磊。

在报告书写成的年代，这四个人还是六七岁左右的孩子。他们由于某种特殊的表现，也被列入了疑似“深蓝儿童”行列，从而接受了系统的身体检测，包括骨骼发育、精神状况、智力水平等等。这些检测结果与普通的儿童并没有什么差异，但在脑电波频率那一栏，却赫然写着“频率异常，间或达到80—120Hz”的字样。

这个异常的情况，肯定引起了当时专家的警觉，但随着“深蓝儿童”整个童话的破灭，这些事情也就不了了之了。顾茂昌放下材料，掩卷沉思，如果这四个孩子还活着，现在应该都是二十五六岁左右的年轻人了。

“找到这四个人。”顾茂昌做出了决定，“向上级申请，通过公民身份联网核查系统，找到林宇风、司徒萧、李若辰和李磊这四个人的下落。”

很快，四个人的身份都被查清楚，详细资料摆在了顾茂昌的桌上。

林宇风，男，26岁，无业游民，社会闲散人员，前地方性黑暗势力“刀枪炮”成员，有犯罪前科，曾被劳动改造一年零三个月，现居宿州。

司徒萧，男，24岁，美国宾夕法尼亚大学心理学系留学硕士，精英海归，是地产大鳄风睿林的长子，现任“风氏集团”行政部总经理。

李若辰，女，25岁，少有的女子自由搏击运动员，前省级专业队队员，曾经受邀参加世界级站立格斗大赛“K-1”东京站预选赛并取得冠军。后来因为十字韧带受伤而导致退役，现任中国格斗联盟职业教练。

李磊，男，29岁，云南边防大队支队长，国家陆军轻武器大赛狙击1500米冠军，绰号“兵王”，曾经靠一把国产85式狙击步枪创造了单兵作战全歼一支越境毒贩队伍的“神话”，现在边境执行缉私任务。

四个人的身份已经被调查清楚了，顾茂昌的下一个艰巨任务就是如何劝说他们来到双城实验基地，参与“神思计划”。这是一个非常棘手的事情，并不是每个人都愿意成为志愿者为科学献身的，哪怕是以人类命运的名义。

顾茂昌决定奔赴各地，亲自劝说他们加入实验。

边境边防大队，正在操练的李磊忽然接到通知，让他立刻前往大队长办公室，上级要有新的任务派给他。李磊敲了敲办公室的门，喊了一声“报告”，听到里面说“进来”，他才推门而入。

李磊走进队长办公室，迅速地扫了一眼，看到在队长旁边还坐着一位陌生的五十岁左右的中年男子。队长说道：“我介绍一下，这位就是我们边防大队的‘神之狙击手’李磊，这位是国内著名的生物学专家顾茂昌顾教授。”

“你好。”顾茂昌站起来想和他握握手，李磊却朝他“啪”地一下敬了个礼，动作有力，干脆利落。顾茂昌心道，果然是训练有素的军人。

队长问道：“李磊，你最近有什么任务？”

“报告队长，我收到线报，说最近会有一支十余人的武装毒贩携带大量毒品入境，我正在严密监视中。”

队长思索了一下：“我明白了，这个任务我会交待给别人，李磊，上级有一个新的任务要交给你。”

“什么任务？”

“跟着顾教授回双城，参与一项实验计划，代号‘神思’。具体的细节，现在还不方便给你透露，但顾教授说了，这个计划缺你不可。”

李磊并未提出异议，因为他是军人，军人的天职就是服从命令，可他的眼神还是透露出了一丝困惑。

“李磊——”队长可不管他那一套，气势十足地问道，“能不能完成任务？”

“是！”李磊一个立正，朗声道，“保证完成任务！”

“好，那你现在就收拾一下，跟着顾教授回双城。”

“先不急着回双城。”顾茂昌道，“李磊，你先收拾一下东西，换套便装，跟我去趟湖北，我要召集下一个人。”

湖北，“风氏集团”总部，宽敞明亮的行政总经理办公室里弥漫着一股淡淡的檀香，拉开巨大落地窗的百叶窗帘就能看到旖旎壮丽的长江景色，这个地段可谓是上风上水，CBD中的CBD，独一无二的黄金位置。穿着一身名牌西装的司徒萧坐在办公椅上，身形瘦削，面色白净，狭长的眼睛里闪烁着深邃的光芒。他虽然还很年轻，却在举手投足间散发着一股老练的气质。司徒萧看着推门进来的两位客人，微微一笑，说道：“顾教授，你好，没想到你还带着一位军人保镖。”

跟在顾茂昌旁边的李磊一愣，问道：“你知道我身份？”

“我不知道，我是从你走路的姿势看出来的。仔细观察的话，职业军人和普通人走路还是有一点不同的。并且你在甩动双臂的时候，右边要比左边的幅度更大一些——我猜那是打枪的时候右侧肩膀不停地抵抗后坐力，肌肉变得更为结实的缘故。”

顾茂昌心里暗暗有些吃惊，他知道司徒萧毕业于宾夕法尼亚大学心理学系，精通心理学，甚至可以从人面部的微表情上来分析出对方的心理活动，但没想到他的观察力竟然这么敏锐，站在他面前，好像没有秘密一般。

“请坐，两位。”司徒萧还是很客气的，让秘书进来倒了两杯茶，“顾教授，我知道你是国内知名的生物学家，我也看过相关媒体对你的报道。但咱们明人不说暗话，对于参加什么科学实验项目，我是没什么兴趣的，也没有时间。”

“我知道，像你们这种级别的集团公司，一分钟就值几百万，有赚不完的钱。”

司徒萧笑了起来：“顾教授，你是在故意讽刺我吗？不怕告诉你，我所攒下的资产已经这辈子都花不完了，赚钱并不是我的目标。”

“那你的目标是什么？”

“马斯洛需求理论的最高层次，实现自我价值。”

“实现自我价值，就是不停地把生意越做越大吗？”

司徒萧笑道：“顾教授，之前只知道你是生物学的专家，没想到谈吐也这么犀利。没错，生意越做越大，的确是自我实现的一种手段，当然，我也许并不能成为世界首富，建立自己的商业帝国，但并不代表着这一切就不是没有意义的。就像你搞研究一样，并不能通晓天地万物生命起源，也不就是为了通过这种途径实现自我价值吗？”

“不。”顾茂昌说，“我们这次的‘神思计划’，就是为了通晓天地万物，了解生命的起源。”

司徒萧的面色微微一变。

“我从来没有把工作当成实现自我价值的途径，我所做的一切，都是为了探求生命最本质的奥秘，我想在我有生之年，能够明白这世间一切的真相。”

司徒萧沉默了，停顿了数秒钟后，他问道：“为什么找我？”

“因为你曾经是‘深蓝儿童’的一员。”

“那只是一个骗局，根本就没有什么所谓的‘深蓝儿童’。”

“但你做过身体检测，脑电波频率最高能达到120赫兹！是不是？”

司徒萧愣了一下，说道：“没错，我小时候的脑电波频率确实跟别的小孩不一样，当时检测的专家也没说出个所以然来。”

“你现在的脑电波频率最高能到多少？”

“不知道，我很久没有做过脑电波频率检测了。”

“我们这个实验项目，需要用到你们高频率的脑电波。但在这之前，恕我不能透露实验的具体细节。我只能告诉你，这件事情关乎人类未来，所以只要有一点希望，我就不想放弃，这就是我来找你的原因。”顾茂昌沉声说道，“‘神思计划’可能是人类最后一次能够通晓世界真相的机会了，司徒萧，加入我们，也许你最后能实现的自我价值，远比一个商业帝国要大得多。”

司徒萧站了起来，踱步到窗前，他拉开百叶窗，看着外面的半城繁华和滚滚长江。在高楼大厦的簇拥下，竟然还有摆渡的艄公，仿佛穿越时光而来，身上还带着历史的余温。

“好，我答应你。”司徒萧转过身来，平静的目光却有些炽热，“我倒想看看，自己最后能实现什么样的价值。”

湘西，中国格斗联盟道场，身着运动服的李若辰正在教一群小孩子练拳。她身材高挑，动作矫健，穿着运动服更显得英姿飒爽。她本来应该征战格斗赛场，却在一场MMA比赛中撕裂了膝关节的十字韧带，只能无奈地选择退役，做起了教练。在如今这个时代，每个人都在想着怎么赚钱，练格斗的越来越少，倒是有不少家长把小孩子送过来培养兴趣，就当是上特长班了。李若辰置身于一堆孩子之中，简直感觉自己进了幼儿园。

她并不想在一堆孩子中间浪费自己的光阴，她的汗水和青春应该挥洒在聚光灯下的擂台上，应该绽放在拳套和肉体的撞击中。但每次一想到这些，她就会摸摸自己一发力就会疼痛的膝盖，然后发出一声自嘲的冷笑。

那些睥睨群雄的傲气和叱咤风云的威风，仿佛都被大风吹散了。

面对顾茂昌一行人的突然造访，李若辰显得十分冷淡，只是问道：“为什么找我？”

“因为我们的实验项目需要具有高频率脑电波的人参与，我查阅过你的资料，在小时候，你被认定为‘深蓝儿童’，接受过脑电波检测，数值远超普通人的六倍之多。”

“抱歉，我现在对你说的事不感兴趣。”李若辰冷冷地回道。

“练格斗的姑娘都这么冷酷吗？”

“要是你们继续纠缠，后面还有更冷酷的。”

“不要吓我，我可是一个和平主义者。”顾茂昌笑道，“好吧，我承认，我根本打不过你。那我能冒昧问一下，你现在对什么事情感兴趣吗？在这里教小孩？”

李若辰冷哼一声，转身便走。

“想当年，金戈铁马，气吞万里如虎。”说话的是司徒萧。

李若辰身子一顿，愣在了原地。

这句诗她小时候读过，早已没了印象。如今由司徒萧的口中念出，却一下钻进了她心里。

李若辰不由得狠狠地攥紧了拳头，努力压抑一腔无处发泄的情绪。

顾茂昌说：“李若辰，你的情况，我之前已经了解了。我可以答应你，你只要参与我们的实验项目，我会治好你的十字韧带。”

“省省吧。”她冷笑一声，“十字韧带撕裂属于开放性创伤，根本就治不好，就算请最好的医生也没用！”

“医院治不好的，我能治好，因为我是生物学专家。你肯定听说过细胞修复机制，我会将修复基因导入你十字韧带的细胞DNA内，促使断裂处的细胞再生，这样撕裂的十字韧带就会复原，变得和以前一模一样——对于尖端生物学来说，这并不是什么难事。”

李若辰猛地转过头来："你说真的？"

"当然真的。"

"你没骗我？"

"骗你？有这个必要吗？"顾茂昌道，"你可以不相信我，但不可以不相信国家颁给我的那些头衔。"

李若辰又上下打量了他一遍："生物学家顾茂昌。好，我答应你。不过，你最好能够履行承诺，否则，后果绝对比你想的还要糟糕。"

"哈哈，没问题。"顾茂昌伸出手来，"成交。"

皖南，宿州。漆黑的夜笼罩着大地，连一点星星都没有，就像一只巨大的蝙蝠张开了无限的翅膀，遮挡在了人们头顶上的天空。林宇风骑着一辆破旧的哈雷摩托疾驰在马路上，一头黄毛随风飘荡。摩托上还放着震耳欲聋的音乐："苍茫的天涯是我的爱，绵绵的青山脚下花正开，什么样的节奏是最呀最摇摆，什么样的歌声才是最开怀……"

在经过一段施工路段的时候，林宇风一个急刹，猛然把摩托车停了下来，他左右环顾了一周后，关上音乐，走到一个放在路边的古力井盖前蹲了下来。旁边就是下水道的井口，因为路段翻修，井盖也被撬了起来放在一边。周边拉着一圈荧光警戒线，以免夜行的路人撞上。

林宇风拎了拎井盖，很沉。他又环顾了一周，四下无人，便自言自语道："这可不怪我，是你们自己把井盖撬出来的，老子只是正好顺走而已。一段好好的路不停地修来修去，谁知道你们暗地里捞了多少钱！"林宇风提起井盖向摩托车走去。

他放好井盖，发动摩托，忽然听到头顶传来一阵轰隆隆的声音。林宇风抬头一看，夜空中竟然飞来了一架直升机，明晃晃的大灯照在他的身上。林宇风"哎呀"一声，赶紧加油门，摩托车嘶吼着窜了出去。不到十秒钟的时间里，他就飙到了将近100迈，可头顶的直升机紧追不舍，明晃晃的大灯一直笼罩在他身上。

“我去！”林宇风一个急转弯，妄图甩掉头顶上的直升机。可从天空上观察他，就像看一只慌不择路的蚂蚁那样一目了然。十分钟后，林宇风干脆不跑了，停下摩托，站在原地等着。

直升机缓缓降落，在螺旋桨的噪音中，顾茂昌一行人从飞机上走了下来。林宇风冲他们大叫道：“不就是偷个破井盖，你们至于出动直升机吗？至于吗！”

顾茂昌走到他面前：“我们不是为了井盖找你的。”

“哼哼，我就知道你们不是为了井盖，那玩意才值多少钱。”林宇风自嘲地一笑，“行，你们这么大张旗鼓，肯定也已经知道了，没错，北关杂货铺那件案子是我做的，没多少钱，也就三四千块；西门棉纺厂的会计也是我勒索的，弄了一万多吧；水电路的老大疤瘌头也是我砍的，这家伙睡我兄弟的女朋友，我没挑了丫手筋脚筋就算不错了……”

顾茂昌摆摆手：“兄弟，我们不是公安的人，你误会了。”

“不是公安的人？”林宇风四处打量了一下，又看向了顾茂昌，“那你是干啥的？”

“我是生物学家顾茂昌，你叫林宇风是不是？”

“是啊，怎么了？”林宇风有点迷糊。

“你记不记得小时候参加过一次身体检测，是关于‘深蓝儿童’的，当时记录你的脑电波频率异于常人？”

“你问这事啊？”林宇风长舒了一口气，“对，有这回事，全都是扯犊子。什么‘深蓝儿童’，要是‘深蓝儿童’我能混到这份上吗？”

“也许你的潜力自己都没有发现。所以，我们想邀请你参与一个重要的实验项目。”

“实验？什么实验？科学实验？研究猩猩猴子还是宇宙外星人？对不

起，我不感兴趣，再见了您呐。还有，我刚才跟你说的那些话，你就当没听过，明白没？”林宇风说完就跨上了摩托车，打着了火就要走。

“有钱！”顾茂昌大声叫道。

“有钱？”林宇风松开了将要发动的油门，转过了头，“有多少钱？”

“只要你参与我们的实验项目，不管成不成功，都有一笔酬金。我付你这个数。”顾茂昌伸出了一根手指。

“再加十万。”司徒萧走了过来，“我个人出的。”

“你个人？别唬我，你干啥的，有那么多钱吗？”

“这是‘风氏集团’的唯一继承人，身家上亿。”顾茂昌介绍道，“这架直升飞机就是他的个人财产。”

“哎呦。”林宇风立刻从摩托上跳了下来，“兄弟，啥也别说了，以后你就是我兄弟！你们不是要搞什么实验吗？来，算我一个，必须的！”

螺旋桨转了起来，直升机再次升空，机舱里除了多了一个林宇风以外，还有一辆破旧的哈雷摩托。林宇风靠近司徒萧，拿胳膊肘碰了碰他：“哎，兄弟，你姓风？这个姓挺少见啊。”

司徒萧转过了头，实在不想跟他有什么交流。林宇风热脸贴了个冷屁股，又瞄了一眼坐在旁边的李若辰，凑了过去，说：“妹子，看着有些面熟啊，咱们是不是在哪……”

“闭嘴。”

“哎，我说真的，真的有些面熟啊。”林宇风想了半天，恍然大悟，“不会吧？是你？我好像在电视上看到过你的比赛！你不是运动员吗？也来参加那个什么实验？妹子我跟你说，你别看我没有专业练过，但我们这些出来混的都是街斗里练出来的，真动手你不一定行。”

李若辰冷冷地看了他一眼：“要不要现在就试试？”

一直沉默不语的李磊说话了：“我劝你们不要动手，这不是火车，是在飞机上，经不起你们折腾。”

“好了好了，都别说话了，林宇风，坐回你的位置上去。”顾茂昌说道，“到了双城之后，我们会即刻进入实验阶段，在这之前，我要先跟各位介绍一下‘神思计划’的具体内容。很抱歉之前没有给你们透露具体细节，因为我害怕你们听了以后会认为我是一个精神病。这一次邀请四位，是希望借助你们的能力，撬开一个人的嘴巴。”

“刑讯逼供嘛。”林宇风兴奋起来，“这个我拿手啊，说吧，要让谁开口说话？”

顾茂昌道：“‘盘古’。”

西伯利亚秋明州，阿尔泰山北麓。

这是绵延三百多公里的无人区，生气凋零，只有寒风和白雪，仿佛从天地初开时就是这样。西伯利亚也有夏天，只不过非常短暂，而这里是少有的不经历夏季的区域之一。修杰穿着厚厚的防寒装备，但还是被冻得手脚发麻，那些刀子似的寒风几乎能割开衣服灌进身体里。跟他同行的何翎羽却没有这般狼狈，他的御寒能力要强上许多，只是穿着普通的登山服。

“这温度，少说也得零下三十多吧？”修杰迎着寒风叫道，他的嘴唇都已经冻紫了。

何翎羽撸起袖子，用皮肤感知了一下温度：“零下三十六度。”

“这么准？”

“我到过世界上最寒冷的地方，也到过世界上最炎热的地方。对于温度的感知从来没有过偏差。”

“让我活两千多年，我也能这么牛。”修杰问道，“咱们到底还要走多远？”

“快了，应该就在这附近。”

“应该？我说翎羽哥，你不会把地方都给忘了吧。”

“西伯利亚太大了。两千多年里，我只在16世纪中期来过一次。记不清地方是正常的，不过就在这附近了。”

“16世纪中期，你来干什么？”

“我当时认识一个胡僧，他说有办法能解开夜王的封印，我就带他来了。可这家伙只是为了从我手里骗点钱，我一气之下，就把他给杀了。”

修杰心里一惊：“我要是也解不开封印，你不会把我也干掉吧？”

“不会。你已经为世界的未来做很多事情了。”

修杰朝后面的雪地看去，他们的足迹没过多长时间就被新的风雪所覆盖。他禁不住问道：“当时你为了逃脱匈奴人的追杀跑到了这里，是怎么活下去的？”

“不要小看人的潜力，尤其是被逼入绝境的时候。我当时也自忖必死无疑，但在最后时刻，夜王的能量救了我，让我没有葬身在这冰原之上。”

“我一直有个问题想问你，两千多年的时间里，你用自己的力量参加过战争吗？”

“我知道你想问什么，当你活得太久，见惯了生离死别和人事变迁，你就会发现其实根本就没有什么正义和邪恶，一切的战争都源于人们的贪念。你带领你的部族去开疆拓土，征伐世界，对于你的部族来说，你是英雄，但对于别的部族来说，你就是灾难。历史就是这样，成王败寇。”

“所以你就坐视不管，目睹人类不停征战杀伐了两千多年？”

“我问你，你看到蚂蚁打架，会去管吗？”

修杰一时语塞，又道：“但是，你说过自己在元军屠城的时候，曾经救过一个城池的百姓。”

“那只是偶尔迸发的悲悯之心，与立场无关。”何翎羽叹道，“人类是愚蠢的，根本意识不到身处空间的狭小和时间的短暂。我见过那些以为自己建立了一世伟业的人们，他们以为自己征服了整个世界，却不知道无尽的宇宙有多么广袤，他们所创下的所有丰功伟绩，在时间的长河里连一颗砂粒都算不上。什么帝王将相、宏图伟业，其实都是粪土。”

修杰怔住了，良久之后才说：“我相信你跟我说的那句话了。”

“哪句话？”

“你说，一个人活这么久，其实是非常痛苦的一件事情。”

“哈哈哈，你现在明白了？”

“明白了，你看透了一切，就变成了历史虚无主义。这种空空荡荡没有任何目标和意义的存在，比死亡本身恐惧一万倍。”

何翎羽拍了拍他：“所幸你让‘盘古’复活了，现在这就是我存在的意义。”

他们在阿尔泰山北麓的冰原中跋涉了一天一夜，终于找到了目的地。在一处具有标志性的冰壁之下，何翎羽伫立在风雪之中，望向四周，说道：“到了，应该就是这里了。”

刹那间，他百感交集，两千多年间的往事如同潮水一般涌上心头。时光久远，发生在自己身上的很多事情都忘掉了，但他永远也忘不了西汉永光元年的那一天，他一个人蓬头垢面地奔跑在这冰原之上，后有追兵，前无生路，而他已经气力用尽，处于死亡的边缘。他料定自己必然将命丧于此，不由得悲愤难当，长号一声，却猛然间天地变色，一团强大而陌生的能量将他包裹在了其中，由此开启了他漫长且孤独的岁月。

何翎羽长叹了一声，人世间烽火此起彼落，几回翻局，而这莽莽冰原，却还和他初见时一样。他蹲下身子，用手拂去地上覆盖了千百年的皑皑白雪，在雪层的覆盖下，是一处肉眼看见的透明冰层，在距离地面大约五六米的地方，埋着一枚巨大的菱形冰晶。那块冰晶约有三四米长，周身隐约可见淡红色的暗纹，像是烙印而成。那暗纹的模样很奇怪，类似于某种符箓文字，如同锁链一样缠绕着整块冰晶。而在冰晶的中心，是一枚指甲般大小的淡蓝色的冰珠。

眼前出现的情景让修杰惊讶无比，他问道："这是什么？"

"看到那些淡红色的暗纹了吗，那就是亚特兰蒂斯人的自然链封印。他们利用不同自然元素的分子链结构让其互相锁定，有这些封印在，这块冰晶就坚如磐石，无法打开。"

修杰十分惊愕："能够利用分子链结构？一万年前的亚特兰蒂斯人已经有这么高的文明了吗？"

"对的，比现在的人类文明还要高。你别忘了，他们当时也发现了'盘古'遗骸，并且克隆出了'盘古'本体。只是由于和夜王之间爆发了战争，其文明才衰落了下去。"

"那这块冰晶里，封印的就是夜王的意识体了？"

"不，这只是最外层的保险装置，真正封印夜王意识体的，是那枚淡蓝色的冰珠。"

修杰看向冰晶中心的那枚泛着奇怪光芒的冰珠，讶然道："这个小小的东西，竟然封印着夜王的意识体？"

"确切地说，是封印了夜王的全部意识体。我之前跟你说过，夜王是集体意识，是由无数的意识组成的一个统一的意识体。这枚冰珠里一共有一亿三千万个冰原子，每一个原子都封存了一个夜王的意识个体。"何翎羽看着他，声音低沉，"一亿三千万个原子监狱。"

"天呐，这是多么精湛的技术。"修杰痴迷地看着那枚冰珠。

"远超如今人类的技术。"何翎羽附和道。

“那么，这就是我出现在这里的原因。”

“你有破解封印的办法？”

修杰思忖片刻：“如果照你所说，自然链封印是利用不同自然元素的分子链结构的话，那么只要让我分析出来封印链里的元素属性，这个问题就可以解决。亚特兰蒂斯文明满打满算，距今不过一万多年的历史，在这么短暂的时间里，地球上的自然元素应该不会有什么变化。一旦我分析出其中的元素属性，就可以从微观操作上导入破坏它结构的另一种元素，这样封印链的作用就消失了。”

“你果然是天才，修杰，我没看错你，带你来这里是对的。”停顿了片刻，何翎羽又道，“不过我能感觉到，夜王的意识体已经被原子监狱禁锢了太长的时间，再加上当时它大部分的能量都逃逸了出去，这些意识体已经十分微弱了。一旦解开封印，它们有可能会灰飞烟灭。”

修杰眉头紧蹙，原来这才是关键之处。看来亚特兰蒂斯人为了封印夜王，真是煞费苦心，连续设置了两道枷锁。如果贸然打开第一道枷锁，第二道枷锁就会烟消云散，整个破解工作就会变得毫无意义。必须要想一个办法，在破解冰晶封印的同时，又能保证原子监狱里的意识个体不会随之陨灭。

修杰分析道：“我不清楚夜王的临界智慧是如何构成的，但从原理上来说，要让很多意识体集中在一起，就必须存在一个意识力场。一旦这个力场消失了，那么所有的意识体就会消散，被散布于空气中的其他能量所吞噬，这就像所有动物的死亡一样。夜王的意识体之所以十分微弱，便是它的力场快要消失了。”

“我同意你这个判断。”何翎羽点点头，面色却阴沉如水，“那么这个问题，你想怎么解决？”

修杰在冰原上徘徊了起来，冥思苦想着。这是一个关键的问题，解决了这个问题，夜王就能复活，有了它的力量，他们就有可能夺回“盘古”，完成“返祖计划”以及后续的一切瑰丽雄奇的伟业。他能感觉到自己正站在历史长河的十字路口上，他的下一步举动，将牵扯着整个人类命运未来的走向。

冰晶不能轻易解封，修杰深深明白这一点，亚特兰蒂斯人把夜王的意识体封印于此，为的就是靠时间来削弱它的意识力场。如今，力场已经消磨殆尽，再过一两百年，就算不解开这封印，夜王也会烟消云散。

但，他现在出现在了这里。此刻压在他肩上的已不仅是人类的命运，在那浩瀚的星河深处，还有着若干的智慧文明，碳基的、硅基的、高等的、低等的……它们都在冥冥之中等待着这个改变自身命运的关键时刻——走向毁灭，还是永恒。

站在风雪中的修杰抬起头来，望向灰蒙蒙的天空，他感受到了来自全宇宙的压力。

何翎羽站在修杰的身后并不说话，而是背对着他，轻轻皱起眉头呲着牙，露出一脸狰狞的表情。在距离他们不远的地方，出现了几只西伯利亚雪原狼。何翎羽知道，就算是雪原狼也不应该出现在西伯利亚永久性冻土带，这只说明一点，它们是饿极了，才会跟着人类的足迹追踪到这里。

而现在，这些狼就在距离他们身后几十米的地方，正在逐渐地缩小包围圈。何翎羽紧紧盯着这些狼，身体内的能量处于一个爆发的临界点，他要做的不只是保护好修杰，他更加知道，修杰的思维此刻正处在一个微妙的平衡点上，稍微一个分心，都有可能走向不可预测的深渊。

“我想到了！”修杰兴奋地转过头大喊道，“要解开封印，控制夜王的意识力场，我们只需要……”话没说完他就愣在了原地，“什么东西？”

“西伯利亚雪原狼，应该是从冻土带外围尾随我们过来的。”何翎羽沉声说道，浑身的肌肉都膨胀了起来，“修杰，记好你刚才想出来的东西！接下来的一幕可能会有些残酷，否则我们今天走不出这片冰原！”

在双城地下实验室里，“神思计划”正在有条不紊地进行着，他们需要的四名神思者均已到位，在顾茂昌的带领下，来到了关押着“盘古”的地下基地内。

虽然在来的路上，顾茂昌已经给他们讲了相关的内容，但是当看到硕大如同小山丘一般的“盘古”时，他们四个还是惊得目瞪口呆，一句话也说不出来。

“盘古”察觉到了有生人靠近，本能地伸出手就去抓，却被特制的合金锁链限制住了，发出一阵“哗啦啦”的响声。“盘古”挣脱不了这束缚，不由得狂躁起来，张开嘴巴朝他们发出了一声暴怒的嘶吼。一股气浪排山倒海般涌来，将他们都吹成了大背头。

“乖乖。”林宇风眯着眼大叫起来，“太牛了，太壮观了，简直是奇迹啊，我这辈子算是没白活了……”

这回司徒萧没有鄙视他，因为见惯了大世面的他也是大惊失色。在如此震撼的场景面前，一个商业精英和一个底层草根的表现没有任何区别。

“这就是我们需要交流的对象？”司徒萧转头问顾茂昌，满眼的不可置信。

顾茂昌点点头，指着一台电脑终端说：“这是最新研制的天河超级计算机，我会通过你们脑部的电极片与天河相连接，待你们的脑电波频率达到120赫兹并且稳定同步以后，我就会把‘盘古’的脑电波也接入到天河里来。天河计算机会对接入的脑电波进行解析处理，这样，你们就可以在意识层面与‘盘古’对话了。”

“这样就可以了？”林宇风兴奋不已。

“虽然这是一个十分复杂的过程，但从原理上来讲，就是这么简单。”顾茂昌说。

司徒萧这时冷静了一点，问道：“与‘盘古’对话之后呢，你想让我们问什么？”

“问什么？当然是问它世界为什么是这个样子啦！”林宇风抢话道。

“差不多就是这样。”顾茂昌道，“我们对这个大家伙也所知不多，所以并不清楚应该交流些什么。总之，只要能跟‘盘古’建立起交流渠道，那就已经是人类的一大进步。至于问什么问题，那就看你们的沟通情况了。”

“那容我问个实际点的问题。”司徒萧停顿了一下道，“这个实验，会不会有生命危险？”

此话一出，其他三人全都看向了顾茂昌。司徒萧的这句话才问到了点子上，他们刚才光顾着兴奋了，谁都没想到这个问题。

“放心，没有任何生命危险。”顾茂昌指着随时准备进入工作状态的常琳、白浩以及其他工作人员道，“这些都是国内一流的生物学家和医学专家，他们会全程监控你们的生命体征，一旦出现异常情况，就会立即断掉你们与‘盘古’的连接。”

敏锐的司徒萧发现了他话语中的隐含意思：“就是说，这个实验还是会有风险的对不对？”

“哎呀，我说你这人咋这么多事呢？”林宇风开始不乐意了，“要说风险，喝水还能呛死呢，吃饭还能噎死呢，你还喝水吃饭不？”

司徒萧白了他一眼，并未搭话，他懒得和他辩论。

“好了，四位放心，我赌上‘顾茂昌’这三个字来保证各位的生命安全。如果准备好了，那我们现在就进入实验阶段。”

四个人坐到固定位置上，脑袋上贴了几枚电极片，连接到了天河超级计算机。电脑终端的四条脑电波频率即刻开始跳动，看着上面的数值，顾茂昌却皱起了眉头。

这数值和他预想的差距甚大，司徒萧的脑电波频率略高一点，保持在60赫兹左右，李磊的在45赫兹，李若辰的在38赫兹，林宇风的最低，只有20赫兹，跟普通人差不了多少。

这个频率根本无法和“盘古”同步，如果那份“深蓝儿童”报告书上记录的数值无误，那说明这几人随着年龄的增长，脑电波频率逐渐趋向了常人化。

这个情况倒是顾茂昌始料不及的。在经历一系列测试后，精通心理学的司徒萧通过自我精神力的控制，一度可以将脑电波频率提升至90赫兹左右，但跟120的数值还是有些差距。至于其他三个人，不管再怎么努力和集中精神，脑电波频率也没有明显的提升。

“会不会是他们的脑电波频率已经恢复成了常人水平，不管怎么样都没有办法提升到那么高？”常琳表示了担忧。

“不会。”顾茂昌否认了她这个看法，“他们几个的脑电波频率虽然比小时候差了很多，但还是比普通人要高，尤其是司徒萧。这说明他们的潜能还是有的，只不过后期没有经过有意识的开发，这种潜能被逐渐埋没了。”

“那接下来你有什么打算？”

“用电流刺激吧，唤醒他们的细胞活跃度，这样脑电波频率也就上去了。”

“不行，这个办法太冒险了！”常琳否决道，“你可是保证过他们的生命安全的！”

“放心，我有数，将电流强度控制在人体可接受的范围内，不会有什么问题的。”

“顾茂昌，你这个疯子。”

“疯子？跟你比，我可能还差点。”顾茂昌低声说道，“直到现在，我也还是不能接受‘返祖计划’。”

“所以，你就想通过‘神思计划’得出新的研究成果，来推翻‘返祖计划’的理论？”

顾茂昌叹了一口气：“我知道你很想念顾青，但这不是我们拿整个人类作为实验品的借口。常琳，我真希望有一天不仅能消除我们之间学术观念上的隔阂，还有内心深处的隔阂。”

“或许永远也不会有那一天了。”常琳冷冷地道，“你知道我为什么会选择帮助你推进‘神思计划’？我只是想让你亲手证明自己是错的。”

四位神思者在电流的刺激下，脑电波频率果然有了较大的提升，但是并不稳定，并且距离120赫兹的目标还有一定的差距。而且更重要的一点是，在长时间持续电流刺激的情况下，四个人均出现了心跳加速、呼吸沉重、血压升高的症状。不得已之下，顾茂昌只得暂停电流刺激。

实验进程陷入了僵局，林宇风抱怨道：“是不是我们小时候的检测搞错了，其实脑电波频率根本没有那么高？”

“你的检测可能出错了，但我的绝对没有。”司徒萧回忆道，“当时脑电波频率的检测数值出来之后，我的父亲很吃惊，又带着我去了别的医疗机构重新检测了一遍，还是那个结果。对这件事我印象很深。”

“那你这么牛，怎么现在不好使了呢？”

“不是我一个人这样，现在大家不都是这种情况吗？而且在我们之中，你的脑电波频率还是最低的。”

“你什么意思？”林宇风把脸凑了上去，“说我拖后腿了呗？”

司徒萧不卑不亢：“就是这个意思。”

“别以为你家里有几个臭钱就人五人六的，老子出来混什么没见过，信不信我弄死你！”

“不信。”

“你大爷的……”林宇风一把拽住了司徒萧的领口就要动手，顾茂昌急忙上去拉架，结果被推搡到了一边。众人随即乱作一团，关键时刻，李磊硬生生地插了进去，挡在了林宇风和司徒萧的中间，制止了两人。

林宇风叫道：“老李，你别护着他，我早就看这家伙不顺眼了，我今天非得教训教训他不可……”

“你教训教训我吧。”李若辰站在了他的面前，“你不是一直都想跟我练练吗？”

“嘿，小娘儿们也来凑热闹。闪开！我不想伤着你。”

“伤了我？”李若辰笑道，“今天你要是能伤得了我，奶奶我晚上陪你睡觉。”

“真的？”林宇风一怔。

“在场的人这么多，都听着呢。”

“好，那我就不客气了……”最后一个字还没说完，林宇风猛地上去就是一拳，直接抡向了李若辰的面门。众人还未来得及上前劝阻，就见李若辰身形一晃，轻松地避过了这一拳，接着如教科书般标准的左右勾拳连续击出，“砰砰”两声闷响，全都打在了林宇风的小腹上。这两拳干脆利落，动作犀利，力道透过皮下脂肪直接渗透进去。林宇风立即丧失了反抗能力，捂着肚子后退了两步，踉跄一下倒在了地上。

看着捂着肚子蜷缩成一团的林宇风，众人都惊呆了。他们只知道李若辰是职业拳手，却没想到竟然如此厉害，对付一个成年男性几乎不费吹灰之力。李若辰斜睨着躺在地上的林宇风，冷冷道："业余和专业之间有着不可逾越的鸿沟，不是几场街斗就能弥补的。"

由于脑电波频率无法达到预期数值，"神思计划"暂时停止。晚上在食堂用餐的时候，林宇风端着个饭盆，屁颠屁颠地坐到了李若辰的旁边。

李若辰抬起头看着他："怎么，还想再切磋一下？"

"不是，不是，你误会了。"林宇风急忙摆手道，"我承认我打不过你，你厉害，行了吧？我主要就想问你一个问题。"

"问什么？"

"你今天为什么要替司徒萧那小子出头？你是不是喜欢他？"

"我没替他出头，我也不喜欢他，我就是看你不顺眼。"

"呃……"林宇风脸上一片尴尬的表情，停了半晌又问道，"我今天要是赢了，你真的会陪我睡觉？"

"你的问题已经问完了。"

"再加一个。"

"会。"李若辰放下筷子说，"但前提你得先赢我。"

"幸亏我输了。"

"哦？"李若辰抬头看着他。

"我这人晚上睡觉打呼，非得搅得你一晚上睡不好。"

"切。"李若辰难得撇嘴笑了一下，把饭盆往他身边一推，"一会儿帮我收拾了，我先回去洗澡睡觉了。"

"遵命。"林宇风咧开嘴，露出了一个贱兮兮的笑脸。

深夜时分，顾茂昌正伏在案头研究资料，忽然听到敲门声。他打开门一看，竟然是司徒萧。

顾茂昌有些意外："小萧，还没休息啊。"

"睡不着，随便溜达。顾教授，这么晚了，你也没睡？"

“没呢，研究些资料。要喝点什么吗，茶还是咖啡？”

“都行。”司徒萧坐下，看了看桌面上摊开的书，问道，“还在研究‘神思计划’？”

顾茂昌有些黯然：“进程受阻，我得尽快想出解决的办法。”

“顾教授，愿不愿意听我讲一个故事？”

“哦，说来听听？”顾茂昌明白，司徒萧这个时候上门，可不只是讲故事这么简单。

“我在宾夕法尼亚大学心理学院读书的时候，曾经参与过一个真实的案例研究。把一个志愿者蒙上眼睛，放在一个跟外界隔离的屋子里，让他坐在椅子上，把双手反绑起来。然后在他手腕上割一刀，告诉他‘你正在一点一点地流血’。房间里很静，他能清楚地听到自己的血滴在地板上的声音。”

顾茂昌皱起眉头：“这样做，不会有生命危险？”

司徒萧笑了起来：“其实割他手腕的刀子只是一块冰块而已，而他听到的滴血的声音，只是旁边一个水龙头滴下的水滴的声音罢了。整个实验只是为了测试人在这种极端环境下的心理反应，但没想到没过多长时间，这个志愿者竟然真的休克了，昏死了过去，与失血过多的症状一模一样。”

“因为在实验过程中，他受到了强烈的心理暗示。”顾茂昌分析道，“而这种心理暗示太过于强大，终于引起了身体机能的反应。心理变化导致生理变化的典型案例，不错的实验。”

“对，通过这个案例，也教会了我们心理暗示具有多么可怕的力量。”

“心理暗示……”顾茂昌的灵光乍现，道，“你的意思是，可以通过心理暗示的办法提升脑电波频率，也就是说……催眠？！”

“对，催眠。我想这是目前唯一可行的办法了。”

“不，不，绝对不行。我不能让你们在被催眠的状态下与‘盘古’对话，这样太危险了。”

“神思者不一定非要在清醒的状态下才能完成对话啊，顾教授，你仔细考虑一下，这是我们剩下的最后一条路了。再说，你们都在随时监控着我们的生命体征，如果出现什么情况，及时切断与‘盘古’的联系就是了。”

顾茂昌踌躇了半晌，终于下定决心道：“好，那我们就来试一试。小萧，我没想到你竟然会对‘神思计划’这么认真。”

司徒萧微微一笑：“凭直觉，我觉得完成‘神思计划’能够实现的自我价值要比打造一个商业帝国大得多。”

四位神思者陆续进入了被催眠状态，在强烈的心理暗示下，四条脑电波频率的数值线不断飙升，在一旁监测的白浩低声道：“突破100了！”

100是一个临界线，过了这条线，就无限逼近“盘古”的脑电波频率。快了，顾茂昌不由得捏紧了拳头，再往前一步，人类就可以撬开“盘古”的嘴巴了。

可是突破了100大关好像就已经到了他们的极限，数值线开始上下波动，停滞不前。顾茂昌不由得心急起来，关键时刻，他在一旁喃喃低呼道：“加油啊！司徒萧，想想你抛弃自己的商业帝国要实现的自我价值；李磊，想想你出发前队长交待给你的任务；李若辰，想想你伤势复原之后，再次回到搏击的擂台上；林宇风，想想你……再给你多加二十万块钱！”

白浩惊叫道：“林宇风的脑电波频率升上来了，110，120，130……天呐，达到140了！”

顾茂昌猛地回头，果然，在电脑终端显示器上，林宇风的脑电波数值线一路飙升。也许是受了林宇风的影响，其他三人的脑电波频率也有了不同幅度的提升，最终都达到了120赫兹的预期值，并且基本达到了稳定的状态。

这种情况不知道能维持多久，顾茂昌急忙道："快，接入'盘古'的脑电波频率！"

"盘古"的脑袋上也贴着十几枚无线电极片，这是他们费了九牛二虎之力才弄上的。将"盘古"的脑电波接入天河超级计算机之后，它像是受到了某种剧烈的刺激一样疯狂地嘶吼了一声，接下来的举动却出乎了所有人的意料——它安静了下来，站在那里一动不动，如同一尊巨大的雕塑。

一时间，整个地下实验室里鸦雀无声，只有计算机运转的声音和医疗监测仪器的轻微"滴滴"声。所有人都在注视着陷入催眠状态的四位神思者和安静的"盘古"，等待着接下来将要发生的事情。

安静……还是不可思议的安静。这种安静绷紧了每一个人的神经，每过一秒都是煎熬。

忽然，监测四位神思者生命体征的仪器急促地响了起来，现场的医护人员叫道："不好，四个人的生命体征有了明显的变化，心跳加速，呼吸加快，体温和血压都在升高，并且已经达到了临界值！"

负责监控电脑终端的白浩也惊叫起来："四个人的脑电波频率开始出现巨大波动，十分不稳定！"

这时四位神思者的身体轻微地颤抖起来，如同癫痫一般，双眼紧闭，脸上显现出痛苦的神色。常琳大叫道："他们承受不了'盘古'的意识灌输了，快断开连接！"

"不，不能断！"顾茂昌拒绝道，"现在已经建立了与'盘古'的连接，下一次就没有那么幸运了！现在断开，只能功亏一篑！”

“你疯了！”常琳朝着他吼道，“那可是四条人命啊！活生生的人命！”

“我不会让他们出事的，连接不能断，现在要想办法分散他们大脑的承载负荷！”顾茂昌命令道，“快，把我的意识接入天河！”

“不，那不可能！”常琳阻止道，“你的脑电波频率与他们的不在一个水平线上，接入天河会烧坏你的脑神经的！”

“没关系，他们已经建立起与‘盘古’的连接，意识通道已经形成了，我不会受到太多伤害的。”顾茂昌吩咐白浩道，“快，马上把我接入天河！”

“茂昌，你非要这么做吗？”常琳一把拉住了他，眼眶已经红了，“我知道我劝不住你，你……你一定要回来……”

“放心，小琳，等我的消息。”顾茂昌伸手抚摸了一下她的侧脸，然后坐到了固定椅上，脑袋上贴好电极片，几秒钟后，意识就接入了天河。

顾茂昌的眼前一下子模糊了，随即天旋地转起来，他仿佛掉入了黑洞，不停地盘旋着下沉。那种感觉犹如在坐过山车一般，歇斯底里而又身不由己。在经历了巨大的盘旋和恍惚后，顾茂昌忽然感觉到一阵失重感，他好像掉入了某个地方。他睁开眼睛，觉得自己飘飘荡荡地浮在空中，周围弥漫着一片浓重的雾气，使得一切看上去都只是一个大体的轮廓。在距离他不远处，还有四个模糊的人影在雾气中漂浮着，应该就是神思者。顾茂昌慢慢向前飘去，终于看到一个赤裸的巨人被捆绑在一根高大得看不到尽头的铜柱上，那巨人身上还插着十几支锋利的矛，它只要一动，血液就从伤口处流出。顾茂昌明白，这应该就是“盘古”了，而此刻的景象，完全出于“盘古”被束缚在这里的自我臆想。

“盘古”没有眼睛的脸上忽然长出了一只单眼，就在额头的正中间。

眼睛徐徐张开，浑浊的眼球转动了一下，看到了面前的顾茂昌。

“人类……”“盘古”说话了，声音缓慢沙哑，像是被风吹散了一样。

顾茂昌明白眼前的一切都是虚像，只不过是意识体本能的自我构建。但即使如此，他还是感到恐惧，一种无法抵挡、带有强烈压迫感的恐惧。

他尽量使自己镇定下来，问道：“你……是谁？”

“我是你们的先祖，所有的人类，都是我的后裔。”

“我们人类，真的是由你发源而来的吗？”

“盘古”的单眼忽然睁大了，浑浊的眼珠一动不动地盯着顾茂昌：“你们已经变成了这个样子，跟一开始的时候不一样了……没想到，你们又把我创造了出来，为什么？”

“因为我们有问题要问你。”

“有问题？”它咧开嘴巴，干笑了几声，“所有答案都在我的脑子里，想要的话，就来取吧。”

顾茂昌一点一点地靠近它，终于来到了它的面前。那只巨大的眼珠如同一面镜子般，反射着所有的倒影。顾茂昌鼓起勇气，把手伸向了眼珠，触摸到它的一刹那，一片璀璨的星河扑进了他的眼帘，整个宇宙都在急遽地变化着，他仿佛搭乘着时间链条的列车，回溯般驶向诞生的终点。在他眼前，无数瑰丽雄浑的场景轮番上演，恒星形成、超新星爆炸、星系碰撞、引力吞噬、维度坍塌、生命繁衍、文明消亡……

顾茂昌大吼一声，猛地睁开了眼睛，在固定椅上苏醒了过来。他浑身颤抖，大汗淋漓，第一时间就转头看向墙壁上的钟表。五分钟，仅仅过了五分钟的时间，他却仿佛过了一个世纪般那么漫长。

“顾教授，你没事吧？”实验室的工作人员急忙围了上去。

“我没事……”顾茂昌无比虚弱地说道，“让我休息一下就好……”

与“盘古”的连接已经断开，四名神思者也从被催眠状态下清醒了过来。他们几乎从接触到“盘古”意识起就陷入了恍惚状态，此时已经是浑身冷汗、半虚脱的状态，各个都像是刚从水里捞出来的一样。

“茂昌，你没事吧？”常琳仍是心有余悸，“我刚才真是害怕你回不来了。”

“我说过回来，就一定会回来的。”顾茂昌露出了一个微笑，脸色却惨白得吓人。

常琳觉得他的神态很不对劲，便问道：“你……见到什么了？”

“我见到了‘盘古’。”

“你跟它对话了？”

“不仅是对话，我还进入了他的意识体，知道了它所知道的一切。”

“你都知道了什么？”

“很多。”顾茂昌悠悠地叹了一口气，“小琳，你跟修杰的推论没错，‘盘古’确实是人类的祖先，它裂变开来，才有了更加细微的个体生息繁衍，才出现了我们今天的文明。正是基于这个事实，你们才制定了‘返祖计划’，但你们却被第一层真相迷住了眼睛。”

“还有第二层真相？”

顾茂昌闭上眼睛，沉默半晌才道：“在时间链条的回溯上，我目睹了宇宙由高维度向低维度不断地坍塌，就像一栋接一栋倒塌的大楼一样，正是因为维度的不停坍塌，才造成了超新星爆炸、星系碰撞、黑洞膨胀等天文现象。维度越高，需要的量子层态越复杂，状态越不稳定。目前，我们所生存的三维宇宙是最为稳定的一个空间，其实那些物理学家早就证明了这一点——那些在高维度不能相容的量子力学和广义相对论，在低维度上却能完美地自洽。”

常琳追问道：“究竟什么是第二层真相？”

顾茂昌却并不急着回答这个问题，而是说道：“根据我在时间链条上的检索，三维空间是目前存在时间最长的一个宇宙状态，根据人类的时间来计算，已经超过了一百三十亿年的时间……”

他的话引起了白浩的兴趣，追问道：“那四维空间呢，存在了多长时间？”

“七十万年。”

“五维空间？”

“一百二十年。”

“六维空间？”

“十二小时。”

“七维空间？”

“三分钟。”

“八维空间？”

“六点七秒。”

“九维空间？”

“零点零一毫秒。”

白浩忽然意识到了一件事情，维度越高的宇宙状态，存在的时间越是短暂，他心里有些发慌，战战兢兢地问了那个终极问题：“那……十维空间呢？存在了多长时间？”

顾茂昌沉默了片刻，然后说道：“零。”

零！

白浩瞬间明白了一切！

在十维宇宙里，光速是无限的，光速无限也就代表着时间无限，时间无限也就代表着生命无限！所以时间和生命都是无限的，一切都是永恒的……而这永恒，竟然是零！

白浩终于明白了这所谓永恒的定义：在永恒状态下，一切生命都会永生，因为它是零，它是永恒的，又是瞬间的——其实根本就没有时间的存在！在十维世界里，时间是死的，它从来没有流逝过哪怕一丝一毫！这样的一个宇宙的存在无限久远又电光火石，一切未曾死亡，一切也从未诞生——它根本不是什么完美世界，而是一个永恒的死亡国度！

白浩嘴唇颤抖，因为他做出了一个大胆的推断：“‘盘古’，是十维宇宙的生物体？”

“是的。”顾茂昌说道，“‘盘古’与十维宇宙一同出现在了奇点之后，出于未知原因，‘盘古’打破了十维宇宙，导致维度的不断坍塌，而光速也越来越慢，由此诞生的时间也变得越来越漫长了——但正是由于时间的存在，才赋予了宇宙以生命。从这个意义上来说，我们都是低效率的产物。”

“一旦‘返祖计划’完成，所有人类重回‘盘古’母体，它就会恢复成完全形态，从而以强大的力场震荡以太弦，引起维度的震荡反弹，我们将会从三维宇宙再度跃迁回十维空间，这是‘天人’的终极目的——”白浩看着顾茂昌，声音都开始战栗了，“‘天人’的目的，根本不是带领我们永生，而是带着我们走向那个没有时间流逝的永恒死亡国度？”

顾茂昌没有说话，只是点了点头，疲惫的双眼静静地看着他，仿佛在说“孩子，看看你以前都干了些什么啊”。

常琳的胸口仿佛被重击了一下，脑中“嗡嗡”作响，心中那座信念建造的大厦顷刻间崩塌了。她想到过无数种可能，却无论如何也没想到，所谓的第二层真相，竟然是第一层真相的死亡注解。

第六章　兽人军团

“天人”的信徒们不缺钱，他们中有得是大老板和大商人，在资助何翎羽的时候从来没有含糊过。两千多年的时间里，无论哪个朝代，他从来没有因为钱而发愁过。

在蒙古的达达沙漠腹地，有一座刚落成不久的白色建筑，如同凭空出现一只巨大的碗，扣在了荒无人烟的沙漠之上。在这建筑下面，一台巨型粒子加速器深埋在沙漠地下的隧道之中，加速器的周长足足有五十公里，绕着白色建筑形成了一个巨大的圆形——他们并不是要在这里进行粒子对撞实验，而是要依靠粒子加速器的巨大功率来产生强大的力场，以控制“夜王”即将脱离自然链封印的意识体。

要启动粒子加速器，需要强劲的电力作为支撑，距离达达沙漠最近的核电厂已经答应为他们提供不少于100万千瓦的充足电力——这一切，可想而知，需要花费一笔何等惊人的费用。

看着短短的时间内就落成的这些建筑和设施，修杰忍不住感慨道：“要是当初能有这百分之一的费用，我的研究速度能快上一倍，或许，早就已经克隆出‘盘古’的完全体了。”

“这个事情你不能怪我们，修杰。”何翎羽说道，“当时任何人都没有把握，你到底能不能克隆出‘盘古’的本体，所以我们对你只能持观望态度。当时给了你一笔研究费用，也是经过慎重考虑的，万一突然给了你一笔巨资，你拿着钱去花天酒地、不务正业了，谁说得准？”

“现在你能说得准了吧？”修杰转头看着他。

“当然，你是我们阵线上最值得信赖的人了。所以，你看，为了满足你的要求，这一切在这沙漠中拔地而起！”

白色建筑的大厅内富丽堂皇，还隐隐带着一股东方宗教的风格。今天是个大日子，所有“天人”的信徒齐聚一堂。

所有人的目光都聚集在大厅的中央处，那里陈列着一枚巨大的透明的冰晶，周身环绕着淡红色的烙印暗纹。那冰晶即使脱离了西伯利亚的冰层，也没有半点融化的迹象，反而在三米开外便能感觉到渗入骨髓的寒意。何翎羽站在大厅中央，用手轻轻抚摸过冰晶，转头看向修杰：“接下来，一切就交给你了。”

修杰点点头，走向菱形冰晶。此刻，粒子加速器已经启动，在一台电脑终端的屏幕上，红色的能量曲线正在呈惊人的速度飙升。建筑外面的世界似乎也觉察到了地下深处涌动的巨大能量，一群沙漠里的沙云雀从枯败的胡杨林里仓皇飞起。几乎所有人都能感觉到一股强大的力量像海水一样蔓延了过来，紧紧地压迫在胸口上，连呼吸都变得困难。

粒子加速器并没有撞击粒子，而是通过磁极感应，把所有的动能都转化为强大的力场，在环绕范围内形成了一个封闭的空间。修杰操控着激光微观扫描器，发出的光子从头到尾将冰晶扫描了一个遍。冰晶上自然链的元素属性早已被他破解，微观的激光切割足以破坏掉其中的分子链结构。随着激光的缓慢游走，冰晶上淡红色的暗纹逐渐消失不见。

“封印解开了……”周围的人窃窃私语，语气掩饰不住兴奋。

出人意料的事情发生了，冰晶光洁无瑕的表面上突然出现了一道裂纹，接着裂纹像蛇般四处游走，不一会儿就布满了整块冰晶。就在众人错愕之时，失去了自然链封印的冰晶像一块普通的冰块一样“啪啦”一声散落一地。在破碎的冰块上面，虚空漂浮着一枚指甲般大小的淡蓝色冰珠，通透的晶体里仿佛蕴藏着无限个世界。

在冰晶破碎的同时，冰珠里一亿三千万个原子监狱也随之解禁，开放了微观世界与宏观世界的通道。修杰的心情紧张到了极点，低声祈祷着什么。

小小的冰珠随之汽化，变成了一团朦胧的雾状。雾气似乎有生命一般，在变换了几个形状后，终于形成了一个人类的轮廓。

“夜王重生了！”何翎羽激动起来，大喊了一声，瞬间痛哭流涕，“扑通”一声跪在地上，“您知道吗，为了这一天，我足足等了两千多年！”

修杰看着近在咫尺的夜王，一时间有些痴了。他没想到，自然界真的能进化出如此高等的生命体，不需要肉体，完全达到了意识的纯能化。

夜王的状态似乎很不稳定，它刚变成一个人体的轮廓，形状忽然就散了，像面团似的瘫了下去，它又重新组合，试图重新变成人的形状，看得出来，它很吃力。修杰明白，这是它在原子监狱里被关押了万余年的结果，在这漫长的时间里，无论是它的能量还是它的力场，都几乎流失殆尽了。如果现在不是处于加速器建造的强大力场内，恐怕冰晶封印被解开的那一刻，它就会灰飞烟灭。

即使如此，周围的人们还是被这一幕震撼得身心颤抖，他们见到了生命中从未见过的景象，他们亲眼见证了传说中更高文明智慧夜王的重生，这一切都让他们沐浴在了无上的荣光之下，历史长河里有无数平凡的日子，而这一天，却因为他们目睹了神迹而与众不同，熠熠生辉。

就在这时，地面忽然传来一阵没来由的颤抖，那股压迫在每个人胸口上的强大力量竟然逐渐消失了，电脑终端屏幕上的红色能量曲线一路下滑，接近于零点，这显示两台粒子加速器已经不工作了。

何翎羽惊叫道："糟糕，力场要消失了！"

大厅内顿时乱作一团，修杰也是满脸惊慌，不知所措。其实他早该预料到这种情况，两台粒子加速器的功率之大，所需要消耗的电量之多是绝对惊人的，它相当于一座中等规模城市的平均用电量。虽然临近的核电厂专门为他们提供了电力供应，但还是太吃力了。

失去了强大力场的保护，夜王的形状一下子散开了，淡淡的雾气飘散开来。何翎羽惊叫道："糟糕，夜王的意识体要消散了，快想办法！"

修杰瞬间冷静了下来，他比谁都明白这个关键时刻的意义，他决不能让夜王的意识体在他面前陨灭，那样的话他将会成为无数文明的罪人！为了挽救这个失误，他必须甘愿付出自己的一切，包括生命！

"何翎羽，快——"修杰冲他叫道，"把电转接到我的身上！"

何翎羽明白他要做什么了，人本身就是一个磁体，输入大功率电流后，在人身体微电子磁场的作用下便会形成一个小型的力场。但这样做的话无异于自杀，因为强大的电流会瞬间破坏掉人体细胞的分子结构。

"可是，你……"何翎羽还在犹豫。

"快，没有时间了！"修杰大叫道。

何翎羽一咬牙，猛地发出了一声怒吼，接着便转变了形态，肌肉暴涨，毛发丛生，獠牙伸长，双目如炬。在场的人有许多并没有见过何翎羽另外一种形态，当场就被吓软了双腿跪到地上。"狼人"何翎羽猛然将手戳入地面，土石崩裂，一截用于连接对撞击的电缆竟然被他生生地挖了出来，断裂处还闪烁着骇人的电火花。何翎羽一声咆哮，将电缆戳在了修杰的身上。

强电流瞬间流窜过修杰的全身，他的身体细胞几乎在一瞬间就被破坏了，但即使如此，他还是用尽自己最后一点意识扑向夜王。夜王正在消散的意识体也像是被修杰吸引了一般，朝着他聚拢而来，短短的几秒钟里，水雾状的夜王就完全融入到修杰的体内。

眼前的场景让所有人目瞪口呆，修杰的整个身体被强电流刺激得佝偻了起来，此时再也站立不住，一头栽倒在了地上。何翎羽急忙上前查看，发现修杰已经停止了呼吸。

一切都安静了下来。

这应该是两千多年来，何翎羽最为悲伤的一天了。在漫漫的历史长河里，他从来没有像今天这般痛苦过。等了两千多年，他终于等到了“盘古”，等到了夜王，等到了不世出的天才修杰。而如今，这一切都没有了，一切都烟消云散，支撑他跨越无数个时代生活下来的信念，顷刻间化为了泡影。

他不知道还要再等待多少年，才会重新遇上这一切，也许一百年，也许一千年，也许当人类走到了尽头，这个机会也不会再出现了。何翎羽有些愤恨，既然结果如此，为何命运还要让他当初绝路逢生，早知这样，他还不如在西伯利亚被匈奴骑兵一箭射死。他忽然想到了修杰对他说过的一句话，“你活得太久，就变成了历史虚无主义者。这种空空荡荡没有任何目标和意义的存在，比死亡本身恐怖一万倍。”

对，这种撕心裂肺的感觉，就比死亡本身恐怖一万倍！何翎羽须发皆张，抱着修杰的尸体一声长啸，声如裂帛。两行滚烫的眼泪流了下来。

忽然，他猛地一惊，一只比眼泪更滚烫的手抓住了他的手腕。何翎羽低头一看，怀中的修杰不知道什么时候已经睁开了眼睛，那本来暗黄色的瞳孔已经变成了纯黑色，深邃无比，仿佛永不见底的黑洞。

何翎羽惊讶地瞪大了眼睛。

修杰站了起来，舒展了一下身体，仰天长舒了一口气：“我回来了。”

“你是……”何翎羽的声音都在颤抖。

修杰环视了一下四周，又把目光放在何翎羽的身上：“吾将能量赐予汝身，视汝为吾之仆人。”

“天呐，是夜王！夜王回来了！”何翎羽大叫一声，匍匐在了他脚下。周围的人纷纷跪倒一片。在他脚下，破碎的冰晶早已融化，缓缓地淌着，流成了一道蜿蜒的河。

入夜的大漠是迷人的，万籁俱寂，繁星点点。一个人影站在寂寥的大地上，仰头看着星辰。他在寻找自己的母星。

但是因为季节不对，人马座3星只有在南半球才看得到。他慨叹了一声，忽然有些困惑，眼前总是会浮现出一个女人的面孔。这女人他并不认识，却又觉得无比熟悉，没用多长时间，他就在自己的意识海里检索出了这个女人的名字——顾青。

他有些惊讶，转而进入了更大的困惑，连意识本身都开始模糊不清起来。他捂着脑袋，一个踉跄，往后退了两步半蹲在了地上。

“夜王！”站在他身后的何翎羽急忙跑了过去，将他扶起，“您怎么样？”

“何翎羽。”他转头看了一眼，眼神里尽是困惑和迷离，“我是……修杰？”

何翎羽一怔。

“我到底是谁……”他痛苦地抱着自己的脑袋，“我的记忆混乱了，好多东西在我的脑袋里左冲右突，我已经分辨不出来到底哪些是我的记忆，哪些是……”

何翎羽急忙将他搀扶起来：“要不要先进去休息一下？”

他一把推开了何翎羽，身子站成了一杆标枪，在夜幕的笼罩下淡淡地散发着不怒自威的气势，张开双臂，仿佛要拥抱亿万星辰。一股强悍的压迫性力量如潮水一般蔓延开来，何翎羽不由得双腿一软，半跪在了地上，一只从沙子里钻出来的沙漠蜥蜴承受不了这巨大的压力，身体“砰”的一声爆开了，在夜幕下的沙地上绽放出了一朵暗红色的血花。

“夜王，我承受不住了……”为了对抗这强大的压迫性力量，何翎羽陡然变身，一只硕大的狼人咆哮一声，张牙舞爪、目光如炬地出现在了他面前。他却毫不惧怕，伸手慢慢拂过狼人的毛发，说：“你等了我两千多年，真是辛苦了。”

压迫性的力量慢慢消失了，何翎羽也恢复成了人类的形态，他大汗淋漓，喘着粗气说：“夜王，我虽然等候了两千多年，但我知道，在浩渺的历史长河里，这点时间只是弹指一挥间。为了迎接您的重生，修杰付出的代价比我更大……”

他忽然笑了：“何翎羽，我是夜王，同时也是修杰。我们的意识和记忆已经融为了一体，所以我现在是一个全新的生命，你明白吧？”

何翎羽瞪大了眼睛：“修杰……没有死？”

“当然没死，他现在就在我的体内……或者说，我就在他的体内。我们的意识已经混为了一体，这真是一个奇迹。”他朝着何翎羽伸出了手，“你的古巴雪茄呢？给我来一根。”

修杰深吸了一口雪茄，吐出了一道淡淡的青烟，看着它被大漠的风吹散。他感慨道：“亚特兰蒂斯人封印了我万余年的时间，本来也是想让我像这烟尘一样消散。但没想到，创造神还是垂青于我，在最后的时间里赋予了我一线生机。永恒伟大的创造神啊，您是宇宙的缔造者，虽然属于您的国度早已崩塌，但您无处不在，依旧主宰着这广袤的一切。”

何翎羽像一位欧洲骑士那般半跪在他的面前：“夜王，在您沉睡的时间里，我继承了您细微的能量，妄称自己为‘天人’，僭越了您的名义，请您降罚。”

“何翎羽，无须自责，起来。”修杰伸出手，将他搀扶了起来，“你做得很好，在我沉睡的这段时间里，你一直在寻找重回十维世界、恢复创造神的机会。‘天人’的名义，你当之无愧。你独自一人忍受了两千多年的孤独时光，这份决心并不是随便哪个人都能有的。还记得我之前对你说过的那句话吗？”

“您是说……”

“你活得太久，就变成了历史虚无主义者。这种空空荡荡没有任何目标和意义的存在，比死亡本身恐怖一万倍。”修杰喟叹道，“人人都想追求长生不老，却不明白失去了目标和意义的长生不老，本身就是一种恐惧。这就如同夜晚来临想睡觉的时候，却怎么也睡不着一样。”

“在您赐予的漫长的生命里，我的目标一直没有迷失过。如果不是有这个信念支撑着，我可能随便就在哪个时代想办法结束自己的生命了。”回首往事，何翎羽也有些黯然，但随即他就打起了精神，“如今‘盘古’重现世间，这是我们一个绝好的机会。万事俱备，只欠东风。之前您制定的‘返祖计划’已经完成了一半，只需要重新夺回‘盘古’，我们就能继续‘返祖计划’，进而使整个宇宙重回十维，恢复创造神昔日的荣光。”

“不要急，你等了两千多年了，不在乎这一两天。”修杰淡淡说道，“以我和你的力量，还不足以和控制‘盘古’的国家机器抗衡。现在贸然行动，只会让我们的踪迹彻底暴露，招来对方的围剿。到时候，我们就被动了。”

“可是，‘盘古’随时都有被销毁的危险，我害怕万一晚了一步，就回天无力了。”

“放心，‘盘古’对于他们来说，是最为宝贵的研究资料，这个事情由顾茂昌负责的话，是绝对不会销毁它的。我太了解这些人了，他们想从‘盘古’身上知道的秘密，可比我们想得还多。”修杰冷哼了一声，道，“何翎羽，我先带你去一个地方。”

“去哪里？”

“一个你从未去过的地方。”

何翎羽微微一笑：“夜王，整个世界我都已经周游遍了，恐怕还没有哪个地方是我没有去过的。”

“是吗？那我今天就让你再开一次眼界吧。”修杰也笑了，他用手一挥，平静的沙漠上突然沙浪翻滚，同时还伴随着巨大的“隆隆”声，地面深处仿佛有什么东西要涌上来。何翎羽大惊失色，眼看着面前的沙子像波浪一样分开，不过短短几分钟的时间，就露出了一个巨大的黑洞洞的入口，像是一只怪兽深不见底的咽喉。

“这是……”何翎羽惊问道。

“跟我下去就知道了。”修杰淡淡地说。

两人一前一后，顺着入口走了下去。沉闷的“隆隆”声响了起来，貌似是沉寂了许久发电机运转的声音，镶嵌在头顶上的灯光闪烁了几下，终于亮了起来。在惨白色灯光的照射下，何翎羽不由得瞠目结舌！这里是一处由钢铁建成的地下堡垒，不知道经历了多少年，金属的墙壁上早已是锈迹斑斑，整个室内弥漫着一股氧化铁的味道。再往前走了数步，更让何翎羽感到匪夷所思的场景出现了——只见一排排透明石英做成的巨大的培养皿像罐头一般排列着，里面是淡黄色的液体，每个培养皿里都泡着一个模样奇怪的生物，它们大多都具有人类的躯干和四肢，但还有着动物的外貌特征，比如像蜥蜴一样的尾巴、如同狮子一样的头颅和利爪、覆盖着巨大鳞片的脊背和胸腔、长着如同蝙蝠一样蜷缩在一起的翅膀……何翎羽指着其中的一个培养皿，惊声说道：“这个……难道就是所谓的天蛾人？！”

"应该没错。"修杰淡淡说道，"你们看到的那些天蛾人，应该是当时遗留在外面的遗孑，没想到它们的繁衍能力还挺强，一直生活到了现在，这也算是一个奇迹了吧。"

何翎羽丈二和尚摸不着头脑，心里愈发疑惑起来："这到底是什么地方，为什么会出现在蒙古的达达沙漠里？"

"这个地方没有名字，如果你喜欢，可以叫它移动城，因为它深藏在地下深处，可以在地幔的缝隙间到处移动，刚才只不过是听从了我的召唤，出现在这里而已。这是我在跟亚特兰蒂斯人争斗的时候建造的，当时为了对抗他们的军队，我将动物的基因和人类的基因掺杂在一起，克隆出胚胎，培育出了一支战斗力超强的'兽人'军队。它们极其凶猛，无惧死亡，并且异常嗜血，曾经重创过亚特兰蒂斯文明。我在被封印的前夕将移动城沉落到地下，为的就是有朝一日能够重新启用。"修杰轻轻拂过金属墙壁上的斑斑锈迹，慨叹道，"薤上露，何易晞。"

何翎羽不知道他在怀念什么，是怀念当时战争的激烈或只是单纯感慨时间的逝去。总之，他给何翎羽的感觉很复杂，既不像是想象中的夜王，也不像是曾经认识的修杰，他在残酷冷静中还有一丝伤感的文艺，在哀叹风华时又是那么的冷酷无情。他像是一个巨大的矛盾体，却以无可撼动的姿态出现在何翎羽的眼前。

修杰检查了一下那些如罐头一般排列的培养皿，摇了摇头道："时间太久，能够重新复苏的不过十之二三了，对于现有的人类文明来说，这个力量是非常薄弱的，我们不能挑起全面战争，只能靠突袭制胜。"

何翎羽点头道："我同意您的观点。毕竟我们并不需要把'盘古'抢到手中，我们要做的只是将它从禁锢中释放出来，这样'盘古'依靠本能就会自动完成'返祖计划'，我们的目的就达到了。"

修杰点点头，启动了移动城里的生命复苏装置，大约过了一刻钟的时间，那些泡在培养皿里如同死尸一般的生物都活了起来，它们从里面打破了培养皿的外壁，在一堆石英碎片和黏糊糊的液体里踉跄着向前行走，发出各种不同音色的喑哑叫声，像是初生的牛犊一样。可短短的几分钟过后，它们就已经适应了，肌肉和骨骼都健壮起来，一只天蛾人张开巨大的覆盖着鳞片的翅膀，绕着移动城的穹顶飞了两圈，然后降落在何翎羽的面前，两只漆黑的网眼紧紧地盯着他，仿佛要发动攻击，碍于修杰身上散发出来的强大压迫力，它才不敢轻举妄动。

何翎羽左右扫了一眼，他身边已经聚集了至少几十只不同类型的恐怖生物，都在尽力压抑着向他攻击的本能欲望，喉咙里发出低沉的咆哮声。修杰说："何翎羽，这支兽人队伍就由你来统率。亮出你的实力吧，用点血来祭旗，让它们知道谁才是这里的老大。"

何翎羽闻言，双目瞬间变得狰狞起来，浑身肌肉暴涨，爪牙突生，赫然变身为狼人形态，紧接着，他朝着距他最近的天蛾人发出了一声挑衅似的咆哮。

天蛾人扇动鳞翅，朝他扑了过来。何翎羽不退反进，一头撞进了它的怀里，两只恐怖的生物抱在一起滚在地上。何翎羽随后突发怪力，一把将天蛾人掼在了墙上，一只利爪扼住它的脖子，另一只利爪则拽住它的翅根，将它一整只翅膀活活地扯了下来！

"咔嚓"一声，随着肌肉和骨骼断裂的声音，红色的血迸溅了一地。天蛾人凄厉地惨叫了一声，还想反抗，却被何翎羽一爪贯穿了胸膛，像扔垃圾似的丢在了地上。天蛾人一时半会儿还没死透，在地上爬动着，仅剩一只的翅膀忽闪了几下，却是再也飞不起来了。何翎羽一脚踏在了它的身上，朝着穹顶发出了一声咆哮，然后转过头，注视着其他的兽人。

那些兽人畏缩不前，都低下脑袋，避开了何翎羽的目光。

"哈哈，好，杀得漂亮！"修杰鼓掌道，"不愧是继承了我的能量，果然凶悍。"

何翎羽剧烈地喘息了几口，消了怒气，慢慢恢复成常人的模样。修杰走过去拍拍他的肩膀："你用自己的力量树立了威信，以后这些兽人都唯你马首是瞻，归你直接指挥！"

"夜王信任，何翎羽无以为报，唯有肝脑涂地，以恢复十维宇宙为平生之夙愿！"何翎羽扑通一声单膝跪地。

修杰将他扶了起来："你的夙愿，也是我的夙愿，你我共勉。"

"有了这些兽人，我们就可以突袭双城的地下实验基地了，打他们一个措手不及。"

"不要操之过急。"修杰摇了摇头，"双城实验基地戒备森严，不仅有顾茂昌他们，还有军方的参与。上次的'盘古'暴走事件让他们心有余悸，这一次肯定配备了不弱的武装力量。如果我们要搞突袭，就要一举拿下，决不能打无准备之仗。万一突袭失败，我们就会暴露，招致军队的围剿，到时候就麻烦了。"

何翎羽争执道："可是我们已经有了这些强悍的兽人，还愁攻不下一个小小的实验基地？只要我们能把'盘古'释放出来，就大功告成了。"

"保险起见，务求一击必成。"修杰略微思忖了一下，"何翎羽，你再去挑几个信得过的人，我要赐予他们仅次于你的力量。"

月圆之夜，大漠孤烟。

站在修杰面前的是旅行者乐队的四人：主唱安琪、键盘手洛冰、贝斯手戴维和鼓手强森。何翎羽在一边说道："这是我最信得过的四个人了，从知道我的身份开始，他们就一直追随着我，从未有过二心。"

修杰点了点头："既然是你信得过的人，应该不错。你们做好为创造神奉献生命的觉悟了吗？"

四个人一起单膝半跪在地上："复活创造神，是我们毕生的夙愿。"

"好，那我就赐予你们能够实现这愿望的力量！"修杰伸出手，一股强大的压迫力顿时袭来，不由分说地钻进人体内的五脏六腑。一群栖息的沙雀受了惊，拍打着翅膀向天空飞去。在淡淡月光的照耀下，四个体型硕大、姿态各异的影子倒映在了沙丘之上。

做完这一切，修杰已是十分虚弱，他面色苍白，踉跄着后退两步，几乎就要倒在地上。何翎羽急忙上前一把扶住他："您怎么样？"

"我们前期的准备工作已经做得差不多了，可以发动突袭了。"修杰嘿嘿笑了一声，仰起苍白的脸庞，看着头顶上如独眼一般的月亮，在那里，隐隐泛起了一个姑娘的脸庞。

"顾青……"他喃喃地叫道。

双城的夜晚，有一种别样的深沉。乌云从天空上飘过，时而遮挡住了月亮，像是有人故意挥舞的面纱。在双城实验基地的外围警戒线区域，两个值班卫兵看到几个人影从远处走了过来。

这几个人影出现得太过蹊跷，值班士兵顿时警觉起来，其中一个打起手电，朝他们晃了一下，说道："实验重地，无关人员禁止靠近！"

可这几个人像是没听到一般，继续朝实验基地走了过来，并且一点都没有减速的意思。两个卫兵意识到不对劲，立刻端起了手边的95式自动步枪，"哗啦"一声拉上了枪栓，同时大喝道："站住，干什么的！"

迎面走来的几个人影并不答话，而且开始加速，竟然朝着他们冲了过来！

两名卫兵立刻意识到，这是有人要硬闯岗哨，当下就朝着天空连开了两枪，鸣枪示警。一般站岗卫兵所持枪械里的前两发子弹都是空包弹，就是用以鸣枪示警震慑对方的。但这莫名出现的几个人明显没有受到一丝震慑，径直朝他们冲了过来，而且速度超快！这种情况太不寻常，两名卫兵立刻举枪瞄准，随时准备射击。

随着一声尖锐的啼叫，天上扑下来一个庞然大物，巨大的翅膀一下子就把两名卫兵掀翻在地。一名卫兵惊恐地瞪大了眼睛，因为他看到的是一只从未出现在记忆里的恐怖生物！这只生物长着一张狰狞的人脸，双眼像荧光棒一样泛着阴冷的绿光，它的身形瘦削，像一具干尸，但后背上的那一对蝠翼却出奇的宽大。这怪物嘶叫一声，伸出尖锐的利爪，一下子就戳穿了一个卫兵的喉咙。

另一个卫兵吓坏了，在地上连滚带爬，摸到身边的自动步枪，朝着这怪物就是一梭子。“哒哒哒……”不断迸射的枪火映红了他因为恐惧而变形的脸，冒着热气的弹壳从机匣侧面的抛壳窗跳出来，滚落了一地。对方的翅膀被打得千疮百孔，鲜血迸溅，却只是踉跄地后退了两步，嘶吼了一声又向前冲，根本无惧子弹对它造成的伤痛。

“怪物……”卫兵吓坏了，扔了枪便想逃跑，脚下的地面忽然一阵震动，裂开了一条大缝，从那缝隙里钻出来一个上半身是人下半身是蝎子的生物，它的双臂似乎已经退化了，短小如婴儿一般，但在两肋之下重新长出了一对巨大的螯钳，一下就擒住了那名卫兵的颈部，像拎小鸡一样把他拖离了地面。

这名卫兵的生命已经走到了尽头，他双手掰着坚硬的螯钳，可根本无法撼动，那巨大且坚硬的螯钳像是玩弄一般一点点地切断他颈部的血管和肌肉。卫兵的面色发紫，视线开始模糊了，在最后一刻，他仿佛见到了百鬼夜行——各种各样半人半兽的恐怖生物出现了，这些恐怖的东西像是从地狱里钻出来的一样。在这些怪兽的簇拥下，一开始出现的那几个人影慢慢地走了过来，面目也逐渐变得清晰。处在弥留之际的卫兵不由得瞪大了眼睛，对于还比较关注流行音乐的他来说，面前的这几个人并不陌生，赫然就是旅行者乐队的几名成员，主唱安琪也曾好几次出现在他无边旖旎的春梦里。

但现在，安琪站在他面前，脸色冷酷如霜，瞳孔深处隐隐流露出一股死亡的气息，跟他在电视上见到的形象判若两人。卫兵用尽最后一丝力气动了动嘴，喃喃地想说什么，却终于什么都没有说出来。

“结束他的痛苦吧，安琪。”何翎羽在一旁道。

安琪转过头，眼神波动了一下，看着何翎羽。何翎羽没有说话，只是坚定地点了点头。

“咔咔……”一阵骨骼挫动的声响，安琪整个人的身体形态都产生了巨大变化，锋利的爪子从她的指间长了出来，如剃刀一般散发着森森的寒光。她的身形更加矫健，腿变得修长而粗壮，一看就是为高强度的奔跑跳跃而准备的，她的瞳孔在深夜里变得更大更圆，这一切都让她看起来像一只狰狞的大猫。

“嗷……”安琪从喉咙深处发出了一声低低的咆哮，接着猛地挥动胳膊，寒光一闪，卫兵的头颅像从抛壳窗里跳出来的弹壳一般翻滚着掉在了地上。

刚才的枪击声惊醒了双城实验基地的驻防武警部队，其实说是部队，也只有一个排的兵力，大约只有三四十人。他们的驻防营地就在实验基地的外围，是进入地下实验室的必经之路。这帮训练有素的军人从听到枪声的那一刻就已经从睡眠中醒来，用最快的速度进入了战斗状态。他们虽然不知道发生了什么事情，但很肯定，有不明势力想要夜闯实验基地，并且这股势力还十分强大，否则枪击声不会持续那么长的时间。

双城实验基地驻防部队的直接指挥人员是潘劲松，多年的从伍经验告诉他，一定是出大事了。95式自动步枪有单发和连击两种射击模式，一般用于精确射击的情况下会用单发模式，就算要火力压制，选择了连击模式，也只会是三发或者四发连射，不可能把一梭子子弹一股脑地打出去，因为步枪不是机枪，10发以上的连射由于后坐力和枪管上抬抖动，根本无法锁定目标。驻防在岗哨位置的两名卫兵并不是新兵蛋子，应该不会犯这种低级错误，那么只有一个解释——他们被什么东西吓着了，导致精神全面崩溃。

潘劲松在第一时间来到多媒体控制室，当他看到实验基地警戒线外围的摄像头传来的画面时，不由得倒吸了一口冷气！他的两名卫兵早已经身首异处，几十只模样诡异、看上去是人又不是人的怪物正在通过外围警戒区域，朝着驻防营地进发而来。一只长着巨大蝠翼的生物在空中盘旋了一圈，忽然扑到摄像头前面，做了一个恐怖的鬼脸，接着把摄像头拧了下来。

大屏幕里失去了监控画面，饶是从伍多年的潘劲松，后背上也渗出了一层冷汗。他立刻通知驻防营地的所有士兵做好战斗准备，同时让通讯员迅速与军区总部取得联系，说实验基地出现了不明异常情况，让他们迅速支援。

但潘劲松深知，双城实验基地距离军区的位置很远，就算紧急调拨距离最近的武警出动，估计也要半个小时的时间。而在这段时间里，他们要想尽一切办法阻挡住这群来历不明的诡异生物！就算没人告诉他，潘劲松也明白得很，它们肯定就是冲着“盘古”来的！上次的“盘古”暴走还让他心有余悸，这一次如果“盘古”再被释放出来，那局面将彻底失控！

不管对方是什么生物、什么来历，潘劲松在第一时间就做出了战略部署——先下手为强！他已经命令驻扎营地的所有士兵各就各位，进入战备状态，并且给他们下达了命令：一旦有目标进入攻击区域，即刻进行射杀，不得有任何犹豫。

潘劲松下达这样的命令是有原因的，他一是担心双方战力上的差距，二是担心这些突然出现的诡异生物给人精神上带来的压力，所以才下了“即刻射杀，不得犹豫”的命令。事实证明，他的担心并不是多余的，当那些奇怪的生物进入攻击范围，两盏探照灯陡然亮了起来，把地面照得亮如白昼。那些生物突然受到强光的刺激，一时间无所遁形，纷纷嘶吼起来。

没有一个人执行潘劲松的命令，因为他们都已经被吓傻了。长着巨大翅膀的鹰人、头上缠绕着几十条毒蛇的美杜莎、身躯壮硕的牛头人酋长、半人半马的高大骑士……那些只有在传说里才存在的生物，竟然活生生地出现在了他们眼前！除了这些能叫上名字的，还有更多不知名的恐怖生物，有的是人身蝎尾，从腰部以下俱是蝎形，尾尖还带着一只泛着黑紫色的毒钩；还有的是狮身人面，蓬乱的鬃毛下掩盖着一张诡异的人脸，说不清是哭是笑；还有几只巨大的蜥蜴人，整个身体呈扁平状，并且已经硬化，一张人类的脸上长着两只凸起的球状巨眼，正在大理石的墙面上攀爬游走。这种宛如“百鬼夜行”的情景让这些士兵一时间瞠目结舌。因为“盘古”被列入国家一级保密项目，所以这里的驻防官兵除了潘劲松以外，其他人并不知道“盘古”的事情，他们都是奉命驻扎此处，并不清楚其中缘由，而如今突然见到这些人不人鬼不鬼的怪异生物，心理防线自然会受到极大的冲击。

就在他们愣神的一瞬间，两只巨大的天蛾人凌空飞起，扑在了探照灯上，一把将电路拽了出来。电火花“刺啦”闪烁了几下，周遭又变得一片漆黑。这时传来了潘劲松气急败坏的声音：“大爷的，开火！快开火！”

驻防战士们即刻清醒了过来，各式轻重武器同时开火，一时间“哒哒哒”的枪声在黑暗里此起彼伏，密集的子弹如暴雨一般倾泻了过去。

潘劲松亲自抱着一挺班用机枪横扫起来，那弹鼓里装的全是曳光弹，强大的火力形成了一道明亮的轨迹，如同死神收割生命的镰刀。在曳光弹的照耀下，潘劲松清楚地看到几只人身蝎尾的怪物被他打得千疮百孔，黑色的汁液四处飞溅，但令人恐惧的是，这些怪物仿佛完全不知道疼痛一般，拖着被打得稀烂的蝎子尾巴四处乱窜，展开了疯狂的反攻。

兽人军团的反攻几乎在探照灯熄灭的同时就开始了，这群恐怖的生物仿佛完全不受黑夜的困扰，他们强大的视觉系统、听觉系统、感知系统，甚至于类似蝙蝠的超声波定位系统发挥了作用，在黑暗中的行动能力完全碾压人类。巨大的鹰人绕着驻防营地上空飞行，发出凄厉的叫声，那声音如同一根针一样透过耳膜直接钻进人的脑子里去，让人痛不欲生。壮硕高大的半人马和牛头人如同坦克一样向前推进，几乎完全不惧强大火力的压制，一个半人马凌空跳跃起来，冲到一个士兵的面前，借着连成一片的枪火，可以看到这匹半人马已经吃了不少子弹，昂然挺起的人类上半身有好几个弹孔，正在往外汩汩地冒着鲜血，一只马蹄已经被子弹打碎，但这都阻止不了它迅猛的行动和攻击，半人马一声嘶鸣，扬起两只前蹄，狠狠地踏在了那名士兵的胸口上！那名士兵惊恐的表情阻挡不了死神的脚步，随着一声胸骨断裂的声响，他的胸膛塌了下去，再无声息。

兽人的血和人类的血掺杂在一起，空气中弥漫着浓重的血腥的味道，这味道让恐怖的兽人军团更加兴奋，它们冒着枪林弹雨，如同捕食一般四处猎杀可怜的士兵。在它们恐怖凶悍的反攻下，驻防士兵们组建起来的火力网很快就崩溃了，陷入了各自为战的被动局面。潘劲松眼看着自己手下的士兵一个个地被兽人猎杀，顿时双眼赤红，抱着班用机枪一边疯狂扫射一边大喊：“这些怪物，来啊，都冲老子来啊，老子弄死你们！”

一只身形达到三米左右的牛头人被他的喊叫声所吸引，大踏步地奔了过来，一双牛眼赤红如炬。潘劲松狂喊一声“来得好”，端起机枪朝着牛头人就是一阵疯狂扫射，连成一道线的曳光弹几乎把牛头人打成了筛子，把它一只粗壮的胳膊打得稀烂。可这牛头人却没有丝毫惧意，一边狂吼着一边冲到了潘劲松的面前。这时他手中班用机枪的弹鼓已经告罄，便抽出腰间的大口径手枪，“砰砰”两声，朝着牛头人的脑袋就是两个精准的点射。他这把手枪弹匣里装的子弹刻有十字凹槽，学名叫作达姆弹，一旦进入体内就会急剧膨胀变形，由于十字凹槽的作用，子弹带入的冲击力会向伤口四周扩散，它所造成的创伤面积是普通子弹的六倍！也正因如此，达姆弹是被禁止使用的子弹。但在这个时候，潘劲松面对的根本不是人类，他珍藏了多年的达姆弹终于派上了用场！

两颗连续射出的达姆弹带出了强大的动能，竟然生生地掀飞了牛头人的头盖骨！一蓬鲜血迸溅出来，牛头人只剩下了半个脑袋，一只斜斜的牛角还挂在头上，被打得千疮百孔几乎没了形状的牛头人，终于在潘劲松面前无力地倒了下去。

潘劲松还没来得及喘一口气，一只蜥蜴人嘶叫了一声，从高高的墙壁上跃了下来，直接扑在了他的身上。这只蜥蜴人的面孔和人类相差并不大，却长了两只凸起的球状巨眼，看上去格外恐怖诡异。它依旧保留了人类的躯干和四肢，但整个身体都是扁平状的，腹背都生有细密坚硬的鳞片，如同穿了一层盔甲。它整个攀在潘劲松的身上，张开了嘴巴，一张人嘴里竟然长着两排密密麻麻如同锯齿一般的牙齿！它又细又长的舌头闪电般在潘劲松的脸上触碰了一下，带着一股浓重的腥臭味，几乎要让人窒息。就在它张口要咬的一瞬间，潘劲松把枪口顶在了它的下颚上，接着扣动了扳机。

“砰”的一声，蜥蜴人的整个下巴都被炸飞了，鲜血喷溅得潘劲松一脸都是，他没有犹豫，接着又开了第二枪，蜥蜴人的脑袋很明显没有牛头人的脑袋结实，随着第二声枪响，它的整个脑袋几乎都被轰没了。没了脑袋的蜥蜴人又用它长着尖锐指甲的爪子在潘劲松身上划拉了两下，才彻底断了气。

潘劲松推开蜥蜴人的尸体，一个骨碌站了起来，他抹了把脸上的血，寻找着下一个对手。这时，一个巨大的黑影忽然从天而降，展开的双翼足有六米多长，悄无声息地落在了潘劲松的后面，当他意识到不对劲回过头去时，正对上一张无比瘦削、长满了绒毛、酷似蝙蝠的诡异人脸！

潘劲松举枪就要射击，那张蝙蝠脸却突然张开干瘪的嘴巴，发出了一阵若有若无的尖锐的噪音，那声音不由分说地钻进了他的耳朵里，顺着听觉神经直达脑部，像在脑壳里撒了一把钢钉。潘劲松立刻头疼欲裂，脑袋里嗡嗡作响，整个人都要灵魂出窍了。就在他感觉脑袋要爆炸的时候，那蝙蝠人的嘴巴忽然被子弹射了个对穿，整个下颌骨都飞了。接着又一颗子弹从蝙蝠人的颈部射了过去，强大的动能如同斩首一样，把蝙蝠人干瘪的脑袋生生地切掉了。

潘劲松大惑不解，抬起头来四处张望，步话机里突然传出来了声音："潘连长，十点钟方向。"

潘劲松向十点钟方向看去，那里矗立着一座高高的水塔，他不禁问道："你在水塔上？"

"是。"

就这一个字的简洁回答，却让潘劲松心里一惊！那水塔确实是方圆几公里之内最适合狙击的制高点，但从塔顶到这里的直线距离算起来，目测超过1500米！从刚才传来的枪响和子弹造成的杀伤效果来看，潘劲松确定武器就是他们驻防营地里仅有的一把大口径反器材狙击枪M99，因为枪身太重，所以大家都叫它"锤子"。锤子的有效射程是2.5公里，能够在1500米左右的距离击中目标，按说不算太离奇的事情，但潘劲松知道，那把锤子在他们营地里只是一个摆设，根本就没有能够驾驭得了的狙击手，所以上面只有白光瞄具，连夜视仪都没有安装！在这可见度几乎为零的黑夜里，他是怎么做到远距离精准射击的？

“你到底是谁？！”潘劲松颤声问道。

“我叫李磊。”

“我不认识你！你部队番号是多少？”

“我不是你们系统的，我是边防大队的。”李磊长话短说，“抱歉，没有经过你的批准就从你们营地里拿了M99，这支国产锤子我之前听说过，今天是第一次用，果然名不虚传。”

“那把锤子没有安装夜视仪，你是怎么看到我们的？！”

“我就是看得到。”李磊说完这句话，又扣下了扳机，“砰”的一声将一只正扑向潘劲松的狮身人面兽掀翻了。M99因为口径极大，几乎到了“狙击炮”的级别，是专门用来对付坦克、装甲车这种重型装甲的，如今子弹轰在血肉之躯上，自然毫无阻力，那只狮身人面兽的胸口被子弹生生地轰出了一个洞来！

连续开了几枪，李磊也到极限了，因为这种狙击枪口径太大，使用了横向气喷装置，一旦开枪旁边两米内不能站人，否则就会被从枪口横向喷出来的气浪撞伤。狙击手更不能躲在狭小的空间中射击，否则自己也会受伤。但是水塔上适合狙击的观察点只有一个狭小的垛口，空间太过封闭，李磊已经被反弹的气浪震伤了，他对着步话机讲道：“潘连长，形势不利，对方完全占据了攻击优势，你快带领剩余队员向地下实验室撤离，否则你们会全军覆没的。”

“不行！”潘劲松吼道，“这帮怪物的目标肯定是‘盘古’！我们现在要是撤回地下实验室，那不是引狼入室吗！”

“这也没办法，总比你们全部阵亡好。”

“就是全部阵亡，老子也得守在这儿！”潘劲松声嘶力竭地吼道，“老子的职责就是保护你们！”

“潘连长，你做得已经够好了，快点，带着你的士兵下去吧。”李磊轻叹了一声，“该是我们来保护你的时候了。”

“你们，保护我？”

“对，我们。顾茂昌、林宇风、李若辰、司徒萧还有我，李磊，剩下的事情就交给我们吧。”

场面上的形势已经控制不住了，驻防士兵们的火力几乎全部哑了火，被兽人军团猛烈的冲击压制住了。而平时紧闭的地下实验室的大门，如今已经徐徐打开。李磊再一次强调道：“潘连长，快带着你的人向实验室撤离！否则，你们会全军覆没的！”

潘劲松杀得双眼赤红，大叫道：“下面没有任何武装力量，如果它们也冲下去了，那可真是一马平川了！你知不知道，它们的目标是‘盘古’！”

“我知道它们的目标是‘盘古’，这件事我比你更清楚！但是，潘连长，你相信我，到了下面，会有人保护你的！你的兄弟们已经扛不住了，别让他们白白牺牲啊！”

潘劲松听着身边兄弟此起彼伏的哀号声，终于一咬牙，大叫道：“兄弟们，往地下实验室撤！大张，老刘，跟我一起火力掩护！”

三挺班用机枪架了起来，用的全是曳光弹，随着“哒哒哒”几乎毫无间隙的密集枪声，三条明亮的火舌像有生命一般交错纵横，挥舞出了一片难以靠近的死亡禁区。这种强大火力最后的喷薄，就连牛头人和半人马这般自带“肉盾”护甲的生物也难以靠近。趁着这个空当，那些还有行动能力的士兵互相搀扶着，撤入了地下实验室。

火舌喷射了二三十秒后即宣布告罄，子弹全部打光了，潘劲松拿出最后仅有的两枚震爆弹，朝着对方扔了出去。震爆弹虽然不能对敌方造成有效的物理性伤害，却会在爆炸的同时产生巨大的响声和闪光，足以起到拖延的作用。潘劲松和大张、老刘三个人强忍着剧烈的爆炸和闪光带来的眩晕感，跌跌撞撞地向地下实验室跑去。

等到他们撤入，正在开启的地下室大门又开始徐徐地关上了，何翎羽这时大叫了一声："强森！"

旅行者乐队壮硕的鼓手强森朝地下实验室的大门冲了过去，他在奔跑的过程中开始变形，骨骼"咔咔"作响，身体形态以一种恐怖的方式疯狂暴涨，上身的衣服全部都被撑破了，当他跑到门前的时候，已经完全变成了一头直立的暴熊！

强森伸出两只巨大的熊爪，挡住正在徐徐关闭的实验室的金属门。他突发怪力，仰头咆哮了一声，连地面都为之一震，正在徐徐关闭的金属门被它死死地掰住，竟然停了下来，电机带动的齿轮发出了一阵"咔哒哒"错位的声音，随后被生生崩坏。

何翎羽扫视全场，经过刚才的一役，存活下来的兽人军团还有二十只左右，这足以碾压地下实验室里那些手无寸铁的工作人员了，他伸出手，指向了实验室的大门，剩余的兽人便争先恐后地涌了进去。

潘劲松已经带着手下的士兵撤离到了地下实验室的腹地——双城地下实验室中央实验大厅。他知道，不能再往里撤了，再往里面就是整个双城实验基地的最关键之处——"盘古"的囚笼。这里是最后一道防线，他们必须死守此处。

潘劲松扫了一眼跟随自己撤回来的士兵，不由得一阵心酸，他们将近四十人的驻守队伍，一个排的兵力，如今却只剩下了八九个人，并且还都受了不同程度的伤。潘劲松甚至已经听到了冲进地下实验室的兽人怪物们的咆哮声，他知道，他们今天怕是要把命豁在这里了。

“检查弹药！”潘劲松双眼圆睁，下达了最后的命令，“扼守在这里，不能再后退一步！杀光那些兔崽子们！”

“咔咔咔……”一阵拉枪栓的声音此起彼伏，剩余的战士们目光平静如水，他们已经做好了视死如归的觉悟。

“潘连长，带着你的人撤离这里吧，接下来的事情，交给我们。”忽然一个声音在潘劲松的耳边响起。他立刻警觉起来，朝着四周看去：“谁在说话？”

他手下的士兵们都奇怪地看着他，大家都在做最后的战斗准备，检查枪支弹药，并没有人说话。

“不用找了，是我在跟你说话，顾茂昌。”果然是顾茂昌的声音，又在潘劲松的耳边响起，确切地说，应该是在他的脑海中响起。

潘劲松张望了一圈，并没有见到顾茂昌的身影，并且看样子，只有他自己听到了顾茂昌的声音，其他人都毫无所觉。他不禁惊恐道：“顾教授，你在哪？”

“你别管我在哪！对方已经逼近这里了，你快带着手下往里撤退，这里有我们！”顾茂昌的声音焦急了起来。

“我……”潘劲松还想说什么，顾茂昌的声音再度响起，“别问那么多了，你们已经到了极限，不能再跟它们交战了！剩下的交给我们！”

潘劲松咬了咬牙，指挥他的手下道：“往里撤！”

其实，就在实验基地外围警戒线那两名站岗的卫兵被杀的时候，第一时间醒来的不只有潘劲松和他手下的驻防士兵，还有在地下实验室里的李磊。

李磊是从梦中突然醒来的，他的五感，即“视觉、听觉、嗅觉、味觉、触觉”的灵敏度已经达到了惊人的程度，连他自己都不敢相信。以至于他在夜色里完全不需要依靠夜视仪，就能够精准地狙击到1500米开外的目标。黑夜或者是强光对他的视觉系统来说，已经完全不是问题。他不知道自己为什么会变成这样。

发生这种情况的不止他一个人，还有顾茂昌、林宇风、李若辰和司徒萧，在“神思计划”中与“盘古”脑电波相连接的五个人，身体都出现了不同程度的异样。根据常琳的推测，这可能是由于他们在跟“盘古”进行意识交流时，“盘古”强大的意识流远远超过了人类大脑可以承载的负荷，从另一方面激活了基因里沉睡的某种远古的力量。

兽人军团顺着通道攻了进来，已经逼近了中央实验大厅，争先恐后地涌了进来。就在这时，两张巨大的金属桌板忽然飞了起来，力道生猛地朝着它们砸了过去，一个正在低空飞行的天蛾人猝不及防，一下子被桌板砸到了地面上，两只翅膀都折断了，露出了森森白骨。另一块金属板则狠狠地嵌入了地面，一只人首蛇身的生物被拦腰斩断，剩下的那截蛇尾还在原地蹦跳不休。

紧接着，实验大厅里的所有金属制品都凌空悬浮了起来，包括螺丝、铁钉、桌椅、不锈钢水杯、硬币、电脑主机……朝着它们激射而去！在这突如其来的攻势之下，兽人军团被打得人仰马翻。而操控这一切的，正是在不远处的司徒萧，他双手握拳、脸颊通红，正神情专注地盯着那些悬浮在空中的金属物体，几道冷汗顺着他的额头淌了下来，看得出来，他已经达到了自己能力的极限。

一只鹰人发现这一切都是司徒萧搞的鬼，它一声唳叫，张开双翅急速地朝着他掠了过去，同时伸出鹰隼般的巨大利爪，直直抓向司徒萧的头部！就在这时，一道黑影猛地从斜刺里窜出，一个凌空跃踢，狠狠地踢在鹰人那张半人半鸟的脸上！鹰人猝不及防被踢了个正着，一头从低空栽了下来，突然出现的李若辰没有再给它反击的机会，趴在鹰人的背上将它掀翻在地，一只胳膊箍住它脆弱的颈部，另一只胳膊绕过来扳住它的脑袋，对着这只半人半鹰的怪物，李若辰竟然使出了无限制格斗中的著名招数“背后裸绞”！鹰人擅长空中奇袭，而一旦近身，那强大的力量竟然丝毫发挥不出来，只听“咔嚓”一声脆响，它的颈椎被李若辰给生生掰断了。

丢下垂着脑袋浑身软塌塌的鹰人，李若辰刚站起来，一只巨大的人形蝎子就从她背后的墙壁上跃了下来，那泛着黑紫色的毒钩直朝她的后心扎去！而李若辰却好像背后长眼了一般，轻轻一闪就避过了致命的一击，那人形蝎子一击不得，再度挥舞起尾巴来，巨大而灵敏的毒钩像击剑一般朝着李若辰连连刺去！这时，出人意料的事情发生了，李若辰只是身子微微移动，就避过了它全部的刺击，好像早已看穿了它所有的动作轨迹一般！

那人形蝎子不由得大怒，猛地一转身子，尾巴横扫过去，似有千钧之力，但李若辰只是稍微一矮身子，那巨大的尾巴就擦着她的头发掠了过去，这种反应速度，已经超过了人类所能达到的极限！李若辰躲过一击，迎面贴上，接着拧腰翻胯，一记凌厉的高扫踢狠狠地抽在了对方的脸上！

这一腿是标准的泰拳高扫，势大力沉，踢在人形蝎子的脑袋上发出了“砰”的一声闷响，它几乎当场晕厥了过去。这时有两只蛇人陡然袭来，粗壮的尾巴像鞭子一样朝着李若辰卷了过去，头顶上又飞来一只天蛾人，露出了满嘴的恐怖尖牙！地面空中双重封锁，几乎没有留下任何死角，就是反射神经再快也难以逃出生天了！

就在这关键时刻，林宇风的身影突然出现在了封锁圈里，然后一把抱住李若辰，两个人又瞬间消失了，不到一秒钟的时间里，再度出现在十米开外的地方。

“谁让你抱我的？”李若辰有些愠怒，“我自己能对付得了。”

“我这不是关心你嘛。”林宇风不乐意了，“你看你，好心当成驴肝肺！”

“你就是驴！”

“我不是驴，我没那么大。”林宇风嬉皮笑脸地说。

“你——”李若辰想发火，却又被林宇风的话羞得满脸通红。

何翎羽忽然长啸一声，对兽人军团发出了指令，让它们暂时不要轻举妄动。他以狼人的形态走到阵前，紧盯着他们三人，沉声说道：“超自然能力？你们是怎么得到这种力量的？”

“哦，狼人竟然会说话？”林宇风奇怪极了，“你到底是人还是怪物？”

“回答我的问题。”何翎羽双眼紧紧盯着他，流露出一丝狂暴的杀机。

“哼，别那么凶，有本事你来抓我啊。”林宇风有恃无恐。

“别那么嚣张，小子，你的能力我并不是没有见过，‘瞬时移动’，能够在无遮挡的空间内自由转移身形，但有一个致命缺陷，那就是每一次移动的距离不能超过十五米，因为你的骨骼组织和血压无法承受如此快速移动带来的压力。还有，你每次最多携带100千克的物体瞬时移动，再重就会失效。”

本来还得意洋洋的林宇风一时间瞠目结舌：“你怎么……”

“哼，在漫长的历史长河里，像你这样在机缘巧合下拥有超自然能力的人并不是没有过。还有刚才那两位，一位能够使用意识操控金属物体，但致命的缺陷是需要耗费大量的精神力，根本不能维持太长的时间；那个小姑娘，看起来是神经反应速度超过了人类的极限，其实只是视觉传导通路更加发达而已，任何物体的动作轨迹在你眼里都变得缓慢，所以你才能躲避掉所有的攻击，恐怕你还不知道这种能力的名字吧，叫作‘凝固之眼’。”

三人大惊失色，林宇风问道：“你……你到底是谁，为什么会知道这些？”

“我是谁不重要，今天我就来告诉你们，在压倒性的力量面前，这些小伎俩根本不值一提！”何翎羽说完一声暴喝，双足发力，身体如同箭一般直窜出去，两只利爪分别伸向司徒萧和李若辰，“看看你先救谁！”

林宇风的脑袋瞬间蒙掉了。这狼人动作迅速之极，电光石火之间，李若辰就算能看清它的运动轨迹也无法躲避，更别说毫无自我防御能力的司徒萧！只能带一个人走，先救谁？一瞬间，无数种选择掠过了林宇风的脑海，但他却无从决定，只能眼睁睁地看着何翎羽奔袭而来！

突然，何翎羽一个急刹，停在了他们咫尺之前，他奇怪地看了看自己不由自主停住的双腿，忽然又捂住了自己的脑袋，大声叫道：“谁在说话？”

“我，顾茂昌。”顾茂昌的声音在他的脑海里响起。

“你……顾茂昌……”何翎羽咬牙切齿道，“你不仅能直接用声音跟我交流，还能侵入我的意识，扰乱我的感知神经？”

“没错，看来你跟那些怪物不一样，从根本上来说，你还是一个人类。”

“别站在道德的制高点上去评判一切，你根本什么都不清楚！”

“我很清楚，你们所期待的十维宇宙，只是一个永恒的死亡空间。”

“创造神……是这宇宙里的唯一秩序！”何翎羽发起狂来，一声怒吼，虽然没有挣脱顾茂昌的意识干扰，却向所有的兽人怪物发出了命令，让它们直奔“盘古”而去！

兽人军团一声嘶吼，倾巢而出，朝着关押“盘古”的囚禁之处蜂拥而上。突然间，十几条钢筋从地下建筑的水泥混凝土里被剥离了出来，“咔咔”作响，互相交织在一起，在兽人军团面前织成了一张巨大的网。

司徒萧的体能已经濒临极限，他把双手抵在两边的太阳穴上，用尽全身的精神力来操控那些粗壮的钢筋，额头上青筋暴跳，豆大的汗珠顺着脸颊淌了下来。

兽人军团中充当肉盾的牛头人和半人马率先跃起，狠狠地撞在了钢筋铁网上，连带着整个地下实验室都有些震颤。一头直立暴熊猛扑过来，强劲无比的膂力竟然生生地将钢筋网撕开了一道口子！一只挥舞着螳螂巨臂的怪物从被撕裂的口子中钻了出来，怪叫一声，向前冲了过去，李若辰却一个跃步，挡在了它的面前。

这只人形螳螂的手臂末端长着一对巨大的硬质砍刀，上面还带有不规则的锋利状锯齿。它的整个躯干以及头部是属于昆虫的，却长着人类的四肢，看上去格外的诡异恐怖。它一下直立了起来，身形超过了两米，挥舞起巨大的砍刀朝李若辰砍了过去。

它的动作在李若辰的眼中都被分解成了连帧的定格画面，这种高“时间分辨率”的独特功能让李若辰只需要轻轻一侧身，就能在毫厘之间避过螳螂的斩击。随后她一记低扫，狠狠地踢在了硬质化砍刀与人类手臂的连接处，肌肉包裹的骨关节像破裂的木板一样发出了“咔嚓”一声脆响，人形螳螂虽然无惧疼痛，但这一只胳膊却是抬不起来了，像失去了支撑似的耷拉了下去。

越来越多的怪物从钢筋网的缺口处钻了过来，李若辰一人开始应接不暇。许多怪物直扑向没有近战能力的司徒萧，在千钧一发之际，司徒萧动用最后一点精神力将两扇金属门板横插在自己面前，抵挡他们的进攻，一只笨重的科莫多巨蜥人爬了过来，张开嘴巴，喉咙深处有一点火花闪过，它的胃里分泌了大量的甲烷气体，就像一个巨大的火焰喷射器，只要将甲烷气体喷出来，就能形成一道猛烈的火焰，即使隔着金属门板，司徒萧也不可能毫发无伤！

这时，只听“砰”的一声闷响，科莫多巨蜥人的喉咙不知被什么东西贯穿了，打出了一个碗口般大的洞，那些还未喷出的甲烷气体迅速回流，瞬间点燃了它的整个身体。巨蜥人一声哀嚎，带着火焰在地上打起滚来。

不用说，这肯定是“神之狙击手”李磊的杰作，他已经结束了外面的战斗，回到了地下实验室，那把M99反器材狙击枪在他的手里得到了淋漓尽致的发挥！

冲过来的怪物越来越多，李若辰即使有“凝固之眼”，也不能完全阻挡它们的攻势。这时，何翎羽暂时摆脱了顾茂昌对自己的意识干扰，一声咆哮，猛然朝李若辰扑去！李若辰大惊失色，对方的速度实在是太快了，就算能够看清对方的动作，她的身体也没有反应的时间！

刹那间，林宇风的身影陡然出现，然后又迅即消失，紧接着抱着李若辰翻滚在十米开外的地方，十分狼狈。李若辰觉得不对劲，扳过身子去看，只见林宇风的背上赫然出现四道伤痕，深可见骨，正在往外涌着鲜血，她忍不住失声叫道：“林宇风，你……”

“嘿嘿，区区小伤，不足挂齿，只要你没事就好。”林宇风满不在乎地笑着，脸色却因为疼痛而变得惨白。

李若辰的眼眶一下子就红了，眼前一片蒙眬：“为了救我，你至于吗？”

“废话，当然至于，男人不就是应该保护女人嘛。”林宇风惨然一笑。

“‘瞬时移动’果然很快，但还是没能躲过我的利爪。”狼人伸出舌头，舔舐着爪子上的血迹，沉声说道，“下一击，就要你的命。”

李若辰站了起来，声音斩钉截铁："你想要他的命，就从我的尸体上踩过去！"

狼人笑了起来："那就如你所愿！"

最后一个字说完，狼人猛地冲了上去，李若辰也睁大了眼睛，"凝固之眼"能力全开！

李若辰眼中的整个世界仿佛都静止了，唯有狼人的身影如火线般蔓延开来，身后留下了一连串模糊的残影。一颗子弹也进入了李若辰的视野，高速旋转着，朝着狼人头颅的方向飞去。

何翎羽听到子弹划过空气的声音，急忙就地一个翻滚，堪堪避了过去，那枚大口径子弹擦过他的头皮打在了墙壁上，"砰"地一下掀飞了一大块混凝土。就在这时，林宇风抱着李若辰突然出现在何翎羽的头顶，林宇风松开手，李若辰凌空一个翻滚，全身的力量加上坠落的速度都压在了右腿上，一招"踵落"如同利斧一般狠狠地劈了下去！

这一招极其凌厉，何翎羽只能抬起粗壮的手臂去防御，在重击之下，他的右臂"咔哒"一声，竟然被生生地踢折了。他甩着左右晃悠的右爪，仿佛感受不到疼痛，眼中甚至还闪过了一丝轻蔑之色："三个人联手，就只能做到这种程度吗？"

李若辰大惊，她与李磊、林宇风配合无间，本以为能给对方造成致命的打击，结果对方根本就没把他们看在眼里！

何翎羽以一人之力，拖住了三名神思者，其他兽人怪物则直奔目标"盘古"而去，甚至已经闯入了关押"盘古"的囚禁室。顾茂昌退守到了最后的防线，用自己的意识干扰能力控制着兽人怪物们的进攻，但涌进来的怪物太多了，不止是一两只，顾茂昌根本控制不住。"盘古"也意识到了有陌生生物闯入，不由得发出了一声兴奋到战栗的嘶吼。

听着这声嘶吼，何翎羽的脸上露出了一丝笑容："快了，'盘古'马上就要被解放了。”

“不会让你们得逞的！”李若辰转身朝着林宇风叫道，“快去帮顾教授，这里有我！”

“可是……”林宇风犹豫道。

“没有什么可是！要是‘盘古’被放出来，一切就都完了！”

林宇风跺了跺脚，“刷”地一下消失了。这时，两只天蛾人已经飞到了束缚“盘古”的合金锁链上，张开密集如锯齿一般的牙齿就开始疯狂地啃噬，发出一阵阵让人头皮发麻的尖锐声响。实验室的工作人员本来都已经向安全区撤离，常琳忽然又跑了进来，顾茂昌见状，急忙吼道：“你跑来干什么！”

“决不能让他们释放‘盘古’，那样人类就全都完了！”常琳在“天河”计算机终端上输入了一串指令，只听一阵金属齿轮滚动的巨响，两扇金属门从囚禁室慢慢合拢，这已经是他们的最后一道防御机制了。

林宇风瞬间出现在了囚禁室，看到天蛾人在疯狂啃噬地合金锁链，不由得吃了一惊。常琳命令道：“林宇风，快带顾教授离开这里！”

顾茂昌叫道：“不，要走一起走！”

“我不能走，我还有别的任务！”常琳指着正在缓缓闭合的金属门，只剩下二十多公分的距离，大叫道：“林宇风，快！否则就来不及了！”

林宇风没有别的办法，只能一把拽住顾茂昌，瞬间从这里消失了。消失之前，顾茂昌眼睁睁地看着常琳按下了计算机操控终端上的一个红色按钮，立刻就明白了她的想法。

那枚按钮控制的是抽氧装置，一旦按下，只需十秒就能将囚室内的氧气全部抽光。常琳已经做好了和那些怪物同归于尽的准备。

“不——”顾茂昌凄厉地喊了一声，而随着瞬移的发动，这最后的一声也戛然而止。

金属门完全闭合了，氧气也随之抽空。透过门上特制的钢化玻璃，能看到冲进去的怪物们都开始大口地喘气，浑身出现了痉挛，那两只正在啃噬锁链的天蛾人也没了力气，张了张翅膀，从上面掉了下来。

顾茂昌趴到门边，用力拍打着窗户，叫道："小琳，不，小琳，快停下……"

一切都来不及了，常琳转过头，面对他露出了一个甜美的笑容。就像几十年前，他们刚认识的时候那样。

顾茂昌的脑袋"嗡"的一下，思绪瞬间回到了大学时光，每当学校放假，常琳都会送他去车站，每次分别，顾茂昌都会透过车窗，看到常琳站在月台上挥着手，脸上露出这样的笑容。

作为撤离人员的白浩在不远处亲眼目睹了这一切，他没想到自己为之奋斗的"返祖计划"却是如此一个彻头彻尾的阴谋，并且还害死了那么多人。长久以来背负的罪恶感瞬间爆发，白浩一下子跪了下去，浑身不住地颤抖着。

抽空了氧气的囚禁室里，除了"盘古"，所有生物都已经失去了生命迹象。"盘古"与人类构造不同，它的呼吸系统并不只是单单接受氧气，只要有大气分子在，它就能完成血液里细胞和养分的传输。但即便如此，它也因为嗅到了囚禁室里死亡的气息而不安起来，疯狂地嘶吼着，挣拽着四肢以及脖颈上的锁链。

林宇风带着顾茂昌瞬间移动到了安全的地方，数只兽人怪物扑到囚禁室的金属门前，疯狂地拍打着，可厚达二十多公分的金属门却如同堡垒一样岿然不动。那只暴熊冲上前来，将尖锐的指甲插进门缝里，然后用力一掰，随着一阵金属特有的摩擦声，暴熊手上的指甲全断了，从肉皮上翻了出去，鲜血淋漓。

安琪见状便要冲过去帮忙。她的整个形态如同一只灵巧的大猫一般，刚刚轻巧地越过了几个障碍物，两根交叉飞来的钢筋突然如两柄飞剑一般袭来，安琪在空中急忙转身才避过一击。她落地一抬头，就看到了站在不远处，正在聚集精神力的司徒萧。安琪身子一耸，以猫科动物特有的敏捷姿态扑了上去。

又是两枚螺丝钉从对面袭来，安琪轻松避过，转眼间就奔至司徒萧面前，抬起一只利爪就攻了上去。司徒萧此时已经是强弩之末，他只能将最后一点潜能全都释放出来，一根钢筋“啪”地一下从水泥混凝土墙壁里伸了出来，像鞭子一样抽在了安琪的身上，并且挽了一个结，将她紧紧地“握”住。

安琪欲动不能，急得狂叫了一声，紧接着发现了一件更恐怖的事情，“握”住她的钢筋正在越收越紧，再这样下去，不出几秒钟她就得被活活勒死！一瞬间，求生的本能连同对死亡的恐惧一股脑地涌了上来，安琪抬起头，乞求怜悯似的看了司徒萧一眼。

司徒萧正在凝聚最后的精神力量，冷不防地和安琪的眼神对了个正着，忽然生出一种同类相怜的感情来，他发现这并不是一种属于怪物的眼神，而是人类的，属于有血有肉畏惧死亡渴求生存的人类。这个眼神像投进湖里的小石子一般，在他的心底荡起了一圈涟漪，涟漪渐渐散开，似乎触碰到了他心底的柔软之处。司徒萧一下泄了气，最后凝聚的一点精神力也烟消云散了。

紧紧“握”着的钢筋稍稍松了一松，安琪一下跌在了地上，浑身骨骼酸痛。她抬头看了司徒萧一眼，竟流露出一丝感激之色。就在这时，地面上传来了汽车引擎的轰鸣声，接着是无数杂乱无章的脚步声。何翎羽的瞳孔顿时缩成了针芒状，他知道，这一次，他们的任务失败了，军区的增援已经赶了过来。

何翎羽长吼一声，发出了“撤退”的指令，所有兽人都向地面撤去。

刚刚到达的支援部队看到一群从未见过的怪物猛然出现，吃惊之余正要展开攻击，一件更加令他们吃惊的事情发生了，地面忽然“轰隆隆”地响了起来，开始剧烈地震颤，像是地震了一般。随后，地面出现了一道巨大的裂缝，从里面探出了一个带着棱角、锈迹斑斑的金属物体——从外形上看，它更像是某个庞然大物露出地面的一小部分。金属物体开启了一道闸门，兽人怪物们悉数跃入其中，随后闸门封闭，金属物体又沉于地面之下，随着地面的震动再次消失得无影无踪。

移动城内，恢复了人类形态的何翎羽半跪在修杰的面前，神色沮丧：“夜王，任务失败了，请您降罚。”

“虽然有些意外，但也在情理之中，起来吧。”修杰淡淡地说道。他扫视了一下剩余的兽人军团，大部分都已经负伤，数量也只剩下三分之一。修杰不由得感慨道，“如今的人类文明高度虽然比不上亚特兰蒂斯，但顽强程度却有过之而无不及，还挺出乎意料的。拥有超自然能力的那几个年轻人，应该是参与了某种针对‘盘古’的实验，无意间被激发出了身体内蕴藏的潜能，这是个偶然情况，就连我也没预料到，不怪你们。”

何翎羽道：“有这几个人从中阻挠，我们就更难接近‘盘古’了。”

修杰哈哈一笑：“区区超自然能力，在我看来，只是街头杂耍罢了，压倒性的力量才是决定最后胜负的关键。何翎羽，我问你，东汉末年，三国时期，当时天下是否尽传刘皇叔仁义？”

何翎羽一怔，不知道他为什么扯到了这个话题上。不过既然夜王发问，他只能答道：“这一点倒是与书上写的一致，当时无论是在民间，还是在官僚士大夫中间，都传刘备仁义，曹操奸诈，尤其是曹操发动的几次屠城事件，更让他的名声雪上加霜。”

修杰微微一笑，问道：“当时刘备天下归心，孙权也坐拥江东豪杰，他们从来不缺优秀的武将和谋士，但最后还是三国归晋了，何翎羽，你想过这是为什么吗？”

何翎羽虽然亲身经历过那个朝代，但他所能接触到的，也只是身边的一些情况，如今修杰忽然问到三国时期的天下大势，何翎羽一时间的回答也有些模糊：“是不是因为曹操雄才大略，能屈能伸，为后来的晋国打下了坚实的基础？”

“这只是一方面，还有一个重要原因，便是当时的三国当中，魏家独大，国力也是最强的。”

何翎羽恍然大悟：“如果把魏蜀吴比作三个巨人的话，魏国是力量最强大的那个。”

“对，即使吴国有周瑜那样的俊杰，蜀国有诸葛亮那样的神人，在魏国压倒性的力量面前，也无力扭转最终的结局。”

何翎羽恍然大悟，随后又道：“可是，现在处在力量薄弱的一方，貌似是我们啊。”

“冷兵器时代，力量强弱的关键在于土地和人口，而现代社会，决定力量强弱的选项可就远远不止这些了，公共舆论、社会群体、国家与国家之间的博弈，都是我们可以利用的资源。”修杰的面容波澜不惊，眼中却散发出一道犀利的光芒，“我要让他们自己乖乖地把‘盘古’吐出来！”

第七章　五芒杀戮

当封锁“盘古”的囚禁室重新打开的时候，常琳的呼吸早已停止，她的尸体就静静地躺在那里，脸上还保留着最后那一抹淡淡的笑容。顾茂昌跪在她的身边，静默无声，却泪如雨下。

他们从相识到相恋，到结婚生女，再到形同陌路。一晃已经是三十多年的时间。那些场景如同电影一样从他的脑海中一一闪过，是那么的鲜活，却又难掩苍白。即使他后来与常琳离婚，鲜有联系，但在他心底，每当想到远方还有一位曾经的妻子时，总是充满了安慰。而现在，顾茂昌彻底体会到了“孑然一身”的感觉，随着顾青和常琳的相继离世，他在这个世界上再也没有亲人了。

他不明白，如果有造物主，为什么要这样对自己，为什么要给自己安排如此残酷的人生。亲情和爱情都已经荡然无存，顾茂昌的双肩抖动，后背佝偻着，仿佛一瞬间苍老了十岁。他的心里无比悔恨，悔恨自己和常琳共度的时间太少了，常琳的生命逝去得如此匆忙，甚至来不及留下一句遗言。

实验基地的工作人员默默地站在顾茂昌的身后，不知道该怎么去劝慰他，毕竟，在这样的惨剧面前，任何语言的安慰都是苍白的。林宇风沉默了片刻，走了过去，蹲在顾茂昌身边说："顾教授，人死不能复生，你节哀顺变吧。"

"宇风，你不懂，你……"

"不，顾教授，我懂，我懂你的感受。我五岁那年失去了母亲，七岁那年又失去了父亲，我变成了一个没有家、没有亲人的孤儿，我是在社会福利院长大的。我太明白失去亲人的痛苦了，尽管如此，我们还是得坚强面对接下来的路，不是吗？"

白浩跌跌撞撞地闯了进来，一副失魂落魄的模样，看到常琳的尸体，一下就跪在了地上，将头埋下去，沉沉地呜咽着。他在忏悔，忏悔自己之前的所作所为，他收紧十指，指甲狠狠地划过地面，留下了几道模糊的血痕。司徒萧走过去将他扶起，说："别自责了，这一切不是你的错。"

"可是，我如果能早一点预料到……"

"在这个世界上，没人能未卜先知，你一开始的所作所为，不是也以解救全人类为目的吗？我们都在按照自己的意愿行事，只不过有时会被所谓的真相蒙蔽双眼。"

经过这一役，四位神思者也成熟了，顾茂昌和常琳这样的长辈亲身做示范，给他们上了生动的一课，让他们明白自己所要面对的敌人和肩上应该扛起的责任，这关系着整个人类的未来。

潘劲松所指挥的驻扎士兵只剩下了八九个人，并且还有不同程度的负伤。发生了这样的事情，实验基地全面封锁，暂时由军方接管，确保消息不会外露。死伤了那么多官兵，再加上这一地狼藉的兽人怪物的尸体，这种事一旦传出去，不知道要造成多大的社会恐慌。

军区参谋长彭飞第一时间赶到了现场，当他看到激战之后的惨况以及各种各样兽人怪物的尸体时，着实被惊呆了。作为一名军人，他有着坚定的三观和精神信仰，“盘古”的出现已经挑战了他的极限，如今摆在他面前的兽人残肢如同压死骆驼的最后一根稻草，把他的世界观砸得粉碎。现场被清理之后，这些兽人怪物的尸体分别被送往各大生物研究机构，进行彻底的解剖和研究，以分辨它们的来源。

紧急会议就在双城地下研究室召开，与会人员除了军方代表以外，就是双城实验基地的主要工作人员。在会议上，彭飞简要地传达了上级的决定：“实验基地所发生的一切，都应该作为国家一级机密事件，任何人不得向外界透露这里的情况，避免引起不必要的社会恐慌。”

“我同意上级的决定。”顾茂昌说，神色间有些颓然。

彭飞知道常琳的事情，便安慰道：“顾教授，节哀顺变。”

顾茂昌用深沉掩盖了自己眼里的悲怆，道：“彭参谋，不用担心，我会以大局为重。”

彭飞点了点头，问道：“这一次袭击来得十分突然，从现场的情况来判断，它们就是针对‘盘古’来的。顾教授，可知道这些东西的来历？”

顾茂昌摇了摇头：“这些兽人在人类历史的进程中是个空白，从未出土过相关或者类似的骨骼化石，所以它们肯定不是自然形成的生物，那么就很明显了，这些东西都是人为创造出来的，很像是某个实验室研制出来的极端试验品，从技术上来说，类似于现在的基因移植，但又比基因移植成熟许多——还有一点很是奇怪……”顾茂昌欲语还休。

彭飞问道：“哪里奇怪？”

“其实在人类的发展进程中，也并不是完全找不到这些兽人的踪迹。美国1967年的银桥事件中，很多人目睹了一个叫作‘天蛾人’的神秘物种；1988年，在美国南卡罗来纳州的沼泽地区，记录当时有人看到了‘蜥蜴人’，这些都是现代有文字记录的。而在中国和西方的古代神话传说中，还有一些类似于人首蛇身、半人马、牛头人等‘半人半神’似的奇特物种，而这些生物，跟我们今天看到的这些兽人十分相似。”

“你是说——”彭飞一下就猜到了顾茂昌的弦外之音，“今天我们看到的这些兽人，很可能是那些神话故事里出现的生物的原型？”

“有这个可能。”

“这太匪夷所思了。”彭飞惊讶道，“这么说，这些生物自从人类文明诞生之初就已经出现了。”

“我也觉得不太可能，但目前来看，极有可能就是这样的。”

彭飞想到了另外一种可能性，不由得倒吸了一口凉气：“如果说这些生物一直都存在，几千年以来从未露过面，只是零星地暴露过自己的踪迹。如今却突然集结在一起，难道它们潜伏了几千年的时间，就是为了‘盘古’？！”

顾茂昌点了点头，这个理由听上去很荒诞，却是最合理的解释。并且很明显，这群兽人是有备而来，它们是有统一指挥的，那只动作无比凌厉的狼人便是它们的头领，他甚至使用语言和它们进行了简短的交谈。但顾茂昌却没有把这个情况告诉彭飞，他觉得事情的信息量已经足够多了，要给对方一点喘息的空间。

彭飞沉思道：“我现在基本上能断定这是一起针对‘盘古’的人为事件，因为它们最后撤退的时候乘坐的那个巨大的机械体，很明显是人工制造的产物。我们动用了地下雷达探测器，却并未搜索到任何有用的信息，那个庞然大物就好像从地底下蒸发了一样。”

顾茂昌推测道：“这应该是一种很高的科技，属不属于人类的技术，还很难说，因为没有任何资料表明人类制造使用过类似的机械体。我初步推测，这个巨大的机械体有强大的破土功能，能够迅速潜入地表之下，在地幔的缝隙间快速移动。”

“你是说，相当于陆潜艇？”

“对，就是这个意思。而且我推测，它的破土能力是有一定限度的。它之所以没有直接在地下实验室出现，是因为无法突破这里厚重的混凝土屏障。”

“这么说，不管对方是什么来头，‘盘古’确实已经被盯上了。”

“没错，并且对方的某些科技手段远远凌驾于我们之上，所以对方会有什么后招，还很难说。”

“既然这样……”彭飞两道剑眉紧皱了起来，“根据上级指示，‘盘古’一定要掌握在我们手中，决不能落在身份不明的人手里。‘盘古’的位置既然已经暴露，我们现在有两个选择。”

“哪两个选择？”

“一，将‘盘古’彻底销毁。”

顾茂昌陡然一惊。这确实是一个毕其功于一役的想法，销毁“盘古”，无论对方使出何种手段，都不可能达到目的了。这样做看似没有什么损害，但对于生物学研究来说却是一记重创。这表示他们围绕“盘古”所做的诸多研究，都要戛然而止了。

“另外一个选择呢？”

“‘盘古’的位置已经暴露了，另外一个选择，就是将‘盘古’重新转移。”

这也是一个艰难的选择，转移“盘古”，并不是嘴上说得那么简单。“盘古”体型太大，陆地运输几乎不可能，而双城又是内陆城市，无法进行海运。所以，转移“盘古”是一件非常棘手的事情。但即便如此，顾茂昌还是说道：“我赞成第二个方案。”

“转移‘盘古’？”

“对，‘盘古’不能被销毁，我们对它的研究刚有了一些实质性的进展。研究‘盘古’就等于研究生命起源，这对于人类的意义太重要了，如果我们把它销毁，可能永远也不会有第二次机会了。”

“不是还有遗骸吗，我们可以再克隆……”

“不，你不了解克隆的原理。克隆生物没那么简单，它的成功是有一定几率的，尤其克隆‘盘古’这种前所未有的生物，它的成功率是极低的，修杰能够成功，不能不说是一个奇迹。此外，就算我们真的再次克隆出了‘盘古’，它也只是一个幼体，你要怎样才能让它成长为今天的这个状态？难道再拿活人给它当养料吗？”

彭飞身子一震。拿活人给“盘古”当养料这种事情，决不能上演第二次。

“好，我会向上级反映你的想法，争取将‘盘古’重新转移。刚才我已经将这里的基本情况汇报过去了，上级对你们突然掌握的……呃，怎么说，算是超自然能力吧，很感兴趣，希望你们能够配合一下军方的研究工作。”

“研究什么？把我们当实验品吗？！”林宇风站起来叫道。他背上的伤刚刚缝合完毕，由于用力过猛又牵扯到了伤口，疼得他一阵龇牙咧嘴。

“宇风！”顾茂昌摆手打断了林宇风的话，转头对彭飞道，“我知道超能力研究一直是各国军方在秘密展开的工作，从二战时期的德国希特勒开始，就将战争的希望寄于超自然能力上，传说他命令纳粹党卫军头子希姆莱亲自组建了两支探险队，让他们深入西藏，寻找所谓的‘地球轴心’，想要把自己的军队打造成不死军团。在冷战期间，超级大国的对峙更是把超自然能力的研究推上了巅峰，苏联和美国都成立了所谓的‘心灵部队’——但最后，他们都是无功而返。彭参谋，事实证明，以超自然能力来武装部队是不可取的。”

彭飞笑道：“顾教授对于这一块内容了解得很详细嘛。”

“了解过一些，谈不上详细，只是因为这些东西跟生物学有些相关。”

“那你肯定知道，之前他们都没有取得成功，是因为没有实际案例的出现，而如今，五个活生生的例子就摆在我们眼前，这是一个千载难逢的好机会。”

顾茂昌苦笑一声：“所谓的超能力，说白了其实并不神秘，只是唤醒了DNA中处于缺省状态的一段序列，使得脑电波的频率异于常人。这是我们在‘神思计划’里与‘盘古’的意识交流中无意间获得的能力，具有极高的风险性和不可复制性，军方如果想针对这个来研究，我只能说是徒劳无功。”

彭飞沉默了一下，说道：“好，我尊重你的意见，并且会把你的意见转达给上级，这个事情，我们稍后再说。现在，我要向你们转达上级做出的另外一个重要决定。”

顾茂昌点点头：“请讲。”

“上级希望你们拥有特殊能力的五人能够组成一支作战小队，以配合部队对‘盘古’的保卫工作。当然，你们有足够的自主权，在编制上不隶属于任何部队，不过为了表明你们的身份，会有一个特殊的独立番号：K。”

“K？”

“对，K小队。上级指示，为了更好地完成保护‘盘古’的任务，你们要接受为期一个月的封闭式军事特训。”

深夜，双城实验基地的会议室里坐着五个人：顾茂昌、林宇风、司徒萧、李若辰、李磊。除了林宇风一副吊儿郎当、玩世不恭的样子，其他四人全都面色严肃，不苟言笑。

顾茂昌道：“组建K小队的事情，你们也听彭飞说了，我想听听你们的想法。”

“我本来就是军人，服从命令是我的天职，对于这一安排，我没有任何异议。”李磊第一个说道。

“当兵的就是听话啊。”林宇风冷哼了一声。

“无论什么样的秩序，都是需要纪律才能执行下去的。”李磊看了他一眼，说，“听话总比自由散漫的社会垃圾强。”

“你说谁是垃圾？”林宇风一下站了起来。

“你身为一个底层混混，靠勒索商户和收保护费为生，未曾给社会和国家做过一点贡献，不是垃圾是什么？”

“你大爷的——”林宇风跳过去就要开打。顾茂昌忽然重重地拍了一下桌子：“够了！”

顾茂昌很少这样发火，大家都被吓了一跳，当看到他沉重的脸色时，所有人都不吭声了。常琳的死对顾茂昌是一个重大的打击，而他现在还能坐在这里和他们开会，不知道心里承受着何等的伤痛。林宇风瞪了李磊一眼，悻悻地坐了回去。

顾茂昌点了一根烟，深深地吸了一口，像是要压住心底的伤痛似的，半晌才缓缓吐出一道淡淡的烟柱：“我知道，从你们来到实验基地后，发生的一系列事件都超出了你们以往的生活经验，对你们的心理是一个很大的冲击。所以，关于组建K小队的事情，我并不需要你们现在就答复，回去后都好好考虑考虑，不管做出什么样的选择，我都尊重你们的决定。‘神思计划’已经完成，‘盘古’也马上要被转移了，如果不愿意加入K小队，明天就可以离开实验基地，当时承诺的报酬一分钱也不会少。愿意加入K小队的，明天上午8点，我还会在这个会议室里等你们。”

回到基地的单人宿舍没多长时间，林宇风就听到了敲门声，他打开门一看，来的人竟然是李若辰。

“哎呦，稀客啊，美女半夜会孤狼，你就不怕出啥事？”林宇风装出一副色迷迷的样子说道。

“要出事也是你出事，不信咱试试？”李若辰捏了捏指关节，嘎嘣作响。

“好吧……随便坐。”林宇风讨了个没趣，“喝点啥不？”

“不用了，我就过来随便串个门。”李若辰左右扫视了一圈，轻轻皱起了眉头，“好好的一间宿舍，怎么被你弄得跟猪窝似的？”

“你懂什么，这叫名士风范，不拘小节。《后汉书·陈蕃传》里不是说了吗，‘大丈夫处世，当扫除天下，安事一室乎？’”林宇风装模作样地说道。

“哎呦，你还读过书呢？真是让人刮目相看。”

“骂人是不？虽然我一直在社会上混，并不代表没文化啊。高尔基的自传体小说三部曲，《童年》《在人间》《我的大学》，对吧？《我的大学》讲的啥，就是讲的他在社会上混的那些艰辛往事？社会才是真正的大学嘛。”

李若辰笑了起来：“哎呦，之前还真小瞧你了。”

“你这么晚来，不是单纯找我探讨人生的吧？”林宇风的眼睛在她的胸脯上扫了扫。

“想什么呢？收起你那些鬼心思。我过来就是看看你背后的伤怎么样了。”

“嗨，没事，这点小伤，想当年我在街头一打十的时候……”

“转过去！”随着李若辰一声厉喝，林宇风立即住了口，不情愿地转过了身子。李若辰把他后背的衣服掀开，看到四道深可及骨的伤口已经缝合在了一起，歪歪斜斜的，却有些像爬行的蜈蚣。她不禁轻轻叹了一口气。

“叹什么气？”林宇风扭头看她，“背上而已，又没伤在脸上。只要不影响我这张英俊的脸，什么都好说，我以后还得靠脸混饭吃呢。”

“你为什么要救我？”

“这话说得，英雄不是天经地义的嘛，再说，我还有些小私心……”

“什么私心？”

“我想着万一你要是感动了，对我投怀送抱呢，哈哈哈……”还没笑完，李若辰就在他背上狠掐了一把，疼得他“哎呦”一声。

“你干什么，疼死我了！就算不投怀送抱，也犯不着下这样的狠手吧！”林宇风疼得额头上直冒冷汗。

“林宇风，我问你，你真的不打算参加K小队吗？”李若辰忽然幽幽地问道。

“K小队？听听这名字，就知道它身上要背负的‘神圣’的责任。李磊不是说了吗，我只是一个小混混，我可承担不起这样的重任。”

“那你……准备以后干什么？”

“干什么？我现在有超能力了，瞬间移动，干什么不行？离开这个鬼地方，外面到处是等着我遨游的广阔世界。你觉得现在对我来说，钱还是问题吗？”

“可我们活着，不单单是为了钱，‘盘古’的事情关系着人类的命运。”

“李若辰啊李若辰，你现在怎么说话越来越像顾茂昌了？动不动就人类命运、世界格局的，那些东西太大，我管不了。我告诉你，我就是一个小混混，自私自利、目光短浅，没有你们那么高的境界和胸怀。”

“不，你不是小混混，你也不自私，你救了我。你为了救我，差点牺牲了自己。”李若辰把手轻轻地放在林宇风的腰上。

“我……我那是一时冲动……”林宇风有些语无伦次。

“冲动的人我见过太多，但没有见过像你这么冲动的。林宇风，现在有一个机会，能够让我们为人类、为未来而战，不至于让我们这一生都碌碌无为。你曾经当过小混混，总不能一辈子都当小混混。”

面对李若辰的质问，林宇风默然不语。

“我曾经的理想是在聚光灯下的格斗赛场，我以为那里会是我宿命的终点。但现在，我找到了比格斗赛场还有价值的地方。林宇风，我希望你也能找到自己的方向。”说完这句话，李若辰站了起来，推门走了出去。临走的时候低声说了最后一句话，“希望以后还能有跟你携手共战的机会。”

林宇风没有回头，而是抓起旁边的一盒香烟，填了一根在嘴里，深深地吸了一口。他留给李若辰的，只是一个孤独又倔强的背影。

第二天早上八点，在双城实验基地的会议室里，顾茂昌早早地就等在了那里。李磊第一个推门进入，看到他面前的烟灰缸里已经躺了好几个烟蒂。

“早，顾教授。”

“早。”顾茂昌点了点头。李磊果然是军人，十分守时。

过了片刻，司徒萧和李若辰也进来了。四个人又在屋子里坐了一会儿，谁也没有说话，大家心照不宣地都在等一个人。

可是又等了一会儿，并没有人再走进来，司徒萧和李磊都沉默不语，李若辰的脸上则一阵惆怅。顾茂昌掐灭了最后一根烟头，站起来说：“就这样吧，不会再有人来了，我们即刻出发，开始为期一个月的封闭式军事训练，地点位于……”

话没说完，会议室的门突然被推开，头发糟乱、睡醒惺忪的林宇风出现在了门口。迎着大家惊愕的目光，他打了个哈欠道：“不好意思，起晚了。”

顾茂昌紧绷的脸上终于有了一丝笑意，他指了指林宇风道：“给你五分钟洗漱时间，随后出发。”

“五分钟？不行吧，我还没有拉屎呢……”

夜幕下，三架形态怪异的CH-54直升机飞行在空中，两前一后，它们合力拖着一个特制的巨大通用集装箱，朝着西北方向飞去。CH-54是双发单桨起重直升机，绰号“空中吊车”，每架CH-54的最大起飞重量可以达到两万公斤，但纵使如此，三架合力吊起集装箱的CH-54直升机看起来还是十分吃力。

在其中的一架直升飞机上，除了两名正副驾驶员驶员以外，还有一个人，他面容瘦削，推了推鼻梁上的眼镜，目光掠过夜幕掩盖下的万家灯火和莽莽山河，竟然露出了一丝悲怆的神色。那位副驾驶员驶员转过头来大声问道：“虞老师，这集装箱里装的是什么东西啊？这么沉，竟然需要三架CH-54来运输！”

对方抬起头来，赫然就是白浩。集装箱里装的是什么东西，他知道，但绝对不能说，因为这次运输任务是绝密的，就连参与运输的飞行员都不清楚任务的具体细节。白浩只是淡淡地回答道：“具体是什么我也不清楚，到了西北实验基地就会有人来接应的。”

顾茂昌居然将转移“盘古”的重任交给他，白浩到现在还有些吃惊，毕竟他是一个有“前科”的人，跟着修杰斯混了那么长时间，也曾一心想完成“返祖计划”，可以说，自己的老底并不干净。但顾茂昌却丝毫不以为意，在K小队封闭训练的这段时间里，不仅把转移“盘古”的任务交给了他，还赋予他暂时负责整个项目研究的权利。

而顾茂昌越是这样，白浩的心里就越是愧疚，他犯下过无法弥补的罪行，本应身陷囹圄，是顾茂昌给了他可以将功补过的机会。而他万万没有想到，自己曾经种下的果实，却间接导致了常琳的死，这更增加了他的负罪感。所以这一次，他下定了决心，绝对不能再误入歧途，就算是拼了自己这条命，也绝对要完成任务。

飞机仪表盘上的雷达装置忽然响了起来，发出了“滴滴滴”的报警声，与此同时，通讯器里传来了位于左侧CH-54驾驶员的声音：“注意，注意，有不明物体高速接近，飞行高度大约1200米。”

“怎么回事？”白浩问道。

“我也不清楚。”副驾驶员驶员打开了雷达屏幕，在显示屏上，可以看到在十点钟方向正有几个亮点朝着他们的位置快速移动。“是鸟吗？”他嘀咕了一句，随即又否定了自己的想法，“应该不会，鸟没有这么快的速度，并且它们的方向十分明确，就是冲着我们来的。”

“那现在应该怎么办？”

“有可能是侦察机，不管如何，先与对方取得联系再说。”副驾驶员驶员对着通讯器与左侧的CH-54直升机通话，“先发讯息与对方取得联系，重复，先发讯息与对方取得联系。”

“讯息已发送，对方没有任何回应。”左侧的CH-54回答道。

“没回应？”副驾驶员驶员愣了一下，问旁边的正驾驶员驶员：“怎么办？要迫降吗？”

“这不是一个好的选择。”正驾驶员驶员摇了摇头，“你再发讯息联络一下吧，就说我们在执行军务，请对方立即表明身份。”

副驾驶员将讯息发送出去，可是对方没有丝毫回应。雷达屏幕上，几个亮点的移动速度越来越快，朝着他们侧翼的方向扑来，雷达感应器再次发出了急促的“滴滴”报警声。

CH-54是运输直升机，并没有配备武器系统，因为是国内飞行任务，也没有战斗机护航。如今却突然出现这种情况，他们一时间都拿不定主意。雷达的报警声越来越急促，从屏幕上可以看到，目标物体已经是无限接近了。突然，副驾驶员驶指着机舱前方见鬼似的大喊了一声：“天呐，那是什么东西？！”

在距离他们飞机二三十米远的地方悬浮着一只巨大的“鸟”，这只鸟展开双翼，像是滑行在空气里一般，而令人惊骇的是，它的四肢和躯干都与人类别无二致！这只大“鸟”调整了方向，朝他们的飞机扑过来，“砰”的一声撞到直升机舱的玻璃面板上，亮出了一张恶鬼似的脸和满嘴的獠牙。

“啊——”驾驶员吓得惊声尖叫，飞机随即失控，朝右下侧方向倾斜了过去。三架飞机形成的稳固的三角形构架被打破了，在集装箱的重力作用下，其他两架飞机也都向下坠去。“迫降！迫降！”CH-54的驾驶员在通讯器里大声喊道。

在迅速降落的过程中，不断有人形大鸟从空中掠过，它们也迅速降低高度，扑在机舱的玻璃面板上拼命敲打，以强劲的膂力摇晃正在迫降飞行中的CH-54。在这种干扰下，三架直升飞机相继失去了平衡，再加上集装箱的重量，整个失控，朝着地面坠去。

白浩紧紧地抓住了座椅，能感觉到飞机整个打着旋地朝地面落去。激光测距传感器发出了尖锐的警报声，屏幕上显示距离地面越来越近：500米、400米、300米……正驾驶员大声叫道：“抬升！快，抬升！”

副驾驶员手忙脚乱地操控着仪器，慌张地叫道：“不行了，无法抬升，坠落速度太快了，引擎已经失去了作用！”

“天呐！”正驾驶员叫了一声，面如死灰。

钢丝绳索在急速坠落的过程中绷断了，巨大的集装箱“砰”的一声落进了湖里，溅起了几十米高的水花，然后慢慢沉入湖底。三架CH-54直升飞机猛然间脱离了集装箱的束缚，像是断线了的风筝一般到处乱飞，其中两架一头撞上了不远处的山包，瞬间起火爆炸了。白浩乘坐的那一架勉强滑行到了地面上，然后不受控制地向前滑去，巨大的震动和颠簸几乎让白浩当场晕过去。飞机早已不受控制，螺旋桨削得树木和土石乱飞，“噼里啪啦”地打在机舱的玻璃面板上，在经过一百多米的拖地滑行后，终于撞到一棵树上停了下来。

白浩从短暂的晕厥中苏醒过来，看到坐在前面的两个驾驶员早已经断了气。机舱的钢化玻璃面板已经是千疮百孔，几根坚硬的树枝插了进来，贯穿了两位驾驶员的胸膛，把他们牢牢地“钉”在了座位上。白浩推开变了形的机舱门，跌跌撞撞地跑出来，他环视四周，发现这里是一片山林谷地，不知道是哪片山脉，到处都是黑黝黝的，连半点灯火都看不到。

凑着淡淡的月光，他看到一个张开双翅的动物从天而降，这只动物十分像在空中袭击CH-54直升机的巨鸟，有着人类的四肢和躯干，但它的翅膀却是羽毛状的，不是翼膜状的，并且双足已经成了角质化的尖锐利爪，看上去就像是一个壮硕的“鹰人”。鹰人降落之后，收起了翅膀，匍匐在地面上，一个人影从鹰人背上跳了下来，朝白浩走了过去。

白浩忽然觉得，这个朝着他缓缓走来的人影是那么的熟悉。

“阿浩，好久不见。”

对方说话了，声音也是如此熟悉。白浩战栗地问道：“谁？”

“连故人都认不出来了吗？”他说着，已经走到了白浩的面前。

白浩顿时瞪大了眼睛，不敢置信道：“修杰？！”

“是我，何必露出那么惊讶的表情，怎么，我出现在这里，你很意外吗？”修杰淡淡地笑道，他温和的眼里盛满了月光，却充满了一股睥睨的味道，仿佛踏在脚下的万物都是蝼蚁。

白浩吃惊地后退了一步，语无伦次地说：“我还以为……以为你死了……”

“死了？没错，我是死了一次，但现在我又重生了，这一次重生，让我真正明白了天地万物以及宇宙奥义。阿浩啊——”修杰朝他伸出了手，“还记得我们一起定下的目标吗？完成‘返祖计划’，摆脱这短暂的生命和沉重的肉体的束缚，让人类在昔日的荣光中得到永生。”

“不，那是骗人的！”白浩摇着头大叫道，“别执迷不悟了！‘返祖计划’的最终目的根本不是永生，而是永恒的死亡！”

“你的思想现在也被那些愚蠢的人类同化了。”修杰惋惜地摇了摇头，“生和死是互相转化的两种状态，有生必然有死，有死必然有生，这个规律谁也无法打破。只有在十维空间里，才能终结生和死的转换。死亡这一选项将从生命里剔除掉，只剩下永久的存在。”

“别以为我不知道，当时间归于零，一切存在都只是蜡像馆里的蜡像而已！”

“不，你错了，不是蜡像，而是秩序，一种永恒、重建整个宇宙的秩序！创造神将统一空间和时间，让越来越无序的宇宙重回最初始化的高度有序状态，就像把满地的玻璃碎片重新凝固为完美的玻璃杯一样。”

“你所说的玻璃杯里，根本就没有时间这个定义，根本就没有生命存在的价值！”

修杰摇了摇头，不屑于反驳了。这时一只长着巨大蹼状手掌的蛙人从湖里钻了出来，朝他鸣叫了一声。修杰皱起了眉头：“石头？”

“你们上当了。”白浩一身轻松，“想不到吧，那个集装箱里装的根本就不是‘盘古’，而是普通的石头。”

“原来如此，声东击西，你亲自押送这趟护运，就是为了迷惑我们。白浩，不得不说，比起原来，你进步了许多，看来顾茂昌教了你不少东西。”

“这一切顾教授并不知情，但他既然把任务交给我，我就一定要完成！就在你们跟踪我的时候，‘盘古’已经通过别的线路被成功转移了！

你们这辈子都别想再找到了！”

“我这一辈子，并不是你所能理解的。”修杰平静地看着他，身上却散发出一股巨大的压力，“告诉我，‘盘古’在哪？”

仿佛有一股巨大的力量压在胸口上，白浩一时间喘不上气来，“扑通”一下半跪在了地上，但仍勉强撑住身子，抬起头来看着修杰：“你到底是……”

“我是谁并不重要，现在告诉我，‘盘古’在哪？”

“嘿嘿……”白浩惨然一笑，“你觉得我会告诉你吗？当初我受你迷惑，做了那么多错事，现在该是我弥补的时候了。”

修杰手一伸，一股无形的力量猛然压了下来，白浩整个人都趴在了地上，难以支撑起身体。修杰垂眼看着他：“白浩，难道你不怕死吗？”

“你杀了我吧，这样，我就可以赎罪了……”白浩的脸贴着地面说。

“愚蠢的人类。”

“你们岂不是更愚蠢，竟然还能被我骗到……你们永远也找不到‘盘古’……”

“哼，我一定会得到‘盘古’，并且我要你们自己乖乖地吐出来。”修杰冷笑一声，“至于你，念在相识一场，我就留你一命。不过，给你留个见面礼吧，至少让你记得，欺骗总是要付出代价的。”

修杰说完转身离去，那只鹰人一声鸣唳，展翅而飞，从白浩头顶上急速掠过，巨大的鹰爪闪电般的一抓，就将白浩的左眼珠掏了出来。白浩一声惨叫，捂着左眼在地上打起滚来，鲜血淌得满脸都是。修杰站在鹰人的背上，看着他说：“回去告诉顾茂昌，早晚有一天，我会让他把‘盘古’双手奉上！”

“盘古”由军方接手后，黄大卫着实清闲了好一阵子，他一辈子跟刑事案件打交道，再棘手的案子到了他手里也绕不过半年去，只要给他留下一点线索，最后总能把案子破掉，为此，他连续五年获得了局里颁发的“刑侦标兵”的称号。

但前段时间的“盘古”事件着实让“刑侦标兵”黄大卫焦头烂额，是在他手上办过的最窝囊的一个案子，可以说直到军方接手之前，他都没有结案。黄大卫心里很郁闷，就向局里提了申请，想要休假一阵子。考虑到黄大卫的特殊情况，局里很快同意了他的申请。

谁知好景不长，就在休假正式开始的第一天，黄大卫正在收拾行李准备出去旅个游放松放松，忽然接到了局里来的电话，要他立刻坐飞机去上海参加一个国际刑侦合作会议。黄大卫在电话里满肚子牢骚：“为什么要我去参加？我可是准备休假的人啊。”

“人家点名要的就是你！”电话那头传来了刑侦局罗局长的声音，“这说明什么？说明你黄大卫不仅是咱局里面的‘刑侦标兵’，更是声名在外，你应该珍惜这种荣誉！”

面对罗局这种打一棒子的同时给个甜枣的做法，黄大卫只能欲哭无泪，当天他就改签了飞机票，目的变成了上海。用罗局的话说：“去哪玩不是玩啊？去上海不仅能玩，来回机票还能报销，真是一箭双雕。”

黄大卫真是盼着罗局早点退休，到时候就没人这么压迫自己了。

国际刑侦合作会议的地点定在了上海的环球金融中心。刚走进会议厅，迎面就过来一位老者跟黄大卫打招呼。黄大卫定睛一看，立刻肃然起敬，赶紧上前握住老者的手说道：“李老，您怎么来了？”

黄大卫口中的李老，便是享誉整个华人刑侦界的“神探”李昌盛。李昌盛本是江苏人，年轻时期赴美留学，投入了刑事鉴识界，开启了自己的“神探生涯”。在他的职业生涯期间，先后在美国各州与全球十七个国家参与调查六千多起重大刑事案件。最近几年他经常在国内活动，与国内的刑侦专家的互动比较多，跟黄大卫也算是老相识了。

李昌盛笑道：“说实话，我也不想来啊，本来答应孙子带他去度假的，结果临时就被抓到这里来了。”

黄大卫苦笑道：“这么说咱俩情况差不多，我也是临时接到通知的。”

“哦，忘了给你介绍一下。”李昌盛指着旁边的一位金发帅哥道，“这位是乔·哈特尼，国际刑警，专门负责恐怖活动、暴力犯罪等国际性案件的。”

“Hello！”黄大卫朝对方伸出了手。

“你好。”没想到对方的中文讲得十分流利，“黄队长，在来中国之前我就听过你的名字，也看过你的资料。‘金沙洞灭门案’‘长浦大桥碎尸案’，这些积压了好几年的案子都是在你手里破获的，很厉害，了不起，听说你还是连续五年的‘刑侦标兵’。”

“哎呦。”黄大卫倒有些不好意思了，“什么标兵不标兵的，都是兄弟们的抬爱给个面子，类似于江湖绰号。再说了，破案也不是我一个人的功劳，对吧？”

“嗯。”哈尼特对这句话十分赞赏，点了点头，“这一次我来中国，也是因为一起有些棘手的国际性案件，希望我们能够一起进行调查，无间合作，将这件案子破了。”

虽然场面上大家都是客客气气、一团和气，但黄大卫心里明白，这是真出事了，哈特尼口中的“有些棘手”绝对是打了折扣的，要不然不会召开规格这么高的国际刑侦合作会议，甚至连国际刑警都出动了，还把老神探李昌盛都请了过来。黄大卫暗自揣测，这一次不管是什么类型的案件，绝不是“有些棘手”这么简单。

会议开始，来自十五个国家的刑侦专家和政府官员就座完毕，哈尼特上台讲解案情。他打开超清投影仪，屏幕上赫然出现一位已经死亡的欧洲中年男性。他上身赤裸，面孔扭曲，仿佛临死前受到了极大的惊吓，双臂呈不规则形状翻卷着，显然是肌肉痉挛所致。这幅奇特的死状立刻引起了台下专业人员的一片议论。

哈特尼拿着激光笔，指着屏幕用英语介绍案情，他的语言通过同声传译变成各种不同的语言传入与会者的耳朵里。

“艾伦·查尔逊，四十五岁，英国晶锐制造企业副总裁，于今年4月15号在他自己的寓所内被发现。死亡时间大约是当地时间凌晨两点钟，根据尸检报告，死者的身上没有发现任何外伤和内伤，而是死于极度恐惧和惊悸。”

这个奇怪的死因，又引起了台下一阵热烈的讨论。

屏幕上又换了一张照片，出现另外一名死者，躺在马路上，双臂伸展，整个面目已经模糊不清，从发型和着装上来看，可以判断出是一名女性。哈特尼介绍道：“苏菲·维贝克，比利时议员，女性，四十三岁，4月22日从议会大楼十二层跌落至地面，死亡时间是当地时间凌晨两点钟左右，内脏全部破裂，五官损坏，已排除自杀可能。”

台下一片哗然。

屏幕再度切换，又一名死者出现在众人的眼前，哈特尼介绍道：“赫尔穆特·科尔，德国汉堡市肯德基工作人员，二十三岁，于5月3日送外卖途中失联，尸体于第二天凌晨两点钟被发现，地点是汉堡市图书馆，死因是被利器割喉，导致全身血液流干。”

哈特尼又相继介绍了二十几起死亡案例，全都是近两个月来发生的事件，其密集程度让人咋舌。一名波兰的刑侦人员站起来发问道：“死者有一个共同点，死亡时间全部都是凌晨两点钟左右，这会不会是某种仪式性的作案手法？”

哈特尼点头道：“我明白你的意思。我们已经调查过了二十六名死者的家庭背景和社交情况，没有证据显示他们加入过任何不明教派，当地也没有不明教派活动的踪迹。并且这二十六名死者的身份不同，社会阶层差别也很大，有公司总裁、政府议员、售货员、汽车销售、流浪汉、农场主等等，还分属于不同的国家，按理说不应该存在共同的宗教信仰，所以我们暂时排除是不明教派所为。”

“那么，除了死亡时间都在凌晨两点钟左右，这些死者还有没有其他的共同之处？”

哈特尼的面色一下凝重了起来：“这就是接下来我要跟各位说的，一个至关重要的线索。”他按下投影仪，屏幕上出现了一名死者，下一张图片拍摄的是他的脚底板，那里有着一个被尖锐利器刻下的五芒星图案，血液从图案的线条里流出来，已经凝固成了黑色。

“五芒星图案。”哈特尼手中的激光笔指着屏幕中央，“这就是所有死者的共同点，在他们的左脚底板处，都被刻上了这个图案，五芒星。”

会议大厅里一下就炸了锅，所有人都按捺不住，激烈地探讨起来。这个国际性案件，很明显是一场人为的、有组织、有计划、有预谋的连环杀人案。但是到底是哪个组织有如此能力，能够在两个月内横跨这么多国家，他们的目的又是什么？

哈特尼摆摆手，制止了场内的讨论，说道：“我们已经调查过了，这个五芒星图案十分特殊，在各个教派中都没有出现过，只有在古玛雅人留下的文字记录中有过相关的记载，古玛雅文明曾经接触过一个神秘的部族，这个部族掌握着他们所没有的力量，并且这个神秘部族的图腾崇拜就是五芒星。我们不知道二者之间有没有什么联系，但因为这个图案的特殊性，国际刑警警察组织已经将此系列凶杀案命名为‘五芒星罪案事件’。”

众人又是议论纷纷，哈特尼说道：“到目前为止，‘五芒星罪案事件’

已经波及到了欧亚的十几个国家，这次会议之所以选择在这里召开，是因为类似的案件还没有在中国出现，我们也希望借助中方的警力资源，以第三者冷静、客观的态度来审视这一系列案件，以找到关键的线索。时间已经很紧迫了——由于国际刑警警察组织在第一时间的介入，'五芒星罪案事件'已经被列为机密案件，并未被媒体所知，但随着更多受害者的陆续出现和后续影响的持续发酵，它终究会被媒体披露出来，纸包不住火，这是肯定的。到那时候，各位，我们面对的就不是某一个国家或者地区的民众恐慌了，而是一场席卷全球的飓风，我不敢想象那时的情景。"

散会后，黄大卫回到房间休息，脑子里还在思考着那一系列的离奇凶杀案。没过多长时间，电话响了起来，是李昌盛邀请黄大卫去他的房间坐坐。

黄大卫来到李昌盛的房间，有些意外，因为乔·哈特尼也在。三个人坐下寒暄了几句后，李昌盛便开门见山地问道："大卫，今天上午讨论的'五芒星罪案事件'，你有什么想法？我跟哈特尼都想听听你的意见。"

乔·哈特尼也点头道："对，我是荷兰人，调查案件时用的是典型的欧洲思维习惯，跟你们东方人不一样，你们有自己的一套思维模式，我想听听你的看法。"

黄大卫沉思片刻后，说道："在这二十六起凶杀案件中，每个死者的身份、国籍、种族、教育程度、社会地位都不同，之间也没有任何的交集，从这一点上来说，我认为犯人——或者说是犯罪集团，是在随机挑选受害者，并没有所谓的潜在受害人群。但是有一点很奇怪，像议员、公司总裁这样的受害者，死亡之后尸体被摆放在家里或者办公室内，并没有移动的痕迹。而那些社会地位比较低的受害者，比如在肯德基工作的年轻人，他应该是在送外卖的途中遇害的，但是尸体却被摆放在了图书馆里，很明显，他们的目的就是要让人们发现受害者。”

李昌盛点点头：“没错，我同意大卫的判断，像公司总裁或者政府议员这样的人物，本身地位已经很显赫了，就算死在自己的寓所或者办公室里，也会引起人们的重视。而那些社会地位低的人，就让他的尸体出现在公共场合，一样会引起人们的重视。总之，不管对方是什么来头，出于什么目的，他们都在想办法引起全社会的关注。”

“没错，这不是一场单纯的大规模凶杀案。”黄大卫说道，“他们的目的是为了引发社会恐慌。”

“有道理。”哈特尼点头道，“黄队长，你还有别的看法吗？”

“有。”黄大卫走到墙上挂着的一幅世界地图前，说道，“哈特尼先生，在你上午做情况汇报的时候我就注意到了，第一起凶杀案发生在英国，第二起案件发生在比利时，第三起案件发生在德国，随后是意大利、捷克、匈牙利、罗马尼亚……一直到了伊朗、巴基斯坦，看到了吗，按照凶杀案件发生的先后顺序，我们正好可以在地图上画出一条直线，贯穿这些国家，直指中国边境，却又戛然而止。两位，想必你们也知道这意味着什么。”

李昌盛眉头紧皱：“按照这种方式去杀人，有条不紊、从容不迫……对方是在对我们宣示力量。”

此话一出，三人心里俱是一寒。“宣示力量”这种赤裸裸的做法，不是挑战某一个政府，也不是挑战某一个国家，而是在挑战整个人类。对方如此作为，到底是出于什么目的？他们只知道，对方目前展示出来的实力，足以让全世界胆寒。

“所以——”黄大卫把手指放在了中国的版图上，“‘五芒星罪案事件’之所以还没有在中国出现，并不是他们放过了中国，而是按照他们杀人的推进路线来看，还没有轮到中国。但是，中国将会是他们的下一站。”

黄大卫推测得没错，中国已经被笼罩在了五芒星图案的阴影之中。

为期两天的国际刑侦合作会议很快就结束了，虽然在大会上，通过各国刑侦专家们的交流和探讨，并未发现什么有突破性的线索，但至少大家做到了资源共享、渠道互通，这样就能够在接下来的时间里保持一种良好的协作状态。

会议结束后，与会代表们都各自回到了自己的国家。李昌盛和黄大卫在机场送走了乔·哈特尼之后，因为航班时间也十分接近了，便没有回到酒店，而是在机场逗留了一会儿。黄大卫问道："李老，这几天准备去哪度假啊？"

"嗨，还度什么假啊，出了这样的事，我是没心情陪孙子玩喽。既然哈尼特说五芒星图案在玛雅文明里出现过，我回去之后就着手研究玛雅文献，看看能不能找到什么线索。"

"您不比年轻时候了，可别累坏了身子。"

"虽然我不是做官的，但一直把林则徐说过的那句话当作自己的座右铭：苟利国家生死以，岂因祸福避趋之。"

黄大卫肃然起敬："李老，您真是我辈的楷模。"

"谈不上楷模，我也就是发挥点余热吧，现在的世界，你们才是中流砥柱。"李昌盛看了看手表，道，"大卫，时间差不多了，你该登机了。"

黄大卫也看了看时间："那李老，我们保持联系，后续有什么进展，我们随时沟通。"

"好的。"

两个人握了握手，黄大卫刚要拎起行李，李昌盛的手机响了，他接起来还没听几句，脸色就突然变了。黄大卫意识到事情不妙，就问道："李老，怎么了？"

“出命案了。”李昌盛放下手机说。

“命案，在哪？”

“就在我们开会的地方。”

“环球金融中心？”

“对，金融中心的行政部副总经理昨晚一夜未归，今天中午后厨做饭的时候，在冰柜里发现了他的尸体。”

黄大卫心里一个咯噔，直觉李昌盛的话还没说完。

果然，李昌盛看了他一眼，缓缓道：“在他脚底板上，有一个五芒星图案。”

黄大卫和李昌盛火速返了回去，赶到了事发地点。在金融中心二层餐饮部的后厨间，第一个发现尸体的厨师还在如筛糠般抖个不停，很明显是受到了巨大的刺激。当地派出所的人已经赶来，正在勘查案发现场。黄大卫和李昌盛亮出证件表明自己的身份，当地警方不敢怠慢，让二人进入了案发现场。

在储存食物的冰柜里，环球金融中心的行政部副总经理周汉生蜷缩成了一团，像是被人硬生生地塞进去一样，整个身体压缩成了一个球状。

两名法医把周汉生从冰柜里抬了出来，放在桌子上，用力掰正身体，被冻透的肌肉和骨骼发出了一连串细微的“噼啪”声，像是冰凌被折断的声音。周汉生有些秃顶，双眼紧闭，脸上还保持着临死前痛苦挣扎的表情。黄大卫绕到后面，看到在他左脚的脚底板上，赫然刻着一个五芒星图案，由于速冻的原因，血液并没有流出来多少，显得这个图案有些苍白。

法医很快取得了鉴定结果：周汉生的死亡时间是凌晨两点钟左右，没有任何暴力外伤或内伤，从案发现场来看，他是被人活活塞进冰柜里冻死的。

李昌盛眉头紧皱，他知道这意味着什么。黄大卫推测得没错，“五芒星罪案事件”已经进入了中国，而且就在黄大卫做出这个推测的当天晚上，凶案就发生了。

黄大卫一只手揉着自己的太阳穴：“没想到国际刑侦合作会议刚结束，就发生了这样的事情。李老，对方是在用这种方式向我们示威。”

“没错。”李昌盛颔首道，“他们就像躲在暗处的猎人，观察着我们的一举一动。大卫，这件案子棘手了，咱们暂时都无法离开上海了。”

黄大卫留在现场，继续勘查，看能否发现有价值的线索。李昌盛则立刻联系当地负责处理案件的警方，将详细情况向他们说明了，并要求他们一定要将此案情保密，列为高度机密案件秘密侦查，尤其不能被媒体知道，否则，一旦消息泄露出去，将引起波及全球的恐慌飓风。

但谁都没有料到，在中国发生的“五芒星罪案事件”，成为了压死骆驼的最后一根稻草。纸包不住火，事情还是泄露出去了，一个星期后，不知道是谁将环球金融中心的凶杀事件披露到了网上，而各种社交平台又加速了此消息的传播，引起了一连串的连锁反应，几乎全世界范围内的网民都在讨论着这一系列离奇的凶杀案。这种情况让国际刑事警察组织猝不及防，一时间焦头烂额。

虽然网上都在探讨“五芒星罪案事件”，但让人欣慰的是，这种讨论还在可控范围之内，因为并没有相关媒体或者政府站出来证明离奇凶杀案件的真实性，所以在网络上还有很多保持“理智”的人，秉持着不信谣、不传谣的原则，对这种说法嗤之以鼻，甚至是大加指责。由此，对于“五芒星罪案事件”，网民也就自动划分为了两派，一派认为确有其事，并且各国政府出于某种目的，全都掩盖了事情的真相，他们在下一盘很大的棋——因为这一系列离奇凶杀案并非人类之所为，有可能是外星人的杰作，它们通过这种方式，试图向地球人传递某种信息，而各国政府则暗中与它们进行沟通，以求换来更先进的科学技术。而另一派则认为前者的说辞简直是荒唐至极，不可相信，所谓的“五芒星罪案事件”，只不过是一群唯恐天下不乱的极端分子编造出来的谎言罢了。

中国并不是最后一站，“五芒星罪案事件”发端于英国，沿着远东路线一路推进，如同巨人在世界地图上踏过频繁而稳定的步伐，继上海之后，短短的两天时间内，韩国的釜山以及日本的冲绳，相继发生了同样的案件。

窗户纸终于被捅破了。

有黑客入侵了国际刑事警察组织的资料库，把“五芒星罪案事件”的所有档案全都翻了出来，照片泄露到了网上，然后像飓风一般迅速传播，无所不及的互联网像渴求水分的海绵一样，贪婪地吸纳着这些猎奇元素，把它散播到全身各处。一夜之间，“五芒星”成为了整个世界最为恐惧的图腾。

担心的事情不可避免地发生了，这场波及了北半球二十几个国家的神秘凶杀案件成为了公开的秘密，被摆到所有人的眼前。网络上人心惶惶，各种流言和猜测甚嚣尘上，甚至有人认为这是“世界末日”的征兆。

黄大卫和李昌盛在上海逗留了几天，没找到一点线索，两个人只好暂时分道扬镳，李昌盛回去看能不能从古代文献资料里找到些有用的东西来，黄大卫则匆匆赶回西北老家，参加父亲的七十大寿。这是个大事，老爷子一再打电话叮嘱他一定要到。

黄大卫赶在寿席开始之前到家，他一推门，后背上的汗毛蹭地一下就竖了起来，只见满屋子的亲戚都在愣愣地盯着他，像是一群盯着猎物的狼。黄大卫问道：“你们这是……”

“大卫，听说你参与了那个什么‘五芒星罪案事件’的调查，还跟国际刑警一起破案了？”黄大卫的二婶子率先发问。

“姐夫，那些人到底是怎么死的？网上那些照片太惨了，我都不敢看。”黄大卫的小舅子问道。

黄大卫没办法，只得硬着头皮回了一句：“这是一起跨国性的有组织、有预谋的系列杀人案件，目前来说线索不是很多，你们也知道，我们有纪律，具体细节我实在不方便透露。”

这一句话激起了千层浪，满屋子都炸了。

“我就说吧，这案子警方根本破不了，国际刑警也白扯！”

“这事太玄乎了，这是外星人干的吧！大卫，你告诉我们，你是不是有好多事情瞒着我们？你们是不是在下一盘很大的棋？”

“大卫，我从小看着你长大，告诉婶婶，到底是怎么回事？你放心，我绝对不往外乱说。”

黄大卫瞠目结舌，实在不知道该说什么了。这件事情在网络上的发酵出乎了他的意料，已经从线上扩散到了线下，现在，“五芒星罪案事件”几乎成了所有人茶余饭后的谈资。

黄大卫忽然意识到，不管对方是什么来头，他们的目的已经达到了。可是，引起大众的恐慌就是他们的目的吗？不，绝对不会是这样，做出这么大手笔的动作，对方的动机一定不是表面上看起来的这么简单。但是这个动机到底是什么，黄大卫不清楚，他惴惴不安，等待着另一只靴子的落下。

“五芒星罪案事件”并没有因为引起了大众的恐慌而停止，相反，对方还增加了杀人的频率，短短一个月不到，死亡人数由二十七人激增到了一百零三人，涉案区域扩大到六十几个国家，连联合国官员都未能幸免。对方似乎放弃了按照固定路线杀人的策略，更像是在各个国家随机挑选受害者。一时间，恐怖的氛围笼罩了全球，人人自危，各国都投入了大量警力，加强了治安力量，但即使如此，“五芒星罪案事件”出现的频率依旧没有减弱的趋势，各国还是不停地出现新的受害者，他们脚底板上的五芒星图案一次又一次地出现在网络上，成为全世界所有人的噩梦。

随着“五芒星罪案事件”的愈演愈烈，这甚至成为了一种文化，追求时尚的年轻人把印有大大的五芒星图案的T恤穿在身上，招摇过市，但无一例外受到了成年人的呵斥。电视台也专门开了频道“五芒星之夜”，邀请各路专家和学者解读这些事件，这其中甚至包括“神探”李昌盛，但他也只能在电视节目上安慰观众，让大家在日常生活中提高警惕，不要过于紧张。但是，这一切都根本无法阻止恐慌情绪的蔓延。

黄大卫简直要疯了，他完全搞不清楚对方为什么要这么做，除了一点线索都没有外，他还无从探求对方的动机。就在他束手无策之际，忽然接到了李昌盛远在国外的电话。

“大卫，我查到那个五芒星图案的线索了！”在电话里，李昌盛的声音有些激动。

“真的？”黄大卫还有些将信将疑，“李老，你是在玛雅文献里发现线索的吗？”

“没错，哈特尼说得没错，就是玛雅文献！你知道吧，在16世纪西班牙征服尤卡坦的时候，很多玛雅刻本都被销毁了，仅有一些零星地散布于全球各地的博物馆内，我这段时间里就一直在各处奔波，功夫不负有心人，终于让我在墨西哥一个私人收藏家那里找到了一卷玛雅古抄本！经过语言专家的翻译，内容让我大吃一惊！”

“什么内容？”

“在这卷古抄本里，记载了一个当时玛雅人接触过的神秘部族，他们的图腾崇拜就是五芒星！具体的文字资料，我已经发到你邮箱里了，你赶紧看一下！”

挂了电话之后，黄大卫立刻登录邮箱，点开了一封刚刚收到的信件。一些明显是经过语言专家翻译过来的文字就蹦了出来。

“……他们（夜族）掌管生灵，有牛头蛇身，或者巨大鹰隼的羽毛，从极地而来，无惧寒冷和炎热，跋涉森林，以威赫之名统治四方……巨大的牛头人有无穷力量，擎起五芒之星劈裂苍穹，通向天阶和幽冥。无人敢当其勇猛，五芒星视为勇士象征，震伏四方，野兽避让……统帅名为阿莫克，知晓日月星辰，天地万物，言及宇宙初开之时，了若亲睹……”

这些翻译过来的文字干枯晦涩，十分难懂，不过黄大卫也知道，古玛雅人的文献记载本身就带有一定的神秘性。邮件里还有一些从古抄本里拓下来的一些图案，画得十分抽象，都是一些人首蛇身或者狮身人面的怪物，还有一些长着巨大翅膀半人半鸟的奇怪生物。

黄大卫立刻又把电话打了过去：“李老，你发的邮件我看了，看来这个五芒星图案在很早的人类历史中就出现过。”

“没错。根据文字记录来看，古玛雅人跟这个以‘五芒星’为图腾的神秘种族有过一定的接触，并且还探讨过天文历法方面的问题，也许这就是玛雅历法之所以超前的原因。据我推测，这个神秘种族应该是外来文明。”

“外来文明？”黄大卫一听到这四个字就头大，他心道，想安安静静地破一些案子，怎么就这么难呢？

李昌盛又道：“还有一点，我没在邮件里写明。因为这个神秘的种族来自遥远的未知地域，又喜欢在黑夜里活动，玛雅人称呼它们为‘夜族’，意即来自遥远彼方的暗之大陆。而它们则喜欢称呼自己为‘天人’。”

“‘天人’？！”黄大卫身子一颤。

“大卫，怎么了？”李昌盛意识到了他的反应不太正常。

“没……没什么，李老，我忽然想到一个事情，先挂了，过会儿再给您电话！”

黄大卫挂了电话，站在屋里兀自愣神，喃喃地道：“‘天人’……‘天人’……难道真是他们？他们到底要搞什么？”

愣了一会儿神后，黄大卫看了看表，已经是晚上八点钟。迟疑了片刻，他拨通了顾茂昌的电话。这时顾茂昌已经结束了为期一个月的封闭性军事训练，而黄大卫因为调查案件的原因，也正好在双城。他好几次想找顾茂昌聚聚，却都因为公干耽误了下来。

电话接通后，黄大卫直接问道：“顾教授，你在哪？”

“我在医院。黄队长，有事？”

“有事——”黄大卫突然意识到不对劲，“你在医院干什么，怎么了？”

“白浩的眼部伤口感染了，我带他来换药。”顾茂昌的声音有些低沉。

“白浩？他眼睛怎么了？”

“哎……一句两句的说不清楚。你先说吧，找我有事吗？”

“我这边的事也是一两句话说不清楚！这样，你在医院等我，我这就找你去！”

黄大卫挂了电话就开着车去了医院，在医院的换药室里，他找到了顾茂昌，还有整个左眼都被纱布包裹起来的白浩。他愣了一下，问道：“白浩，你的眼睛怎么了？”

白浩欲言又止，因为现在“盘古”已经由军方接手，所有关于“盘古”的情况都已经被列为了机密信息。顾茂昌及时解围道：“先别说他了，黄队长，你这么急着找我来，肯定是有重要的事情吧？”

“非常重要！顾教授，想必你应该知道‘五芒星罪案事件’吧？”

“当然了，这个事现在闹得沸沸扬扬，还有谁不知道的？现在连娱乐新闻都开始讨论这件事了。”顾茂昌指着休息区墙壁上挂着的液晶电视道，“你看，电视上正说这个事呢。”

“……近来关于‘五芒星罪案事件’的视频和图片在网络上疯传，专家已经认定，这是恐怖组织和一些别有用心的黑客故意上传，意图引发全球范围内的恐慌。经过专家确认，所有上传的视频都无法确保其真实性，有可能只是为了吸引点击量和用户群体的伪造品……”在新闻节目中，女主持人一脸正义地说道。

黄大卫皱起眉头：“正规媒体开始出来洗地了。”

顾茂昌叹了一口气：“不洗不行啊。现在这事在网上闹得沸沸扬扬、人心惶惶，正规媒体再不出来说几句，真的是无法收场了。”

电视新闻还在继续：“经过专家鉴定，相关图片和视频在网络平台上的传播是一次有预谋、有组织的活动，不排除是极少数不法分子希望以此为手段扰乱全球经济，从而从中牟利。专家特别呼吁，希望广大网民不信谣、不传谣、严守网络秩序和互联网规范，共同维护健康绿色的……”

话没说完，屏幕影像忽然一阵抖动，出现了雪花点，同时还有“滋滋啦啦”的噪音。一个护士以为是电视出了什么问题，正要上前，噪音忽然消失了，屏幕一下变成了黑色，上面赫然出现了一个红色的五芒星图案！

小护士吓得尖叫一声，一屁股坐在了地上。

“大家好，相信坐在电视机前的各位观众，不管你在收看哪一个频道，估计都会被吓一跳。不要紧张，不要害怕，我选择这样的方式与你们见面，只是为了向你们传递一个消息。”电视里传出来了一个声音低沉的中年男子的声音，带着一丝磁性，却冰冷而毫无感情。

黄大卫眼皮子直跳：“这是闭路电视！他们劫持了卫星视频信号！”

“相信这个图案，你们都不陌生了，它最近在全世界的曝光率很高。你们一定很想知道我是谁，我为什么会做这些事情，我的目的是什么。很好，我先回答第一个问题：我不是谁，我是一个文明，一个凌驾于人类之上的文明。你们可以叫我‘天人’。”

顾茂昌和黄大卫对视了一眼，表情都惊惧到了极点。

“五芒星是‘天人’文明的图腾，同时也是我送给你们的礼物，让你们体会一下文明与文明之间力量的差距。让我来告诉你们一个事实，在‘天人’文明面前，人类就像虫子一样脆弱，杀死一个人，比捏死一只蚂蚁还要简单。想必你们也发现了，死在五芒星之下的那些人，无关乎国籍、肤色、人种、信仰、社会地位，死亡人员是完全随机的。也就是说，你们每个人都有可能像他们一样死去，你们每个人都笼罩在无法逃避的死亡阴影之下。毫不客气地说，我已经绑架了这个地球上的所有人类。”

医院里偌大的休息区内，那么多的病人、医生和护士，竟然没有一个人说话，安静得如同一潭死水，偶尔传来一两声婴儿的啼哭，更显得气氛格外的压抑。所有人都盯着屏幕，无一例外，他们的脸上写满了惊惧。

“你们一定想知道我到底为什么要这么做，像捏死蚂蚁一样屠杀你们，我的目的到底是什么。今天，我就向你们揭晓答案：人类拿了本不属于人类的东西，所以必须要受到惩罚。它被称作‘盘古’，蕴含着生命之源，是一种更高等的生物。而现在这个高等生命体被人类据为己有，还像对待小白鼠一样去研究它，人类身上的罪恶已经清洗不净了！我再次郑重地告诉你们一遍，它不属于人类，它属于‘天人’文明，将它交出来，人类文明还可以延续，否则，你们都会死在五芒星的审判之下。”

话说到这里戛然而止，电视屏幕又闪了两下，恢复了正常。电视新闻节目仍在继续，女主持人怔怔地看着镜头，很显然，她刚才也看到了监视器里的一幕。

原本安静的休息区瞬间嘈杂起来，大家都在惊恐地谈论着刚才发生的一幕，有两个人在争执这到底是黑客还是外星人。顾茂昌脸色阴沉如水，看着黄大卫说：“你来找我，到底想说什么？”

“没什么好说的了——”黄大卫指指电视，“这里面已经说得很明白了。”这时，他的手机忽然响了起来，是刑侦队的小李打过来，声音里透着急切和兴奋：“黄队，你看刚才的电视了吗？”

“看了。”黄大卫低声道，“你那边有什么发现吗？”

“在电视画面刚刚转换的时候，我就进行了信号监控，对方用未知手段控制了鑫诺3号和中星9号这两颗电视卫星，并且黑进了地面信号中转站，只有几分钟时间，工程师根本来不及修复，但足够播放刚才那一段录音了。”

“据你估计，造成的影响范围有多大？”

“从理论上来说，只要连接在中国电视卫星上，都接收到了刚才的画面，所以整个中国区域内的电视观众都能看到。”

“什么？整个国家……”黄大卫倒吸了一口冷气，接着，小李又说了一句话，让黄大卫连冷气都吸不顺当了。

“这段视频刚刚被人传到了网上，点击率在猛增，已经有人给配上英文字幕了。照这个速度下去，不用两个小时，整个世界都能看到了。”

第八章　国际交锋

第一次大规模的示威游行出现在了法国，随后蔓延到了整个欧洲。不过短短一周的时间，便席卷了整个世界，亚洲、美洲、澳洲、非洲相继爆发了大规模的示威游行，一些国家的重要城市的交通完全陷入了瘫痪，并且持续的示威游行对全球经济造成了严重的冲击，一场全世界范围内的经济大萧条已经露出了苗头。

黄大卫打开电脑，接入舆情监控网络中心，调出了一段视频，画面是法国巴黎街头的大规模示威游行，目测至少有五六万人，他们一边行走一边喊着口号，还擎着横幅，上面写的是法文，大意是联合国欺骗了他们，各国政府都在暗中与外星文明做交易，没人在乎普通民众的死活。

一名抗议示威者爬到圣女贞德的塑像上面，用法语振臂高呼："民众要求有知情权！"

下面的人潮发出了和他一样的呐喊，声浪震天动地。

"联合国要为'五芒星罪案事件'的死难者负责！"

"向全世界民众公布真相！"

"我们不在乎'亚当'，我们只在乎自己的亲人！"

……

黄大卫按下了暂停键，说："看到了吧，现在全世界都在示威游行，要求政府公布真相。全世界的老百姓都把责任推到了联合国的头上，认为是联合国纵容了几个大国跟什么'天人'文明做见不得人的勾当。总之，现在老百姓都要求把'那玩意'交出来，同时把事情的真相公布于众。"

顾茂昌眉头紧皱："这一手玩得太狠了，我万万没想到……"

"老顾啊，你得庆幸没在电视上公布你的名字，要不然你被全世界的老百姓人肉搜索，还不得把你给撕烂喽？"

"把我撕了有什么用？"顾茂昌苦笑一声，"'盘古'的事情，我说了不算。它现在由军方接手，一切信息都是保密的。他们肯定也知道这个情况，所以才搞出这么大的事情来，'劫持全人类'，这算是人类史上最大的一起绑架案了吧。"

黄大卫敏锐地发现了他话语中的关键词："你说的'他们'是谁？莫非，你知道这背后是谁在搞鬼？"

"我……"顾茂昌欲言又止。

"老顾！我知道你现在跟军方合作，但你不应该有事瞒着我啊！虽然我跟军方不是一个系统的，但你知道我为这案子费了多少心力掉了多少头发耗死了多少脑细胞？！我的腿都快跑断了！当初审李磊的时候，他就提到了'天人'，刘昌盛在玛雅文献里也找到了'天人'，现在电视里也出现了这个'天人'……你告诉我，'天人'到底是谁？"

面对黄大卫的逼问，顾茂昌终于开口了："好吧，其实刘昌盛说得没错，所谓的'天人'，就是玛雅文献里记载的'夜族'——来自遥远彼方的暗之大陆。它们几乎从人类文明诞生之时就来到了地球，为的就是寻找'盘古'。如果玛雅文献里的记载没错，他们的初始文明就来自于人马座3星，然后在地球上生根发芽。这中间它们蛰伏了很多年，直到'盘古’出世，它们才重现世间。”

“你为什么知道得这么清楚，这一切到底都是谁告诉你的？”

“修杰。”

“修杰？他不是……”

“他没有死，他还活得好好的，并且现在是夜族的一员。白浩的眼睛，就是他夺去的。”

“这是个至关重要的线索，你怎么不早告诉我？！”黄大卫几乎要咆哮起来。

“告诉你有什么用？夜族不是普通人类能够对付了得。”黄大卫顿了顿，又道，“夜族曾经偷袭过双城基地。”

“什么？”黄大卫悚然一惊，“为了找到‘盘古’？他们得手了？”

“没，要是他们得了手，就不会搞出‘劫持全人类’这样的事情了。当时我们面对的是一大批叫不上名字的仿佛像兽人一般的怪物，它们疯狂嗜血，战斗力极为强悍，几乎灭掉了基地所有的驻防兵力，要不是军区的支援及时赶来，想必‘盘古’已经被他们夺走了。”

“兽人？”黄大卫忽然想起来李昌盛给他发的那封邮件里夹杂着的一些人首蛇身和狮身人面的拓本图案。

“怎么了？”顾茂昌看他有些愣神。

“没……没什么，我就是忽然想到，你说中国以及外国古代神话流传里的那些生物，是不是都是以它们为原型的？”

“有这个可能。”顾茂昌沉思道，“据说亚特兰蒂斯文明的消亡，也是因为遭到了来自遥远地方的外来文明的入侵，我总觉得这些事情之间，都有着千丝万缕的联系。”

“希望真相赶紧大白吧。”黄大卫望向窗外，喃喃地说，“就算死，我也想死得明白点……”

三天后，彭飞突然现身双城实验基地，找到了顾茂昌。对于彭飞的来访，顾茂昌有些意外，因为彭飞并不是空手而来的，他还带了一封军方的绝密公函，火漆封缄，正面印有“顾茂昌亲启”的字样。

顾茂昌有些吃惊，问道：“公函的内容是……”

彭飞的面色有些沉重，把公函递了过去，说：“你还是自己看吧。”

顾茂昌接过公函，并未拆启，而是沉吟了一下问道：“让我猜一下，现在世界范围内的民众都把矛头指向了几个大国和联合国，联合国应该坐不住了。这封公函，应该跟这件事情有关。”

“你说得没错。”彭飞顿了一下，道，“‘盘古’的事情已经暴露了。”

“暴露了？”顾茂昌悚然一惊，“新转移的位置已经泄露出去了？”

“那倒没有。但是各国都有间谍潜入进来，他们黑进了军方的系统资料库，‘盘古’目前在中国的事情，在各国高层那里已经不是什么秘密了。”

“这一下我们要成众矢之的了，麻烦了。”顾茂昌皱眉道，“这才几天的时间啊，效率也太快了。”

“这种事情，没有任何一个国家会慢别人一拍，何况求知又是人类与生俱来的欲望。”彭飞拿下巴示意了一下那封公函，“拆开看看吧，里面有你最新的一项任务。”

顾茂昌一脸凝重地拆开了公函，抖出一封信笺，看完之后，他抬头问道：“你们要我作为代表，出席国际联合会议？”

“对，现在不光是联合国，各国都坐不住了，所以才搞出了一个所谓的‘国际联合会议’，毕竟‘劫持全人类’这种事情，在人类文明的发展史上还是第一次出现，如果不尽快解决，恐怕会引起整个世界的秩序崩溃。‘盘古’的事情，你从头跟到尾，这里的内情你比谁都清楚，况且你还是生物研究这方面的专家，所以我们认为，由你作为中方代表出席国际联合会议最为合适。”

顾茂昌皱眉道：“那么，我的任务是……”

“说服他们，决不能向‘天人’妥协！”彭飞斩钉截铁道。

“他们既然知道‘盘古’在中国手里，肯定不会让我们独享，既然不能共享，那就以这次五芒星危机为借口，逼迫中国将‘盘古’公开给各国。”顾茂昌沉思道，“你觉得我能说服他们吗？”

“这就看你的本事了，我相信你。”彭飞目光炯炯地看着他，“总之，你现在是我们的最大希望。”

出发前夜。

林宇风在宿舍里整理行李，准备跟顾茂昌一块前往法国的普罗旺斯参加国际联合会议。顾茂昌只选了林宇风一人跟他前往，这让其他人很是意外。大家都以为为了安全起见，他一定会多带几个人去，但顾茂昌却说去的人多了，目标太大，反而适得其反。

但是他会选择与林宇风一同前往，还是让其他人感到不解。拳脚凌厉的李若辰、性格冷静的司徒萧、军人出身行事果断的李磊，无论从哪个方面看，都要比林宇风优秀很多。虽然经历了为期一个多月严格的军事化训练，林宇风依旧未改身上的那种混混本色。

敲门声响起，林宇风穿着一条短裤，嘴上叼着烟卷，趿着拖鞋走过去打开门，发现竟然是李若辰。李若辰想必也是见惯了林宇风这种德性，丝毫不以为意，走进屋里坐在沙发上，问道：“有喝的吗？”

林宇风从冰箱里拿出一罐啤酒扔了过去。李若辰连头都没抬便随手接住，打开，喝了一口，问道：“明天就出发？”

“明天出发，早去早回。”

“听说普罗旺斯的薰衣草挺漂亮，是不是真的？”

“我也不知道。”林宇风笑道,“等我掐一把给你带回来，你要不要？”

“切，谁稀罕啊。从法国飞回来得一天，你掐下来的薰衣草早死了。”

“哎呦，要求还挺多的。”

“那是，女孩子的要求本来就多。”她看到林宇风正在打包的行李，奇怪道，“不就去开个会吗，你带那么多衣服干什么？”

林宇风摸着下巴琢磨道：“不都说法国女人喜欢浪漫吗，可是我也不知道她们喜欢什么品位的，就多带了几身衣服，万一有让她们感兴趣的呢？”

李若辰冷笑一声：“让你跟着去是为了保护顾教授，你倒好，光想着去泡妞了。”

“也不是专程泡妞，顺道而已。”林宇风笑得有些无耻。

李若辰把啤酒罐重重地放在桌子上，“咣”的一声吓了林宇风一跳。她站起来，径直走到林宇风面前，看着他的眼睛说：“林宇风，你给老娘听好了，你要是敢去普罗旺斯泡妞，我就打断你的狗腿！”

“李若辰，你……”

李若辰一把抓住了他的手，放在自己胸口偏左的地方：“摸着我的心跳，郑重地对我发誓：从今天开始，你就是老娘的人！”

感受着李若辰呼吸间女性独有的荷尔蒙气息，温润又坚挺的胸部，富有规律而又野性的心跳，林宇风如同掉进了温柔乡，浑身都软了，只有一个地方是硬的。刹那间，林宇风浑身燥热起来，一把抱住了李若辰，顺势滚到了床上。

“哎，你干什么……你还没有发誓呢……”

“发……这就发……我用行动发誓……”

露台上的风徐徐地吹着，司徒萧就坐在地上，仰头看着天上的星星。忽然间，破空声朝他的脑后袭来，司徒萧猛地回头，一听罐装啤酒在他的面前停下了，像是悬浮在空气里一样。司徒萧伸出手，打开啤酒喝了一口，笑道：“李队，这个玩笑不好玩，普通人挨你这么一下，会被砸晕过去的。”

李磊从夜色中走过来，手里同样拿着一罐啤酒，在他身边席地而坐：“你以为我会对普通人这么做吗？”

“是啊，我们都已经不是普通人了……”司徒萧喃喃地说。他回想起自己刚意识到获得超能力的那一刻，真是欣喜若狂，甚至是有一种重生的感觉。但随后，兽人怪物的血腥进攻让他意识到自己的这份能力只不过是一个枷锁，一个让他担负起人类命运的枷锁。自那以后，他再也没有轻松的感觉，这份超能力带给他的只有沉甸甸的责任。

司徒萧苦笑着，拿着啤酒罐跟李磊碰了一下，道：“夜色之中，百步穿杨，你们狙击手连扔啤酒罐都扔得这么准吗？”

“枪械的前身是弩，弩的前身是弓，弓的前身就是徒手投掷了，所以说，同理同源。”

“你这个解释我倒是第一次听说，有意思。”

“我见你一个人在这坐着，闷闷不乐的样子，好像有心事？”李磊喝了一口啤酒，漫不经心地问道。

“哦？你们当兵的也能看出别人有心事？”

“看你说得，难道我们当兵的都是木头人啊，干巴巴的，除了吃饭睡觉就是执行命令？”

“哈哈……”司徒萧笑道：“在我的印象里，你们当兵的人确实如此。”

李磊也笑了：“那我推荐你听一首歌《咱当兵的人》。我给你唱两句：咱当兵的人，有啥不一样，只因为我们都穿着，朴实的军装……”

“行了，行了。”司徒萧急忙打断他道，“李队，我想问你一个问题，你为什么会选择当兵？而且还是边防？”

“哎，除了当兵，我还能做什么呢？”

“能做的很多啊，公务员、金融、IT，或者是做生意，有那么多可以选择的行业。”

李磊低下头，沉默了片刻，道：“我只能选择边防。我的父亲就是因为吸毒搞得倾家荡产，因为还不起毒资，被毒贩给杀害了，我的母亲也自杀了，只剩下我一个人。那时我才知道，毒品甚至比战争还要恐怖，它能够轻而易举地摧毁一个人的命运，毁灭一个完美的家庭。”

“所以你才选择了边防缉毒，要把那些毒贩一网打尽？”

李磊点了点头：“可是，我现在发现了比毒品更恐怖的东西，这也是我留在这里，加入K小队的原因。”

“没想到，你是一个这么有责任心的男人。”

李磊摇了摇头：“我只是不想看到其他的孩子再经历我小时候经历过的一切。那种撕心裂肺的孤独感，会伴随人的一生。”

司徒萧自嘲般地笑了起来：“李磊啊李磊，我赚的钱不知道比你多多少倍，但跟你比起来，以前的我简直就是一个人渣。我只知道赚钱，构建一个自己的商业帝国，站在金钱上的顶峰俯视众生……现在看起来，这简直就是粪土，在历史长河里连一颗砂砾都算不上。我曾经以为是人生最重要的东西，来到这里之后才发现，其实根本没有任何意义。”

“没想到学心理学的人也会感到迷茫。”李磊拍了拍他的肩膀，“我有信心，我们会扛过这一关的。”

“这一关太漫长了，人类的命运到底会走向何方？”司徒萧抬起头，看着天上的星辰，不知道为什么，他眼前忽然浮现了一双带着乞求的眼睛来。那是一双有着人类情感的眼睛，却属于一个“猫女”。

司徒萧喃喃地自言自语道：“你们是谁，你们到底来自哪里……”

顾茂昌和林宇风来到飞机场，正在大厅候机，一名戴着旅游团红帽子的乘客站了起来，看着手机惊恐地喊道：“法国……法国不能去了，就在两个小时之前，在法国刚刚发生了一起‘五芒星罪案事件’！”

“哗啦”一声站起来了十几名戴着红帽子的乘客，惊问道：“真的假的？你没看错吧？”

“没看错！你们现在就上网搜，上面都有，死的这个法国人叫……本沙明，是一个议员，两个小时候前在地铁站里忽然跳轨了！警察以为他是自杀，没想到尸检的时候在他的脚底板上发现了五芒星图案！”

“天呐，太吓人了，这法国不能去啦！”一名银发老太太尖叫起来，朝着负责旅行团的导游嚷嚷起来，“我们要退票！退团费！这法国去不成了！”

其他红帽子也都激动起来，围着导游嚷嚷不休，受到他们的影响，其他乘客也是人心惶惶，候机大厅里的秩序一时间有些失控。林宇风嘟囔道：“这什么‘五芒星罪案事件’，杀的人倒是没多少，却一下子把整个世界都搞乱了。这帮家伙还真有两把刷子。”

“不妙了。”顾茂昌紧紧皱起眉头。

“有什么不妙？”林宇风奇怪道，“最近他们的动作频率很快，每天都有人死，多他一个不多，少他一个不少。”

“我不是说这个。本沙明，你知道吗？他就是这一次普罗旺斯国际联合会议的首位发起人。”

林宇风悚然一惊：“这么说，他们已经动手了？”

“很有可能。对方一直在暗中观察着国际社会的一举一动，这一次与其说是暗杀，不如说是向国际社会赤裸裸的挑衅。”

“这么说，这一次的与会人员都有危险了。”林宇风的神色忽然严肃了起来，“顾教授，你放心，我一定会保护好你的。”

顾茂昌却笑了起来：“宇风，你知道K小队里面，我为什么只挑你跟我去法国吗？”

“还不是因为我头脑灵活，身手矫健？”

顾茂昌摇了摇头：“我挑你跟着我，是因为几个人里面，我最不放心的就是你。李若辰、司徒萧、李磊，包括白浩他们这些人，都有着极强的自制力，留他们在基地里，我放心得很。至于你，最好的约束办法就是带在身边，随时看着。”

“不是吧，顾教授，我有那么让人不省心吗？”林宇风一脸沮丧。

“有。”顾茂昌郑重地点了点头。

时间到了，两个人登了机，发现客舱里的入座率连百分之十都不到，偌大的一架波音747显得空荡荡的，一派凄凉。空姐不好意思道：“由于受到突发事件的影响，原定于前往法国的乘客都改变或者取消了航程，不过没关系，我们依旧会按照原计划飞行。请各位乘客关闭电子设备，系好安全带。”

林宇风前后左右看了一圈，坐下来道：“顾教授，咱们这相当于包机了。”说着他招了招手，把空姐叫了过来，“小姐，你看人这么少，午餐和水果能不能给我来个双份？”

“好的，先生。”空姐笑颜如花，“您要三份都行。”

将近十二个小时的飞行，飞机如期在法国降落，在普罗旺斯经过短暂的休整，顾茂昌出席了在马赛城举办的国际联合会议。来自一百多个国家的领导人或者代表人出现在这个精致的“骑士之城”，当地的安保力量也是有史以来最为严密的一次，在城市的大街小巷上随处都可见巡逻的警察。尤其是举办国际联合会议的市政厅附近，更是三步一岗，五步一哨，训练有素的警察和安保人员全副武装、神情严肃，不放过视线内出现的任何可疑人物。

顾茂昌进入会场前，经过了五道安检程序，可见这次会议的重要性。会场内高高悬挂着一面联合国旗，昭示着此次会议的性质。不同肤色、不同种族、不同国家的人汇聚一堂，他们三三两两，正在通过同声传译系统小声地交谈着，看到中国代表顾茂昌走了进来，场内忽然安静了下来。

顶着那么多人的目光，顾茂昌缓步走入会场，在自己的位置坐下。短短二十多米的距离，他却仿佛每走一步身上都背有万钧之力。

大会开始，一个亚洲裔的棕色人种走上主席台，他对着话筒停顿了一下，面色有些沉重："大家好，我是联合国秘书长范霍文，也是此次联合国际会议的主持人。在会议开始之前，我要先通知大家一个消息，虽然这个消息大家肯定也已经都知道了——本次会议的首位发起人本沙明先生于一天前死于'五芒星罪案事件'，他为了人类的和平和未来献出了自己宝贵的生命，我提议，在会议开始之前，让我们为本沙明先生默哀三分钟。"

全体人员起立，垂首闭目，为本沙明默哀，会场里充满着一股悲怆的气氛。

默哀完毕，美国代表、国防部副部长布朗·威利斯站了起来，率先发言："我相信本沙明先生的死讯，对我们每个人来说都是一个巨大的冲击。他本不应该死，他有自己的家庭、儿女、事业，他还能为法国、为这个世界做更多的贡献。但现在正值壮年的本沙明先生死去了，一切祸端都有源头，那么有些人是不是该为本沙明先生的死负责？"

他这一番话引起了场下的热烈讨论，与会代表之间交头接耳，窃窃私语，许多人还转过头来看向顾茂昌。顾茂昌镇定自若，佯装没注意到这些目光，但这些如刀子一般的眼神却让他如芒在背。

威利斯摆了摆手，制止了众人的讨论，待场内安静下来之后，他指着高高悬挂的联合国的国旗说："看，这就是我们联合国的标志，是一个用橄榄枝围绕着的世界地图。橄榄枝代表着和平，我相信这也是全世界人民的愿望。但现在，却有些国家肆意妄为，置世界安危于不顾，公然违背国际精神，是否需要对此事给出一个合理的解释？"

他说这番话的时候，眼睛直直地盯着顾茂昌。顾茂昌只是平淡地迎着他的目光，不发一言。威利斯又转过头，面向范霍文："尊敬的秘书长先生，如今'五芒星罪案事件'搞得人心惶惶，已经引起了世界范围内的动乱，您可知道导致这一切后果的源头是什么？"

范霍文摇了摇头："我并不清楚。我想，不光我不知道，在场有许多代表也并不知情。"

"好，请允许我播放几张图片，这是我们的卫星掠过亚洲东部上空的时候无意间拍摄到的画面。我想看过之后，你们会有一个直观的认识。"威利斯拿出一个存储器说道。

范霍文点了点头，示意他可以操作。

会议厅的大屏幕上出现了一张图片，威利斯调节了一下分辨率，图片放大，虽然不是很清晰，但依稀可以看到有一个白色的人形物体，正做出行走的动作。从周围对应的建筑比例来看，这个人形物体十分庞大，大约有十几米的高度，而它周围的许多建筑物都像被台风肆虐过一样，已经变成了一片废墟。

会场内传来了一阵惊叹声。

威利斯说道："这是我们的KH-11号卫星在高空拍摄到的画面，根据坐标显示，此地位于中国北方，一个叫作'双城'的城市。"

会场内又是一片窃窃私语，众人的目光齐刷刷地看向了坐在中国代表席位上的顾茂昌。

威利斯指着图片中的白色人形物体道："很明显，这是一个人类未知的生物体，我相信，它就是五芒星组织所说的'亚当'——或者在中国和东方文明里，它又被叫作'盘古'，但不管它是什么，都是引起世界混乱的根源！"

事已至此，顾茂昌再沉默下去也已经无济于事，既然真相已经大白于天下，他只能迎着所有人的目光站了起来，沉默了片刻后说道："没错，它是在地球演变过程中从未出现过的生命体，但它又确实极有可能是人类的生命之源。"

此言一出，在场内引起了轩然大波。威利斯冷笑一声，淡蓝色的眼睛直直地看着顾茂昌具有东方特点的黑色眼眸："这么说，你终于承认了？"

"我从一开始就没有否认过。"顾茂昌朗声说道，"威利斯先生，我要纠正你先前说过的话，我们并没有推卸应该担负起的责任，否则，我今天也不会作为代表出现在这里了。"

"好，既然如此，莫先生，您是否介意与我们分享一下'盘古'的信息？我很想知道，你们到底是通过什么渠道发现这个生物体的。"

"'盘古'并不是我们发现的。"顾茂昌缓缓说道，"准确地说，它是我们克隆出来的。"

克隆"盘古"，顾茂昌说出的这句话震晕了现场所有的代表们。

既然美国的KH-11号卫星已经拍到了"盘古"的画面，说明事情已经暴露，再隐藏下去也毫无意义。顾茂昌把关于"盘古"的来龙去脉陈述了一遍，然后道："卫星拍摄的这张图片，是'盘古'在双城失控时的场景，给当地造成了巨大的破坏，同时导致了多人死亡。如果'盘古'再度失控，后果将不堪设想，所以它现在被关押在特制的实验基地。在这里，我要重申一遍，我们一开始并未向外界通报这个消息，不是我们要保守什么秘密，而是害怕这个消息外泄之后，会引发民众的恐慌。”

“可是，现在它已经引起恐慌了！”威利斯咄咄逼人。

“对，就是你们对信息的保守，才导致了现在事情的不可控性！”

“你们早就应该与我们共享这些信息，否则哪来的今天这种局面？”

……

正在众人喋喋不休时，一个代表站了起来说道：“各位先生，我要在此提醒你们，出现目前的事态并非中国的本意，他们本来是想竭力避免这一切的。如果中国方面第一时间就把‘盘古’的信息公布出来，我想在世界范围内引起的慌乱会比现在更甚。”

顾茂昌有些感激地回头看了一眼，发现替他说话的是巴基斯坦的代表。中巴友谊在这个关键时刻凸显了价值，顾茂昌朝对方点了点头，以示谢意。

威利斯并不理会巴基斯坦代表的发言，他环顾全场，道：“各位有谁有问题想要问莫先生的吗？”

顾茂昌此刻已经是全场的焦点，威利斯这样做，只不过想发动大家群起而攻之，让他承受更多的压力。对于这种行径，顾茂昌心知肚明，但在这种形势下，没有别的办法，也只能硬着头皮上。

日本代表站了起来，面色沉重，说道：“日本应该算是‘五芒星罪案事件’最严重的受害国，目前为止，日本本土死于五芒星事件的受害者已经超过了五百三十人，相信各国的死亡人数都没有达到这个数字。不可否认，这给日本带来了极大的社会动荡，严重波及了日本的政治格局与经济发展。所以，我认为日本是最应该具有知情权的国家。”

“这是一个历史遗留问题。”顾茂昌平静地道。

“你什么意思！”日本代表激动起来。

“显而易见，五芒星组织十分了解人类史，他们的活动有着深刻的二战时期的影子。目前从统计的死亡人数上来看，日本第一，德国第二，意大利第三——我想，这已经很能说明问题了。”联合国秘书长范霍文道。

全场再次哗然。顾茂昌的语气依旧波澜不惊：“二战时期三个最主要的轴心国的死亡人数是最高的，我想，五芒星组织是根据各国对世界造成的破坏程度来安排死亡人数的。‘五芒星罪案事件’虽然是一起全球范围内的恐怖行为，但它却在有意契合人类文明史的发展主线，或许，他们也是在借此宣扬一种‘天道轮回’的概念。”

日本代表的脸上青一阵紫一阵，十分难堪，德国和意大利代表的表情也十分古怪，仿佛吃了苍蝇一般难受。与之相反的，那些在二战中受到过轴心国蹂躏的国家代表，感情上慢慢地向顾茂昌倾斜了一些。

作为二战结束时最大的获益国，美国代表威利斯却对顾茂昌的论断哑然失笑：“‘天道轮回’？好一个纯粹的东方概念。难不成这就是他们自称为‘天人’的原因？”

“对于这个，我们不得而知。不过我们可以确定的是，五芒星组织并非现在才出现，他们古已有之，在古玛雅人的文献资料里就有过记载，当时玛雅人认为他们来自遥远的暗之大陆，所以称呼他们为‘夜族’。”

“我并不关心这个恐怖组织成形于何时，也不管他们到底叫‘天人’还是暗陆，我只想知道，他们费尽心思在全球范围内搞恐怖暗杀活动，只是为了得到你们克隆出来的一个生物体？”威利斯一副不解的表情，“莫先生，你能告诉我这到底是为什么吗？他们为什么如此迫切地想得到‘盘古’？”

顾茂昌沉吟了一下，场内所有代表的视线都集中在他的身上，他知道，再说下去，就将触及到“盘古”的核心秘密。但事已至此，没有别的路可走，他只能把一切和盘托出。

“这张由KH-11号卫星拍摄的图片是‘盘古’在双城地区的失控事件——”顾茂昌指着大屏幕说，“但是在这张图片里，只能看到被摧毁的建筑物，却没有任何受害者的尸体，你们不觉得奇怪吗？”

众人的目光都集中在了那张图片上，果然如顾茂昌所说，上面没有任何人类的尸体。按说发生这种程度的灾难事件，死亡人数至少应该在千余级别，但诡异的是，图片上连一个人类都看不到——无论死还是活的。

面对众人疑惑不解的表情，顾茂昌终于抛出了第一个接近“盘古”核心秘密的答案：“在‘盘古’活动范围之内的人类，已经全部被它消化了——也就是说，那些受害者全部充当了‘盘古’成长所需的‘养料’！”

“这不是‘亚当’，这是魔鬼！这是撒旦！”一名欧洲国家的与会代表惊叫起来。

威利斯紧皱眉头，他强忍着胃里涌上来的一股呕意，质问顾茂昌道：“你们为什么要制造出这么一个反人类的生物体？”

“‘盘古’被克隆出来，是一个意外，并不是我们主动去制造的。直到发生了双城暴走事件，我们才知道它的存在，完全控制住了它。”

“我不管你们是主动的还是被动的，现实的情况是，这个从未在地球史上出现过的庞然大物，已经给人类世界带来了不可估量的影响。所以，我希望中国方面能够做出一个明智的选择……”

“威利斯先生，你所谓的明智的选择是指什么？”

“不是已经很明显了吗？‘天人’组织在全球范围内进行恐怖暗杀活动，为的就是得到这个奇特的生物——我不确定这玩意能在黑市上卖多少钱，总之，既然现在国际刑警找不到一点‘五芒星罪案事件’的线索，那么我希望中国政府能够按照‘天人’的要求，把‘盘古’交出去，结束这场世界范围内的动荡。”

顾茂昌紧紧地盯着他：“威利斯先生，你真的这么想吗？”

“我相信不只我一个人这么想。”威利斯巡视全场，缓缓举起了手，“我们可以民主一些，赞成我想法的，请举手。”

经过短暂的迟疑后，场内百分之八十的与会代表都举起了手。

顾茂昌摇了摇头：“你们根本就不知道，‘天人’得到‘盘古’之后，会拿去做什么。”

“莫先生，你明白吗？现在重要的是，由于他们持续不断的恐怖暗杀活动，世界经济和秩序已经走到了崩溃的边缘！”

顾茂昌一声冷笑：“你们不是号称绝不向恐怖分子妥协吗？这一次是怎么了？”

威利斯一时语塞。

“交出‘盘古’，就等于把人类世界拱手让人！”顾茂昌面色阴沉如水，“这是最核心的秘密，我本不想披露出来的，因为一旦外泄，势必会引起世界范围内更大的恐慌。但现在既然到了这个地步，我只能告诉你们真相了。”

“真相？”威利斯摊开手，“难道还有什么更让人震惊的内幕吗？”

“当然有，我来告诉你们‘天人’渴望‘盘古’的真正目的——‘返祖计划’。”

……

当顾茂昌将“返祖计划”的内容全盘托出之后，全场鸦雀无声。

所有人都被震惊了，他们万万没想到，“五芒星罪案事件”的背后居然还隐藏着一个恐怖一百倍的内幕。如果这一切都是真的，那么全人类都已经被逼到了灭亡线上。

顾茂昌扫视全场，继续说道："我刚才讲的只是'返祖计划'的第一层含义。如果说所有人类最后都归结为一个巨大的生命体，所有的意识融合在一起，形成精神一体化，那么从某个层面来理解，其实我们还活着，只不过是存在的方式被改变了。但'天人'的真正目的不止于此，他们要达到的终极目的，可以说是我能想到的最恐怖的事情。"

威利斯皱眉道："这么说，'返祖计划'还有第二层含义？"

"没错，'天人'的终极目的是通过'盘古'的力量，使整个宇宙重回永恒的死亡国度！"

修杰在那个受到'天人'蛊惑的不眠之夜，推导出了两条惊世骇俗的理论——"盘古分裂"以及"十维宇宙"，而正是这两条理论，改变了他自己以及整个人类命运的走向。如今，这两条理论被顾茂昌公之于众，在会场内引起了轩然大波，简直像炸了锅一样。各个国家的代表们用最夸张的表情和语言表达着自己的震惊。

顾茂昌摊开双手道："好了，该说的我已经说完了，不管你们叫它'盘古'还是'亚当'，它现在都已经没有秘密可言。相信你们也明白了，我们根本不是私藏了什么秘密武器或者尖端技术，而是替世界、替你们所有人保管着一枚定时炸弹。"

"这太疯狂了……"威利斯指着他，喃喃说道，"这个生物体的存在太危险了，它对于整个人类，哦不，是整个宇宙都是一个威胁，莫先生，我有个疑问，你为什么会对这一切这么了解？"

顾茂昌沉默了一下，叹了口气道："因为我有一个学生，曾经参与过对"盘古"的研究工作，可惜后来他叛离了人类，加入了'天人'组织，成了夜族的一员。"

"这么说，你很清楚他们的身份和来历了？"

"不，并不清楚，对方的组织形式和行动手段远在人类之上，我们现在还无法得到第一手的准确资料——不过，威利斯先生，你现在还主张让我们把‘盘古’交出去吗？”

“不，决不能将它交给‘天人’组织……销毁它，对，销毁它，让它彻底从这个世界上消失，这样它就再也产生不了威胁！”

“对，销毁它！”许多人附和着威利斯叫道。

“销毁它？”顾茂昌淡淡地扫视了一遍全场，“销毁这个极有可能是人类始祖的生物？你们确定要这么做吗？”

这个问题抛出来，全场再度寂静无声，很多人都没想到这层关系，不由得愣住了。

“按照中国的伦理来说，‘盘古’是我们所有人的‘先祖’，你们也知道，在东方文明里，先祖是一个多么重要的概念，现在却要我们亲手销毁自己的先祖，这怎么才能做到？”

威利斯想说什么，顾茂昌又道：“威利斯先生，假设是你们，现在要你们亲手销毁《圣经》里记载的‘亚当’，你们能做到吗？”

威利斯沉默许久，才喃喃说道：“或许……不会。”

顾茂昌终于对他点了点头：“没错，这就是我们人性的光辉，这是我们人类文明史经历无数战争和离乱发展到今天最引以自豪的成就。我们不会做有悖于人性道德的事情，哪怕受到最强大、最致命的威胁！威利斯先生，我很喜欢你们美国拍的一部战争电影——《拯救大兵瑞恩》，相信在场的所有人都看过这部经典的二战影片。为了拯救一个瑞恩，却牺牲了那么多的士兵，值得吗？答案是肯定的！因为这是我们人性的抉择，是我们作为一个智慧物种在这个广袤的宇宙里能够发散出的最大光辉！如果因为受到威胁就乖乖地把‘盘古’交出去，或者干脆将之销毁，眼不见心不烦，威利斯先生，各位代表，请问你们能认同这样一个国家吗？”

这一席话铿锵有力、掷地有声，像重锤一样砸在了每个人的心里。全场再度沉默许久，忽然响起了稀稀拉拉的掌声。威利斯面带愧疚之色，说："莫先生，我为自己一开始的出言不逊感到抱歉。但是，作为各国代表，我们都有着自己的使命和责任，请你理解。"

"我很理解，所以，我们现在能达成统一意见了？"

"我有个提议。"威利斯面朝范霍文说道，"尊敬的秘书长先生，我提议由各国选派专家进驻中国，共同参与'盘古'的研究工作，这样如果有生物学方面的突破成果，这将是一件造福全人类的事情。"

范霍文点了点头，看向顾茂昌："顾教授，你觉得威利斯先生的这个提议如何？"

顾茂昌道："这个提议很中肯，我们愿意接受——本来我们也没有私藏之心，只不过是形势所迫。但现在不行，因为'盘古'所在的实验基地是绝密的，如果各国专家现在进驻基地进行研究，势必会暴露'盘古'的位置。我相信'天人'组织不会放过任何一丝寻找'盘古'的蛛丝马迹，我们不能冒这个险。"

"有道理。"范霍文又问道，"那你觉得什么时间才合适？"

"起码要等'五芒星罪案事件'的风潮过去以后。我们不清楚'天人'组织的行动方式，但我在明，敌在暗，可以肯定他们在暗中监视着我们的一举一动，本次会议的首位发起人本沙明先生的遇害就足以证明这一点。"

"我同意莫先生的判断，现在确实不是轻举妄动的时候。"范霍文道，"在此，我也希望今天来参加会议的各位代表能够达成共识，不要将涉及到'盘古'的核心秘密透露给民众，以免引起更甚于现在的社会恐慌。同时，我希望各国能够共同引导社会舆论，逐渐消除'五芒星罪案事件'在世界范围内引发的恐慌情绪和不良影响，使人类秩序重新恢复到正常的轨道上来。”

联合国际会议结束的当晚，顾茂昌在下榻的酒店与彭飞进行了远程视频通话。彭飞说：“顾教授，联合国际会议的讨论结果我这边已经知晓了，恭喜你顺利完成任务，这对安定国际形势有重要意义。”

顾茂昌有些自责道：“我泄露了‘返祖计划’的内容，这是有关‘盘古’的最核心机密。”

彭飞安慰道：“不用自责，这是没办法的事情，毕竟当前形势已经到了这个地步。各个国家都在权衡利益得失，我知道你也是以大局为重。”

“希望我们的付出能有所回报。”

“嗯，我想应该可以。既然国际社会的意愿能够达成一致，也许接下来的事情会有转机。不管怎么样，顾教授，现在局势动荡，你在外面要注意安全。”

“放心吧，我会注意的。”

结束了视频通话，顾茂昌看了看时间，已经不早了，他简单洗漱了一下，就上床休息了。与此同时，一个黑影出现在酒店的客房走廊里，身形娇小，凹凸有致，从外形上来看应该是一个女人。当她经过廊灯的时候，柔和的灯光打在她标致的面孔上，赫然便是旅行者乐队的键盘手——那个迷倒了万千青少年、被称作“宅男杀手”的中法混血儿洛冰。

洛冰的嘴角带着一抹邪魅的笑容，径直穿过走廊，来到了顾茂昌房间的门前。她在门口站了一会儿，忽然身形开始变化，两对巨大而绚烂的蝴蝶翅膀从背后长了出来，同时一层细密的亮光鳞片覆盖了她的全身，在她口鼻的一呼一吸之间，仿佛有一股黑气在缓缓流动。

洛冰轻而易举地破坏掉了门锁，悄无声息地潜了进去。她转了一圈，背后颜色绚烂的蝴蝶翅膀震颤了几下，一层淡淡的带有亮光的磷粉就弥漫在了空气中。意识到有些不对劲的顾茂昌陡然睁开了眼睛，却发现整个身体仿佛“鬼压床”一般无法动弹，不由得发出了急促的“呃”的一声。

“顾教授，醒得真是时候。”床头灯被打开，在柔和的昏黄色的灯光照耀下，顾茂昌看到一个全身覆盖着斑斓细鳞、后背长着一双巨大蝴蝶翅膀的生物，他立刻就意识到了什么，双眼的瞳孔瞬间缩成了针芒状。

“不要妄图用你的意识潜入我的脑袋，顾教授，我告诉你，那是无用的。你已经吸入了我身上有毒的磷粉，神经系统处于轻微麻痹状态，能够保持意识清醒就已经很不错了。”洛冰站在床头，伸出颜色恐怖的手轻轻地抚摸着顾茂昌的脸颊，“那么，顾教授，接下来回答我一个问题：‘盘古’在哪儿？”

“我……不知道……”顾茂昌用尽力气说出这四个字来。

洛冰笑了起来，尚保持着女性特征的面孔变得妖娆可怕：“如果你不知道‘盘古’的下落，那整个世界都没人知道了。顾教授，我千里迢迢来到这里，不是为了让你给我这么一个答案的。”

顾茂昌干脆闭紧了嘴巴，不发一言。

“哼。”洛冰冷哼一声，俯身朝床头柜上的一盆绿植吐了一口气，那盆本来青翠欲滴的绿植迅速枯萎，凋零死亡，一切都发生在短短的几秒钟的时间里。洛冰冷笑道：“顾教授，我相信你绝对不想跟它一样，这么快就死掉。”

“就算你……杀了我……也没用……”

“我的耐心是有限度的，顾茂昌，最后问你一遍，‘盘古’到底在哪儿？”

“不知道……”

看着一脸决绝的顾茂昌，洛冰无奈地笑了：“好吧，既然你不肯说，留着你也没用了——不，应该说还有一点用，当明天早上别人发现你的尸体上刻着五芒星图案的时候，你觉得他们会怎么想？‘天呐，又一个恶魔的祭品’，他们肯定会这么说的。你也成了永恒车轮进程中溅起的一朵水花。”洛冰抚摸着他的脸庞，“怎么样，顾教授，是不是没想过五芒星的阴影有一天也会笼罩在自己的身上？”

顾茂昌只是看着她，不发一言。“Say goodbye.”洛冰俯身去亲吻他的嘴唇。

“我知道‘盘古’在哪！”

一个声音在背后陡然炸起，洛冰吃了一惊，急忙回头去看，可是身后空无一人。

“嘿，在这呢。”声音又在她的耳边响起，洛冰急回头，猛地看到了近在咫尺的林宇风。她伸手去抓，但在一瞬间，林宇风就抱着顾茂昌消失了，紧接着出现在了房间的另外一个角落里。

洛冰知道凭自己的速度根本抓不到他，便立刻扇动翅膀，顷刻间带有毒性的磷粉弥漫了整个房间。林宇风一只手捂着口鼻，对顾茂昌道：“顾教授，准备好，咱们得进行一次激烈的瞬时移动了。”

顾茂昌点了点头，“刷”的一声，两人的身影从房间里消失了。洛冰急忙追出去，却看到外面的走廊已是空空如也。她狠狠地一拳砸到门上，骂道：“这些该死的深蓝儿童！”

第九章　死灰复燃

法国普罗旺斯马赛城的国际联合会议之后，各国舆论达成了一致，开始动用国际媒体的力量来对抗“五芒星罪案事件”的不良影响。

首先发力的是美国，经过在马赛城短暂的交锋后，威利斯被顾茂昌的气度所折服，已经成了他的拥趸，回国之后威利斯就开始游说总统以及参议院，尽全力配合国际联合会议商定的“世界舆论策略”。美联社发起了专题报道，宣称美国政府绝对不会向恐怖分子妥协，即日起，美国将投入大量人力与物力，展开对“天人”组织的军事打击。

英国路透社紧随其后，将“天人”定性为恐怖组织，并宣称“天人”的所作所为是对人类道德秩序底线的挑战，已经为世界人民所不容，英国将高举反恐的大旗，配合其他国家的行动，准备给予“天人”组织以雷霆打击。

最重磅的应该是联合国秘书长范霍文的发言，他在全球卫星频道转播的节目上怒斥“天人”组织的恐怖行径，并声称“天人”所宣称的“盘古”或者“亚当”完全是无稽之谈，纯粹是为了掩盖他们在全世界范围内实施恐怖行动的借口。范霍文号召全世界人民以及各国政府联合起来，共同抵制这种毫无人性的恐怖行径，同时呼吁世界大国担负起自己应该承担的责任，将恐怖活动扼杀在摇篮里。

范霍文的发言十分具有煽动性，在网络上流传甚广，一时间，世界舆论开始倾斜，大家慢慢从五芒星的恐怖阴影之下走了出来，许多网民在互联网上开始谴责“天人”组织的所作所为，并自发地为“五芒星罪案事件”中的死难者进行哀悼，甚至将“五芒星罪案事件”中第一个受害者遇难的时间定为了“国际追悼日”，在这一系列的动作之下，世界人民竟然空前地团结了起来。

在这关键时刻，俄罗斯来了一次“神助攻”——宣称俄罗斯的军事卫星已经定位了“天人”组织的秘密基地，就在中东地区某恐怖组织的基地内，俄罗斯将与中国方面组成中俄联军，不日便开赴中东，全力打击“天人”组织。

这一下可谓“一石激起千层浪”，几乎所有国家在本国民众的请愿和要求之下，都不得不派出军队加入中俄联军，参与对“天人”组织的军事打击，短短的一周之内，中俄联军便扩编成了武器与军队数量惊人的国际联军，可谓是人类有史以来规模最大、力量最强的一支军队。

但随即，某恐怖组织立即发表声明，声称与“天人”组织并无任何关联，但由于其“世界公敌”的形象太过深入人心，并无人理会。无奈之下，他们只好全力备战，但这在‘国际联军’的面前根本就是螳臂当车，某恐怖组织毫无疑问地被剿灭了。

“这是值得载入史册的一刻，这是面对恐怖主义，国际社会第一次真正意义上的联合，它让‘国际协作’不再是一句空洞且毫无意义的话语。面对挑战人类道德与世界秩序的‘天人’组织以及给予其军事包庇的恐怖组织，正义的人们选择了以眼还眼以牙还牙，雷霆之击便是国际社会对恐怖主义的最好答案！‘国际联军’已经完全肃清了盘踞在中东地区的恐怖组织势力，击溃了他们所有的基地。虽然‘天人’组织有一部分成员趁乱逃出，并未被全部剿灭，但失去了军事包庇的他们已经在国际社会上无立足之地……”何翎羽关了电视，范霍文在联合国记者招待会上的精彩演讲戛然而止。修杰深坐在皮质考究的沙发里，嘴角露出一抹似有似无的微笑：“亏他们想得出来，给我们扣上一顶‘恐怖主义’的帽子。”

何翎羽道：“他们这是在想办法引导社会舆论。”

“不得不承认，他们做得很好。”修杰不由得赞道。

“他们这一招确实有效，各国的舆论媒体都在做有计划地引导，‘五芒星罪案事件’的影响力正在迅速降低。”

何翎羽问道：“我们要不要加快步伐？”

“不用。”修杰摆了摆手道，“‘苟能制侵陵，岂在多杀伤’。为了达成目的，其实是不用牺牲那么多人的。何翎羽，记着，我们是‘天人’，不是恐怖组织。”

“可是……”

“淡定。他们能利用媒体左右大众的心理，我们也能，这才是有趣的较量。”修杰笑道，“别那么紧张，真正好玩的事情开始了。”

午夜十二点，正是一座城市睡去的时刻，人民体育馆却灯火辉煌，旅行者乐队的专场演唱会“凌晨时刻”正式拉开了帷幕。也许大家刚从五芒星的阴影下摆脱出来，急需音乐来抚平心灵的创伤，人民体育馆内座无虚席，观众兴奋异常，在演唱会还没开始之前，他们就摇摆着双手和荧光棒，齐声呼唤着乐队主唱的名字：“安琪、安琪……”

在众人的千呼万唤中，安琪登场，她穿着一身机车皮衣，瀑布似的黑直长发垂在一侧，身材高挑，表情洒脱，连微笑都是那么空灵迷离。跟在她身后出场的，分别是新一代的“宅男杀手”键盘手洛冰、身体壮硕的鼓手强森以及面色冷峻不苟言笑的“型男”贝斯手戴维。四人的惊艳亮相，又引得场馆内一阵排山倒海般的欢呼。

四个人像往常一样冷峻开场，没有交流，没有互动，完全不跟观众玩“会唱的请举手”或者“大家一起来好吗”这种把戏，随着戴维手里的贝斯爆发出一声裂帛之音，旅行者乐队的演出已然开始。强森手里的鼓槌开始上下飞舞，每一个鼓点都打在了人们的心上。洛冰弹奏键盘的时候完全投入其中，神情专注，让她五官分明的脸庞看起来尤为可爱。在乐队成员的伴奏声中，安琪张口开唱，迷幻空灵的太空嗓音一下子便征服了所有的听众。他们掩饰不住自己的兴奋之情，激动得热烈盈眶，因为旅行者演唱的第一首歌便是乐队的成名作《青锋》：

“日夜想要解脱，
却终不为过。
一千年的时间，
仍预料不到结局的寂寞。
你只要慢慢离去，
你不要再声声唤我，
我今日淬火，
不得触摸。

山下剑炉泉水，
身边无数过客。
流转人间，
多少失足又成千古过错。
青锋流动，

百步无形，

我身在地狱却有一念之间，

铺就梅花香墨……”

没有人能说得清这首歌是在咏叹什么，爱情？生活？信仰？抑或是命运？但当它从安琪的口中唱出，便有了摄人心魄的魔力，仿佛闪烁在黑暗空间里的萤火，又好像闪烁在广袤宇宙里的星河。那些听众如痴如醉，都沐浴在灵魂摇荡的圣光里。

一连唱了五首经典曲目，接下来的一首却是从未面世的新歌。安琪神色间有些悲伤，拿着麦克风说道："接下来的这首歌《久殇》，是送给那些在'五芒星罪案事件'中的遇难者，他们与我们一样，有血有肉，有感情有灵魂，有喜怒哀乐……只是不幸，他们成为了这个时代的牺牲品，应该值得我们铭记。愿他们能在另一个世界里安息。"

安琪的表情有些悲怆，这种悲怆迅速感染了在场的听众，整个体育馆的气氛也压抑起来。没人能说得清安琪这种悲怆是装出来的还是发自心底的，也许她是真的为那些遇害者难过。洛冰抬头瞄了她一眼，对于安琪的这种情绪转变，她觉得有些不解。

一首旋律低沉的《久殇》唱完之后，听众们都沉浸在悲痛的情绪中，有不少听众还不自知地留下了眼泪。安琪也沉浸在某种情绪之中，拿着话筒低垂着头，瀑布般的直发遮挡住她的侧脸，默默地不发一言。洛冰在旁边小声提醒道："安琪，说话！"

安琪却毫无动作。

洛冰有些急了，凑到她身边低声道："安琪，快点，说点什么！"

安琪却只是抬头看了她一眼，眼神里包含着真正的哀悼一般的神色。看到安琪的这种目光，洛冰愣了一下，随即抢过了话筒，对着全场听众说道："刚才的这首歌，是我们主唱安琪为了缅怀那些不幸的遇难者而亲自创作的，这首歌里包含了她最诚挚、最真实的感情。除了献上这首歌以外，安琪还有几句话要对她的歌迷听众说——是吧，安琪？"洛冰把话筒递了回去，同时露出了一个威胁性的笑容。

安琪有话要对歌迷们说？洛冰的言语又点燃了现场观众们的热情，大家齐声欢呼着："安琪、安琪……"

安琪接过话筒，脸上掠过了一丝难以觉察的痛苦，停顿了片刻，她终于开口说道："我们不能忘却伤痛，但更要面对现实。我之所以创作《久殇》这首歌，是因为在举办这场演唱会之前，我收到了一封信，一封署名为'天人'的信。"

这句话在场馆内引起了轩然大波，听众席位上一阵骚乱，场面秩序有点超出了现场安保的可控范围。

安琪继续说道："我不知道这封信的内容是真是假，因为不存在寄信人地址，也不是通过邮局投递的，而是——我那天打开梳妆台，它就静静地躺在那里，好像早就被放好了一样。信中说，他们想通过我的口，向你们传递一个信息：国际舆论欺骗了你们，这是在故意混淆视听。真正的'天人'组织根本就不在中东地区活动，他们潜伏在这个世界的最隐秘处，他们……依旧存在。"

场馆内一片哗然。

安琪的声音忽然变得低沉："信里面透露了一个消息——我已经被列为下一个'五芒星罪案事件'的目标，他们会在这次演唱会上动手，以此证明他们的存在。我不知道这一切是真是假，但是为了你们，为了所有支持和热爱旅行者乐队的粉丝们，我们还是决定如期举办这次演唱会，也许，这将是你们见我的最后一面……"话没说完，舞台上灯光突然间熄灭了，场馆内变得漆黑一片，与此同时麦克风里传来了安琪一声凄厉的尖叫，随后便是音响里刺人耳膜的噪音。场馆内顿时大乱，处在崩坏边缘的会场秩序再也控制不住，听众们顿时骚乱起来，惊叫着涌向出口，一下子就冲破了现场安保人员的防线。他们互相推搡践踏着，在黑暗中争先恐后地朝出口拥挤过去，受伤者不计其数。

这是唯一一次发生在公共场合下的‘五芒星罪案事件’，作为系列案件的主要负责人，黄大卫在接到通知以后，第一时间就赶往了现场。在医院的特殊看护病房里，他见到了刚刚做完手术的安琪。安琪躺在病床上，瀑布般黑直的长发散落在两侧。她的脸色煞白，已经从昏迷中苏醒了过来，但看样子还有些惊魂未定。

在进入病房之前，黄大卫就已经先跟安琪的医生谈了话。医生告诉他，某种尺寸极小的锐器扎透了安琪的左下腹部，形成了贯穿伤，幸好没有伤及主要器官。饶是如此，对伤者的心理和生理都是一个不小的冲击。医生嘱托道，安琪的情绪现在很不稳定，出于对患者病情的考虑，建议黄大卫在问话的时候不要操之过急，注意方式方法。

黄大卫是干了几十年的老刑侦，对于这点自然心知肚明，他点了点头："我知道了。"

"还有……"医生迟疑了片刻，又道，"算了。"

"怎么了？"黄大卫追问道。

"是这样，在手术的时候，我发现安琪身体的肌张力有些异常，按说成年人不应该出现这种情况，也许是个体的异常情况……没什么，后续我们会跟进观察。"

黄大卫走进特殊看护病房，看到安琪病床前坐着一个三十岁左右的中年男人，身材魁梧，双目炯炯有神，他站了起来自我介绍道："我是旅行者乐队的经纪人何翎羽。"

"你好，何翎羽先生，发生这样的事情，我很抱歉。"黄大卫亮出了自己的警官证道，“但公事公办，有几个问题，我想先询问一下安琪小姐。”

何翎羽有些为难，他看了躺在病床上的安琪一眼，道：“有什么问题，能让我代答吗？或者再等一段时间，你看安琪刚做完手术，身体还虚弱得很……”

“何翎羽先生，我理解你的心情，但时间真的不等人。安琪小姐是目前唯一在‘五芒星罪案事件’中的幸存者，她的每一句话，都可能成为我们重要的情报和线索。安琪小姐能早一点给我们提供信息，也许就能挽救很多人的性命。何翎羽先生，请你理解。”

何翎羽迟疑了片刻，往旁边让了让：“好吧，那你问吧。不过……请你尽量注意安琪的情绪，不要刺激到她。”

“放心，我明白。”

黄大卫点点头，坐在安琪旁边，说道：“我是国家安全部调派的特别审查‘五芒星罪案事件’的刑侦人员黄大卫，这是我的警官证。安琪小姐，我有几个问题要询问你一下。”

“嗯。”安琪躺着点了点头，一副有气无力的样子。

“我看了演唱会现场的视频。你说在演唱会之前，收到了一封署名为‘天人’的信，对吧？”

“是的。”

“你怎么能够确定那是‘天人’的信，而不是某个人的恶作剧？”

“我是在家里的梳妆箱里发现那封信的，我平时的安全防范意识很好，一般人根本进不去。所以，我觉得除了‘天人’，没有别的解释。”

“打断一下，黄警官，那封信已经被当地警方当作重要证物取走了。”何翎羽在一边插话道。

“嗯，我已经看过了。”黄大卫点头道，“信件是机打的，目前还没有什么线索，不过我会持续跟进。另外，安琪小姐，我有个疑问，你既然怀疑是‘天人’，为什么在收到信的时候不报警呢？”

“报警？”安琪摇了摇头，“如果报警有用的话，全世界就不会有这么多人死了。连意大利的警察局局长都死于‘五芒星罪案事件’，就算我报警，又能怎么样呢？”

黄大卫有些尴尬：“所以即使冒着生命危险，你也要举办这一次演唱会？”

“演唱会的日程是主办方已经定好了的，粉丝们也都已经买了票，我不想让他们失望……”安琪说话的中间要停下来喘息一下，看得出来还是十分虚弱，“我想，如果事情注定要发生，那还不如干脆面对来得痛快一些。”

“是福不是祸，是祸躲不过。”黄大卫点了点头，“勇气可嘉，我个人表示敬佩。那么安琪小姐，你能给我讲一讲当体育馆内电路被切断，变得一片漆黑的时候，你遭遇了什么吗？”

安琪皱起眉头，回忆道：“灯光灭了以后，我感觉到有个人从天而降——我也不知道怎么回事，他‘砰’的一声就落在了我的面前，然后一只手扼住我的喉咙，我一句话都喊不出来，然后就感觉到有什么东西刺穿了我的肚子，疼得我几乎晕厥过去。幸亏我们乐队的贝斯手戴维就在身边，他应该也感觉到了有人在攻击我，抡起贝斯朝着那个人砸了过去，然后那个人就松开了我……接下来的事情我就不知道了，因为随后我就晕了过去。”

黄大卫思索道：“你能感觉到袭击你的那个人的外貌特征吗？还有，他是用什么凶器攻击的你，你回想一下，能感觉出来吗？”

“因为是一片漆黑，我完全看不到他的样子，只能模糊地感觉到是一个特别高大强壮的人，应该是男性，手臂有力，因为他扼住我喉咙的时候，我一句话也喊不出来，几乎马上就要窒息过去。至于用的是什么凶器，我真的是感觉不出来，速度很快，像是……某种突然探出来的触角……”

黄大卫仔细观察了一下，发现安琪的颈部还留有几个指印的淤痕，应该就是在当时留下的。该问的已经问完了，他安慰了安琪几句便离开了病房。刚走出医院，手机“叮当”响了一声，他拿出来一看，是一条热点新闻推送——“旅行者演唱会惊现‘天人’组织，五芒星死亡阴影再度袭来。”距离刚刚发来的时间不过半个小时，下面的留言评论已经超过了十万条。

黄大卫合上手机，在心底长叹了一声。他明白，好不容易沉寂下去的五芒星事件，又要死灰复燃了。

黄大卫估计得没错，本来风头已经过去的“五芒星罪案事件”，因为旅行者乐队的原因再起波澜，被众多门户网站推荐至头条新闻，再度被热炒起来。这件事甚至已经成了一个公共IP，出现了许多与之相关的小说和文学作品。

通过舆论引导来消除“五芒星罪案事件”的不良影响，本来是顾茂昌在国际联合会议上的提案，并且着实取得了一定成效，尤其是在某恐怖组织基地被剿灭之后，国际社会上出现了一片难得的和谐包容的气氛。但没想到，好景不长，随着旅行者乐队事件的爆发，“天人”组织卷土重来，这让顾茂昌格外头大。

在K小队内部会议上，顾茂昌传达了上级指令：“最近五芒星的事情闹得很凶，为了彻底调查此事，军方和警方已经联手合作了，接下来，我们会跟专门负责此案的黄大卫多有接触。”

林宇风撇撇嘴：“老熟人嘛。顾教授，你们好像很早就认识了吧，在西北实验基地的时候，我听说他还抓过常琳老师……”

“不该说的别说！”李若辰在桌子下面狠狠地踢了他一脚。林宇风自觉失言，吐了吐舌头，赶紧闭上了嘴巴。

顾茂昌倒是不以为意：“没错，我跟黄大卫是老相识了，这个案子刚出现的时候，我和他就开始打交道了。虽然是这样，有些事情我还是没向他透露过——注意你们的超自然能力，除了我们自己和军方，不要让其他任何人知道，包括黄大卫。现在事情已经够乱的了，如果K小队的事情再传出去，不知道会引发什么样的乱子。”

“顾教授，你放心吧，我心里有数。”林宇风道。

司徒萧白了他一眼：“只要你不在外面到处显摆泡妞，就一点事没有。”

“哎，姓风的，我告诉你，你这可是诽谤啊。我现在心里只有李若辰一个人，没工夫去泡别的妞。”

“泡妞嘛，你倒是可以去。”李若辰笑吟吟地道：“只是千万别让我知道，否则我就打断你的腿。”

林宇风打了个冷战，一副生无可恋的样子。

“好了好了，说正事。”顾茂昌道，“这一次五芒星事件死灰复燃的速度特别快，并且尤为猛烈，对这件事情你们有什么看法？”

“我倒觉得并不奇怪。”司徒萧分析道，“姑且不论这个‘天人’组织到底是什么来头，这是他们第一次在公共场合行动，并且还是在演唱会的现场，引发的群众恐慌自然与以往不同。那天现场还发生了严重的踩踏事件，更加剧了这种恐怖情绪的传播。另一方面，旅行者乐队的名气也让这一次事件得到了格外的关注，所以，这一次网上舆论反扑得如此猛烈，也是在情理之中的事情了。”

“我赞同司徒萧的观点。”李磊举手说道。

“嗯，小萧分析得没错。”顾茂昌点了点头，顿了片刻又道，“可是，这一次事件我总觉得哪里有些不对……”

“顾教授，您是说……事件的受害人安琪？”司徒萧猜测道。

“没错，我就是这个意思。”顾茂昌心底暗暗赞了一声，司徒萧不愧是美国宾夕法尼亚大学心理学系的高材生，心思果然细密。

司徒萧推测道：“其实，我也觉得有些不对劲。按说以‘天人’组织的能力，不应该有失败的可能。虽然是在公共场合行动的，增加了一定执行上的难度，但它们对付的只是一个手无缚鸡之力的女歌手，按理说不应该失手。它们潜伏进那么多国家，暗杀了那么多身居高位的政府要员，岂不是要比这难上百倍？所以，我觉得这一次‘天人’组织行动失败得有些牵强。”

顾茂昌又把目光转向李磊：“你怎么看？”

李磊沉思道：“我也是这个意思，如果‘天人’组织要执行对安琪的暗杀计划，没道理会失手，安琪现在是五芒星系列事件中唯一的幸存者，这件事情有些蹊跷了。”

林宇风问道：“李队，你的意思是，这事有鬼？”

“我现在还不敢下定论，但这事绝不像表面看上去的那么简单。”

顾茂昌沉吟道：“昨天黄大卫跟我通了电话，他也表达了同样的想法，但就目前警方掌握的线索来看，又没有什么进展。看来，我们得想办法私下接触一下旅行者乐队的人了。”

“交给我吧，顾教授。”司徒萧道，“我可以先去接触一下。”

林宇风扬起了眉毛：“哦，你有门路？人家可是超级乐队，大明星啊。”

司徒萧微微一笑：“越是大明星，越要和资本挂钩。”

“哦……对，”林宇风恍然大悟，“我都忘了，你是风氏集团的大公子，家里有得是钱，本来就有一只脚踩在娱乐圈里。你看，世界就是这样，有钱能使鬼推磨。”

面对林宇风酸溜溜的口气，司徒萧也不介怀，只是云淡风轻地笑了笑：“世间本无对错，金钱之路只是人生的一种选择而已。有所选择，就必然有所牺牲，那些所谓的有钱人，也只是在实现自己人生的价值。所幸，我已经从那个窠臼里跳了出来，展开的是另一个无垠的世界。”司徒萧站了起来，走出门去，“我先去接触一下对方，有消息会及时反馈。”

看着司徒萧潇洒出门的背影，林宇风实在忍不住冷哼了一声，可又不得不承认，这个叉装得实在漂亮，要不是立场不同，他真想打个满分。

没费多大周折，司徒萧就通过娱乐圈的朋友联系到了安琪，他约对方在私人会所“半岛蓝湾”共进晚餐，安琪答应了。

那天晚上安琪穿了一袭黑色长裙，配着瀑布般的长直发，更是散发出一种别样的雅致味道。“半岛蓝湾”私人会所隐秘性很好，属于高档消费区，是许多明星和政商界人士聚会或者谈事的首选。司徒萧看到安琪前来，很绅士地帮她拉开椅子，说道：“抱歉，我出门的时候比较急，忘带自己的名片了。”

安琪笑道：“风氏集团的大公子出门还需要带名片吗？我们乐队跟你们集团有过合作，代言过你们集团开发的一款电子阅读器，不过当时没见到你。”

“哦，你说的是‘KK阅读器’，那款产品卖得不错，多亏了你们的代言宣传。我当时在美国毕业答辩，所以没来得及赶回来。不过，话说回来……”司徒萧微微眯起了眼睛，“安琪小姐，咱们是不是在什么地方见过？”

“啊？”安琪略微有些慌乱，“你是说，在电视上吧？”

“不，不是电视，电视上和现实中不是一个感觉。怎么回事，我们之前见过面吗？”

“没有吧……难道在某个活动里见过，记不清了？”

“应该也不是，我从来不出席那些娱乐活动。”司徒萧又冥思苦想了一阵，摇了摇头，“算了，不想了。安琪小姐，你先点菜。”

安琪翻着菜单，漫不经心地问道：“风公子不是单纯的约我吃饭吧？”

“说不单纯，其实也单纯，民以食为天，到哪都要吃饭嘛。只是前一段时间知道了你受伤的消息，虽然未曾谋面，但心里有些挂念，便冒昧约你出来了。”

“谢谢风公子关心，伤口已经愈合，现在没什么问题了。”

“但还是小心为好，那些恐怖分子没人性的，你一个人出行太不安全了。”

“我想这个，倒是不太需要担心吧。”安琪往耳后抿了抿头发，“目前来看，‘天人’组织还没有二次下手的先例，我既然已经逃过一劫，应该是没什么问题了。”

“哦？安琪小姐倒是对他们的运作规律挺熟悉的。”

“这个……这个是我瞎猜的。很多网友在我们乐队网站上留言也这么说。”

“但愿真的是这样，我真心希望安琪小姐能够平安无事。”

“谢谢。”安琪笑起来，清澈的眼睛看着司徒萧，让他心里一动。

“说起来，我对安琪小姐的勇气真的很敬佩，明知道‘天人’已经盯上了你，还义无反顾地举行演唱会，将他们的罪行公布于众。在如今这个娱乐圈里，你们算是一股清流了。”

“其实我收到信的时候，也挺绝望的。但事情已经发生了，既然逃不掉，还不如主动面对。只是，我没想到在现场引起了那么大的骚乱，有那么多歌迷受伤，我心里一直很难过……”安琪低下了头，看样子十分自责。

“这不怪你，谁也没想到会有这样的结果。”司徒萧安慰道，“不管怎么说，事情总算是有惊无险地过去了，这才是最重要的。”

两个人边吃边聊，相谈甚欢，虽然司徒萧不断地旁敲侧击，但一直没问出什么关键性的信息。吃过饭后，安琪含情脉脉地看着他道：“风公子，谢谢你的款待，期待我们下次再见。”

“好的。”司徒萧站起来道，“你去哪儿？我送你吧？”

“不用了，我的车就停在下面，我还要处理乐队的一些事情，先回去了。下次见。”

“好，那我送你到楼下。”

安琪把车窗玻璃摇下来，朝着司徒萧挥了挥手，露出了一个甜美的笑容，然后开车走了。司徒萧也一直挥着手，待她的车子走远了，急忙拦过路边的一辆出租车，指着前方道：“看到那辆红色跑车了吗？跟上它！”

本来混沌无神的出租车司机立刻两眼放光，挂挡踩油门放手刹动作一气呵成：“您瞧好了，看我的！”

出租车“轰”的一声窜了出去，眼看着信号灯就要变颜色，司徒萧着急地道：“红灯！红灯！”

“闯了算我的，不用你管！”司机猛地一踩油门，出租车像F1赛车一般冲了过去，司徒萧一下子像面饼一样狠狠地贴在座椅上。在黄灯变成红灯的一刹那，出租车冲了过去，屁股后面冒出一溜黑烟。

出租车司机拿出了压箱底的本事，在车水马龙的街道上左冲右突，愣是一直跟在跑车后面始终保持着二十米左右的距离。他一边紧紧地盯着前面的目标，一边问道：“兄弟，捉奸？”

司徒萧皱了皱眉头："不是。"

"警察？"

"也不是。"

"私人侦探？"

"我说你问这么多干什么啊？"

"我得给自己营造紧张感啊，你看路上这么多车，一不小心就跟丢了，我得有个精神信念。"

司徒萧哑然失笑，他真不知道应该怎么回答这位老兄的问题。跟了大约有十几分钟，红色跑车在一栋名叫麒麟大厦的车库门前缓缓地停了下来。司徒萧吩咐司机道："行了，靠边停吧。"

出租车司机意犹未尽，不满意地咂巴咂巴嘴："才过了五个信号灯啊，太不过瘾了。"

"不用找了。"司徒萧掏出一张票子塞给他，然后下了车，身后还传来了那位司机的声音："兄弟，记住我的车牌号，下次用车还找我……"

司徒萧远远地尾随着安琪，跟着她进了大楼。奇怪的是，安琪并未坐电梯上去，而是下楼梯朝着地下一层走去。过了地下一层再往下，便是一道电子门，上面写着"工作重地，闲人勿入"。安琪输入了一串密码，"噶"的一声，电子门缓缓地开启了。

安琪回头左右看了一眼，确定后面没有人后，便闪身走了进去。

司徒萧从暗中现身出来，趁着电子门还没有合拢侧身闪了进去。

电子门后是一个封闭式的开阔空间，有点像地下车库，但奇怪的是一辆车都没有。安琪急匆匆地向前走着，忽然意识到有些不对劲，便猛地转过头向身后看去。一直尾随在她身后的司徒萧避无可避，就这么出现在了她的视野里。

"啊，你……"安琪十分惊讶，"你怎么在这里？"

司徒萧走到她跟前说："我一直跟着你进来的，我还有些话要问你。"

"有什么话回头再问！这里不是你应该来的地方！"安琪一把拉住他的手就朝门口走去。

"有些话还是说明白比较好！"司徒萧一甩胳膊，挣脱了安琪的手，"这是哪里？你为什么会来这种地方？你到底隐藏着什么秘密？其实'天人'组织根本就没有想杀你，在演唱会上你都是在演戏，对吧？"

面对司徒萧连珠炮似的问题，安琪顾不上回答，只是拉着司徒萧疾步而行。司徒萧再次挣脱她的手，质问道："你到底是什么身份？为什么要做这些事情？你到底有什么目的？"

安琪哀求道："这些事情以后我会回答你，现在我们先离开这个地方，好吗？"

"不行，我必须要……"司徒萧话没说完，忽然听到头顶上传来一阵异响，他抬头一看，只见一只巨大的人形蝎子顺着天花板爬了过来。这只怪物上半身是人，却双眼惨白，看不出有眼球和瞳孔，从腰部以下是蝎子的构造，像壁虎一样倒钩在天花板上，尾巴末端还有一个泛着黑紫色的毒钩。它怪叫一声松开了天花板，整个朝司徒萧扑了过去。

虽然之前跟这些怪物交过手，但这么近距离地观察还是第一次，再加上这东西来得猝不及防，司徒萧一瞬间竟然愣在了原地，不知道该如何是好！那巨大的人形蝎子从空中跃下，眼看着就要扑到他的身上，忽然一道影子猛地扑去过去，一下子便将那人形蝎子掀翻在地。

司徒萧呆呆地看着，几乎不敢相信眼前发生的一切："宝……安琪？"

在他面前的，赫然就是变身后的安琪。她的整个身体形态都发生了剧烈变化，身形更加矫健，双腿变得修长而粗壮，锋利的爪子从她的指间长了出来，如同一只野性十足的猫科动物。她抬起头看了司徒萧一眼，那眼神终于与他头脑中的印象重合在了一起，他的整个身子顿时如遭雷击！

没错，就是这个眼神，安琪居然是他曾在双城基地之战中一时牵动恻隐之心，放过的那个敌人！

那人形蝎子被安琪摁在爪下，一声嘶鸣，动弹不得，尾巴上的毒钩却晃了晃，像长了眼睛一般朝着安琪刺来！司徒萧忍不住大呼了一声“小心”！却见安琪头也不抬，只是低低咆哮了一声，猛地挥起手臂，锋利的爪子像剃刀一般划过，那只毒钩连着半截蝎子尾巴都飞到了半空中。

黑血从尾巴断裂处喷溅出来，那人形蝎子吃痛，狂嘶一声，双手胡乱地朝安琪抓去。安琪爪下发力，“噗嗤”一声撕开了它的胸膛。只见它浑身猛地抽搐了几下，竟然不再动弹了。

这一幕看得司徒萧瞠目结舌，问道：“你……你到底是谁？”

“我就是安琪。”变身后的安琪脸上看不出任何表情，“司徒萧，那天晚上我们交过手，你饶了我一命。今天算我还你的。”

“你跟‘天人’到底是……”

“别问了，这里不是你应该来的地方，快走！”安琪朝远处看去，那边正有沉闷的“轰隆隆”声传来，像是有战车驶来一般。安琪转过头，朝着司徒萧皱起鼻子，露出两颗尖锐的牙齿，“快走！你的问题，我以后会回答你！”

司徒萧觉出那沉闷的声音越来越近，他心里忐忑，也不敢再逗留，随即离开了现场。临走时他回头看了一眼，安琪也正回头目送着他，那目光，跟那天晚上让司徒萧怦然心动的眼神一模一样。

一连数天，司徒萧的脑袋都有些走神，总是时不时地想起临走时安琪回望他的一眼。他不知道应不应该把这件事说出来，他在犹豫着，一股奇怪的情愫在心底蔓延。

顾茂昌见他心不在焉，便问道："小萧，有心事？"

"哦，没有。"司徒萧打了个马虎眼，"我只是在考虑下一步应该怎么部署。"

"你跟旅行者乐队的人接触过没有？有没有什么发现？"

司徒萧犹豫了一下，说道："我跟安琪接触了一下，随便聊了聊……目前还没有发现有什么可疑的地方。"

"你是搞心理学的，你都发现不了可疑的地方，那就说明没问题了。或许真的是'天人'组织失手了呢。"

"或许是吧。"司徒萧微微皱着眉头，眼神迷茫，不知道又想什么去了。

"慢慢来，别给自己太大压力。"顾茂昌看他这个样子，拍拍他的肩膀安慰道，"别把事情都扛在自己身上。你不是一个人，背后还有整个K小队。"

"我明白，顾教授。"司徒萧强装笑颜道。

由于"五芒星罪案事件"的肆虐，国家成立了专门的警务调查科，专门调查国内发生的一系列五芒星杀人事件。旅行者乐队演唱会上主唱安琪遇刺险些丧命，已经酿成了群体性事故，所以也成为了警务调查科的重点调查对象。

这天深夜，黄大卫忽然接到紧急通知，让他前往调查科总部开会。黄大卫到了地方，发现同来的竟然还有顾茂昌。

"你也来开会？"黄大卫打趣道，"你现在都快成公安系统的人了。"

"非常时期，现在不是军警联合嘛。"顾茂昌道。

"你是资深生物学专家、生物工程院院士、西北与双城两个实验基地的负责人，现在还有军方背景K小队队长……我说老顾，你这身份够复杂的啊，不会人格分裂吧？"

“嗨，混到这一步，你以为我想啊。”顾茂昌苦笑道，“可是人前咱还得装得大义凛然不是？苟利国家生死以，岂因祸福避趋之。”

“你们这些知识分子啊，我算是服了。”黄大卫笑着指指他，两个人并排着走进了调查科会议室。

享有“神探”之称的李昌盛被临时委任为调查科负责人，这次会议也由他主持。在开始会议前，李昌盛先向大家鞠了一躬：“各位，对不住了，这么晚还召集你们过来开会。”

“李老，你就别客气了。”黄大卫道，“你这么大年纪了，还坚持在刑侦第一线，我们晚上过来开个会算什么？”

李昌盛笑了笑，道：“既然这样，我也就不客气了，咱们直接开始会议。大家也知道，最近闹得最凶的‘五芒星罪案事件’的受害者是旅行者乐队的主唱安琪，这件事造成了很大的社会影响。所以这一次事件，也是我们最近调查的重点。”

顿了一顿，李昌盛接着道：“这次事件有两个疑点：一,五芒星组织从未给受害人寄送过恐吓信，也从未选择在公共场合下动手；二，主唱安琪虽然遇刺，却只是受伤，并没有死亡，这在整个世界范围内的五芒星系列案件中还是头一起。当然，这并不能排除是‘天人’组织为了再度制造舆论而故意为之，因为在公共场合下行动，尤其是演唱会这种群众聚集的地方，更能制造社会恐慌的效果。但如此说来，直接让安琪死亡岂不是能达到更好的效果？”

“会不会是安琪见机行事，临时自救，才挽回了自己的一条命？”一名警官提问道。

“这个问题我之前也想过，但经过考虑，我觉得可能性微乎其微。一方面，从之前五芒星系列案件来看，其作案手法十分成熟，不应该出现这样的状况；另一方面，我们系统地调查过安琪的成长轨迹以及社会背景，她毕业于民族音乐学校，并没有接受过类似于空手道、泰拳等格斗术或者防身术的训练。基于以上两点考虑，我并不认为她有自救的能力。”

黄大卫沉思道：“李老说的这两个问题，我也想过，从逻辑上来说确实有问题。在安琪出事之后，我在第一时间就接触了她，也是想看一下能不能得到什么突破性的线索。但很可惜，并没问出什么有用的信息。”

“有时候，东西比人会说话。”李昌盛在投影仪上放出一张照片，“诸君，请看这个。”

他们看了一下，立刻认出了那是什么东西：“这个不就是‘天人’组织写给安琪的恐吓信吗？”

“对，就是因为这封恐吓信，所以我才把大家召集到这里来开会。”李昌盛道，“从表面看起来，这是一封十分普通的恐吓信，A4纸，字迹是打印出来的，没有其他人的指纹，几乎没有什么有用的信息。但当我们对这张纸进行化学检测之后，从里面提取出一种十分细微的放射性元素——钫。钫是一种十分少见的天然放射性元素，只有在一种叫作‘香榭丽木’的建筑材料中才有少量存在。很明显，这张普通的A4纸并不是由昂贵的香榭丽木制造的，但哪里才有这种建筑材料呢？”

李昌盛环视会议室一圈，继续说道：“香榭丽木并非国产，都依赖于进口，所以从海关处很容易能追溯到来源。近十年来，只有少量的香榭丽木的入关记载，其中一批是一家叫作流火的娱乐公司订购的。”

“流火？”一名警官惊问道，“这不就是旅行者乐队签约的那家娱乐公司吗？”

“是的。”李昌盛点头道，“这批香榭丽木因为有很好的隔音效果，被用来装修旅行者乐队的排练室。也就是说，这张用来写恐吓信的A4纸，在之前是一直放在旅行者乐队的排练室的。”

黄大卫立刻意识到了李昌盛的话所隐含的意思："李老，你是说，演唱会暗杀事件，很有可能是旅行者乐队自导自演的一场戏？"

"没错。"李昌盛沉声说道，"我就是这个意思。"

举座哗然。李昌盛对案情的分析出乎他们所有人的意料。

"当然，这只是我们目前的推测，还需要有进一步的证据来进行论证。但这是一个十分有价值的线索，所以，我已经向上级申请了拘捕令，抓捕旅行者乐队成员及其经纪人归案，进入审讯流程。"

黄大卫轻轻皱起了眉头："按说应该如此，但旅行者乐队粉丝众多，再加上安琪前段时间刚受伤，目前正是社会媒体关注的焦点，如果我们仅凭此证据就抓人，可能会引起歌迷的抗议，到时候，我们又不得不面对疯狂的社会舆论了。"

"我已经考虑到了这层因素，所以这一次我们不能进行公然抓捕。"

"秘密抓捕？"

"旅行者乐队毕竟是公众人物，秘密抓捕也会导致情况外泄，到时候舆论更难对付。我们暂定了一个抓捕计划。明天晚上，'半岛蓝湾'会所会有一场私人举办的慈善晚宴，许多社会名流以及公众人物都会参加，旅行者乐队也在受邀之列。这次晚宴的发起人叫刘汉，表面上是一个成功的企业家，但其实有着黑道背景，在警局也有案底，所以这一次晚宴虽然是打着'慈善'的幌子，但很可能涉及到洗黑钱的行为，我们就以此为借口，将当天参与晚宴的所有人来个一锅端，全部抓捕，然后再隔离审讯。"

刘昌盛的这一番话让在座的所有人心里都恍然大悟。这样一来，既能成功抓捕旅行者乐队一行人，又能避开社会舆论的波及，可谓是一箭双雕。

"诸君，参与慈善晚宴的都是社会上有头有脸的人物，这是我们目前为止最大胆的一次行动，只许成功，不许失败。记得回去之后不要泄露任何会议信息，明天晚上我们联手作战，'半岛蓝湾'见！"刘昌盛这个两鬓斑白的老人两眼中忽然放出炽热的光芒，仿佛是看到了高峰的登山者。的确，作为一名享誉整个华人界的"神探"，他太久没有遇到过这种挑战，而"五芒星罪案事件'便是横亘在他面前的一座高山，如今，他要对这座山发起冲击了，要依靠自己的智慧和实力，把这座山踩在脚下。这种挑战，让他平息了很多年的血液重新沸腾了起来。

第二天晚上薄暮时分，顾茂昌收到通知，带领K小队前往"半岛蓝湾"与其他人汇合。在车上的时候，林宇风忍不住好奇地问道："顾教授，咱去'半岛蓝湾'执行什么任务啊？那不是吃饭的地方吗？"

"我们今天就是要去抓吃饭的人。"

"咋地，吃饭也犯法？我知道，肯定是有人公款吃喝了，对不对？我跟你说，这事我见多了，原来我们市里的市委书记，茅台都能当水喝……"

顾茂昌不耐烦地摆了摆手："你们别问了，到地方自然会通知你们。"

"这都已经快到地方了，你就提前通知了呗，搞得我们心痒痒的。"林宇风嘟囔道，"反正这车里就咱们五个人，也没有外人。"

顾茂昌迟疑了一下，说道："好吧，提前跟你们说明一下任务内容。是这样，警方已经确定旅行者乐队跟'天人'组织有着莫大的关系，至于在演唱会上发生的暗杀事件，很有可能是他们自导自演的一场戏。"

"什么？"其他四人惊愕无比，尤其是司徒萧，他呆呆地坐在那里，脑袋里一片空白。

"对，警方认为安琪有着重大嫌疑，必须尽早抓捕归案，进入审讯流程。当然，乐队其他人也必然和这件事有瓜葛，所以今天任务的重点，就是抓捕旅行者乐队一行人及其经纪人何翎羽。这应该会成为‘五芒星罪案事件’的一个突破点。”

林宇风问道：“既然要抓旅行者乐队，不是应该去他们签约的娱乐公司吗？为什么要去‘半岛蓝湾’？”

“旅行者乐队的粉丝太多，不能对其进行公然抓捕，否则会引起骚乱。今天在‘半岛蓝湾’会有一场慈善晚宴，旅行者乐队的成员也在受邀之列。这场晚宴看似是社会名流的寻常聚会，背后却有着黑道背景，所以趁此机会将他们全抓起来，当然，也包括安琪他们。”

“好战略。”李磊忍不住问道，“这是谁制定的方案？”

“现任五芒星事件调查科的负责人，李昌盛。”

“厉害。”李磊赞道，“无愧于‘神探’的名号。”

“哼，这有什么厉害的，不就是做一个大伪装吗？”林宇风有些不屑，“没什么技术含量。要是搁我身上啊，一样也能想出这点子来。”

“能不能不吹牛？”李若辰朝他肋骨捅了一下，“你一天不吹牛能死是不是？”

“哎哎，疼疼疼……”林宇风叫着，直往他旁边的司徒萧身上靠。今天司徒萧有些反常，并没有像往常那样嫌弃林宇风，而是愣愣地坐在那里，眼神空洞，不知道在想什么。

很快就到了指定地点，其他人都已经部署好了，李昌盛作为行动总指挥亲自坐镇，他看了看表，距离晚宴开始还有十分钟。他通知各行动小队，等他命令，晚宴开始之后再进去抓人，决不能有一条漏网之鱼。

在等待的间隙，顾茂昌看司徒萧的脸色不太好，还总是走神，便问道：“小萧，你没事吧？”

“啊，我没事，我只是……没想到安琪竟然是这样的人，我在怪我自己一开始的时候没有看穿她。”

“别自责了，你是搞心理的，不是搞刑侦的，这块领域不是你的专长。再说，他们是从物证方面反推出安琪有问题的，咱们不具备这个条件，你就别耿耿于怀了。”

“知道了，顾教授。”司徒萧笑得有些勉强。

等了十来分钟，时间到了，李昌盛通知各小队道：“行动！”

一行人在胸前别上证件，荷枪实弹地闯入了“半岛蓝湾”会所。只见院内并列停放着一排豪车，有保时捷、迈巴赫、兰博基尼等等。林宇风瞄了一眼，冷哼一声：“看出来都是社会名流了。”

“你那二手哈雷也不赖。”李若辰在旁边打趣道。

“那哪是二手呢？”林宇风纠正道，“是三手。”

他们刚进入会所大厅，就有几个保安围上来几个呵斥道：“你们干什么的？今天晚上这里有重要晚宴……”

走在最前面的黄大卫喝道：“警察办案，胆敢阻拦就按妨碍公务罪把你们铐起来！”

那几个原本凶神恶煞的保安一看这阵势，立马躲到一边不敢吭声了。

他们径直上了二楼，慈善晚宴就在最大的一间宴会厅里举行。黄大卫一脚踹开了门，看到里面觥筹交错，一个在西服胸口处别着一朵花的男人正站在台上对着麦克风讲话，看到有人闯了进来，讲话声戛然而止。所有宾客都惊愕转头，不解地看着这一群突然闯入的陌生人。

黄大卫丝毫不理会他们的目光，吩咐各行动小队道：“一队，守住侧门；二队，守住消防通道；三队，下去守住大厅门口，别让现场的任何一个人溜掉！”

西服胸口处别着一朵花的男人走下台来，质问道：“你们是什么人？这是我们的私人晚宴，你们凭什么闯进来？”

黄大卫认得，眼前这个西装革履、头发梳得溜光水滑、一副道貌岸然的样子的家伙。就是由黑道成功洗白的著名“企业家”刘汉。他亮出了拘捕令说道：“现在怀疑刘汉以及在场所有人员都与地下钱庄的洗钱活动有关，以正式拘捕，请你们配合，不要反抗！”

“拘捕我们？在场所有人？”刘汉哑然失笑，“你是不是弄错了，警官先生，你知不知道今天在座的都是些什么人？”

“哦？这么厉害？”黄大卫冷冷一笑，“给我铐上，带走！”

两名警察上来就把刘汉给铐住了，刘汉一边挣扎一边大叫道：“你们一定是搞错了，搞错了……”

“且慢抓人。”忽然一个满脸络腮胡子的人站了起来，走过来说道，“你们无凭无据，凭什么公然闯进来抓人？”

“证据当然有，现在抓你们回去，就是为了让你们配合调查！”黄大卫回道。

“配合调查？”络腮胡子笑道，“你知道我是谁吗？”

“我在杂志上见过对你的报道，本市一家上市物流公司的老板，其实就是倒卖钢筋木材的。”

络腮胡子的脸色有些难看了：“我告诉你，别以为现在拿张拘捕令就可以为所欲为了，这里面的水深着呢，别随便蹚，小心回头拔不出脚来……”

“我不管水深不深，我今天的任务就是把你们所有人带回去！”

络腮胡子急了，推搡起来：“我今天就是不跟你们回去，我现在就要走，谁敢拦我……哎哟，咋地，你们几个警察还敢开枪打我怎么着？”

一个穿迷彩服的士兵上前一步，举起97式自动步枪一下就顶在了络腮胡子的脑门上，“哗啦”一声拉动枪栓，冷声道：“命令如下：在现场执行任务中凡遇到抵抗人员，一律予以击毙！”

络腮胡子的腿一下子就软了，哆嗦了两下，竟然“扑通”一声跪在了地上。黄大卫斜睨了他一眼，道："哦，忘了说了，我们这一次是军警联合行动，除了警务，还有军务。我们警察是不会随便开枪打人的，但这些野战部队的兄弟们就不好说了。"

参加慈善晚宴的人全都被抓了起来，一排一排地押到警车上。因为都是社会上有头有脸的人物，也不太方便抛头露面，所以每个人头上都戴着一个黑色的头罩，那阵势十分壮观，不明真相的围观群众堵了里三层外三层，还都以为警方剿灭了什么黑社会的据点。

"不学好，现在的年轻人都不学好，年纪轻轻的就去当什么黑社会，打打杀杀，一点也不为社会做贡献。"一个穿着中山装、系着风纪扣的老头指指点点地说。

"哎呀，区伯，时代变了，你那老一套该收起来了。"一个年轻后生笑嘻嘻地道，"现在不混点旁门左道，拿啥来买车买房啊？就靠那点工资？"

"人心不古，世风日下……"区伯跺着脚。

"别生气了，你都这么一大把年纪了，小心气坏身子。"年轻后生安慰区伯道。

"哼，这帮不争气的……"区伯气得胡子直颤。

不到十分钟的时间，在"半岛蓝湾"参与慈善晚宴的所有人全部归案，十几辆警车里塞得满满当当。到了调查科驻地后，黄大卫清点了一下人数，发现情况有些不对劲，立刻向李昌盛汇报道："李老，出席晚宴的一共四十二人，已经全部抓获。但是这里却没有旅行者乐队的成员。"

"什么？"李昌盛也是吃了一惊，"难道他们在押解回来的途中逃跑了？"

"不，所有警车都没有嫌疑人企图逃跑，并且这个人数跟我们一开始抓捕到的人数也吻合——也就是说，旅行者乐队根本就没有出现在慈善晚宴上。”

“不可能啊……”李昌盛皱起了眉头，“难道是我得到的情报有误？”

黄大卫沉思了一下：“这样，我先去审讯一下刘汉，从他那里探探情况。”

封闭甚至有些压抑的审讯室里，大灯“啪”地一下被打开，照得刘汉急忙拿手挡住了眼睛：“警官，警官，你们抓错人了，我是好人啊……”

“好人？”黄大卫一声冷笑，“你刚才的嚣张劲儿哪去了？”

“哎呀警官你别往心里去，我就是那么一说而已……你瞧我这贱嘴。”

“刘汉，我问你，参加晚宴的这些人，全都你的朋友吗？”

“有的熟，有的不熟……警官，你也知道，我们做生意的，不就讲究个人脉嘛，所以邀请了那么多社会上有头有脸的人，拉大旗作虎皮呗，大家以后都有用得着的地方。”

“旅行者，你跟他们熟吗？”

“哦，你说那个乐队啊，还行，以前在别的活动中见过几次，算是有点交情吧。”

“你这次晚宴邀请他们参加了吗？”

“邀请了，我特地发的邀请函，之前还打了电话确认，他们经纪人何翎羽说一定赏脸，到时候肯定来……怎么，他们没来吗？”

“这正是我想问你的问题。”

“哎呀，那我就不知道了，晚宴上来了那么多人，我不可能一一去对号啊。”

“你是不是提前向他们泄露了什么消息？”

“不可能啊，对于你们的行动，我是一点都不知情，上哪泄露消息去？警官，我是真的不知道啊……”

审讯完刘汉后，黄大卫的眉头拧成了一个“川”字。如果刘汉所言不虚，那么就只有两种情况：一种是旅行者乐队爽约了，他们答应了刘汉要来，结果临时有其他事来不了了；另一种则是旅行者乐队从别的途径知晓了今天要围堵“半岛蓝湾”的消息，所以没有出席。

黄大卫不敢马虎，立刻将情况汇报给李昌盛。李昌盛听完之后，几乎没有犹豫就说道：“箭在弦上，不得不发了，大卫，你立刻带上一队人去流火娱乐公司，把旅行者乐队的成员抓捕归案。记着，动作要快！”

“收到！”黄大卫马上展开了行动，可还是晚了一步，当他赶到流火娱乐的时候，旅行者乐队的工作室已经空无一人。据公司的负责人说，他们也不清楚旅行者乐队去了哪里，对方并没有跟公司打过招呼。

黄大卫的心“咯噔”一下沉了下去，他有一种预感，旅行者乐队这是要彻底在他们面前消失了。

果然不出黄大卫的预料，未来几天里，旅行者乐队一直没有在任何公共场合露面，对于公司安排的演出活动也一直缺席，而且任何人都联系不上这支乐队的成员——他们就像人间蒸发了一样，消失得无影无踪。黄大卫的人在暗中做了大量的排查工作，却找不到任何线索。

黄大卫仰天长叹，感觉功败垂成，眼看着最有希望能够突破“五芒星罪案事件”的线索，就这么断了。

李昌盛则眉头深锁，思考了半晌才给出了一个艰难的判断：“大卫，恐怕问题出在我们内部啊。”

黄大卫一惊：“李老，你是说……咱们内部有人走漏了消息？”

“从目前来看，这是唯一的可能性了。这也解释了旅行者乐队的成员为什么没有出席刘汉的慈善晚宴。他们知道自己暴露了，干脆直接消失，躲得无影无踪。”

经过仔细的考虑，黄大卫也不得不接受这一论断，因为从目前的情况来看，这是唯一的可能性了。他喃喃道：“会是谁呢？”

“不清楚，但很明显，这个人隐藏得很深。这一次是军警联合行动，参与的部门很多，我应该早就意识到会出现这种状况。”李昌盛喟叹了一声，“责任在我，是我疏忽了。”

“不，李老，你已经做得很好了。行动前一天你才公布了具体方案……”

“但是，竟然还是有人把计划泄露了出去。”李昌盛摇了摇头，“如果计划是偶然泄露出去的还好，我现在就担心一件事情：在我们内部，有故意给旅行者乐队通风报信的人，或者说潜伏着‘天人’组织的人。”

黄大卫一个激灵，立刻意识到了这件事情的严重性：“李老，我申请对当天参与行动的所有人员进行调查。”

李昌盛摇了摇头：“当天参与行动的人员太多了，一一调查会浪费大量的时间和精力，我们目前不能把工作重心放在这上面。大卫，你先通知下去，让参与行动的各部门进行自查吧，希望能把那个人揪出来。有什么消息，随时向我汇报。”

第十章　单刀赴会

K小队会议室内坐着五个人，分别是顾茂昌、林宇风、李若辰、司徒萧和李磊，气氛有些压抑。

顾茂昌道：“相信大家也都知道了，上次的联合行动失败了。有人提前向旅行者乐队的成员泄露了消息，他们并没有出席‘半岛蓝湾’的慈善晚宴。并且他们知道自己已经暴露了，现在消失得无影无踪。调查科让当天参与行动的所有部门进行内部审查，将这件事情处理掉。”

林宇风叫道：“顾教授，内部审查跟咱们也没有关系啊。我们一开始谁都不知道到底是什么行动，在车上快到地方了你才对我们说明的，消息怎么可能是从我们这里泄露出去的？”

“我也希望跟我们没有关系，但事情已经发生了，事实摆在眼前。安全起见，我们还是要按照相关流程，进行一遍自我审查。李磊自不必说，你们都接受过为期不短的军事化训练，明白纪律的重要性。”

“明白，顾教授。”李若辰道，“就按流程来走吧，也只有这样，才能让我们自证清白。”

林宇风嘟囔道：“审查，审查，真不知道有什么好审的……”

李若辰在下面踢了他一脚：“你能不能别这么多牢骚？怎么一点集体

观念都没有？”

林宇风刚想发火，可一看到李若辰绷紧的拳头就蔫了下去，讪讪地不吭声了。

顾茂昌说：“咱们K小队的所有成员，包括我在内，都把随身携带的通讯设备交出来，将最近两天的所有行程和事情安排都写成一份报告交上来。时间、地点都要写清楚，事无巨细，越详细越好……”

司徒萧忽然站了起来，说：“不用审查了，这件事是我做的。”

“什么？”其他几个人都吃了一惊。

“消息是我泄露给安琪的，就在行动前的十几分钟。”

“喂，姓风的，这种话可不要乱说！”林宇风站起来推了他一把，“你知道这意味着什么吗？”

“我很清楚，是我导致整个行动失败，错误全在我一人，我应该受到……”

林宇风一把将他拽了过去，恶狠狠地低声道：“叫你别乱说话，没听到吗？！”

“宇风，你松开我。”司徒萧平静地道，“一人做事一人当，这件事的责任确实全都在我。顾教授，你通知黄大卫队长吧，就说事情已经解决了，不用再耗费那么多人力物力挨个部门审查了。”

“小萧，你……”顾茂昌一脸的意外和不解，“为什么？你为什么要这么做？”

“这是我个人的选择，我会跟向调查科说明，这件事情与K小队无关。”司徒萧看着他们，目光沉静如水，“谢谢诸位，能够跟你们一同走到这里，我很欣慰。”

夜间，顾茂昌正在房间里发呆，忽然响起了敲门声，他打开门，看到了站在门口的林宇风。

“宇风，还没睡？”

“顾教授，我有事找你。”林宇风说着，也不管顾茂昌同不同意便自己走了进去。

“我知道你为什么来找我，是因为司徒萧的事？”

“顾教授，虽然我平时挺看不惯司徒萧的，这个家伙自恋、脾气臭还自视甚高，但他绝对不会干出出卖我们的事情，对吧？你也了解他的！”林宇风眼里闪烁着恳切的目光。

“宇风，说实话，我跟你的想法是一样的。但是……唉，现在不是感情用事的时候，他自己都已经承认了，事实摆在眼前。”

“可是，可是……他肯定是有什么苦衷的！顾教授，你别把他交出去，咱们内部解决，你看行吗？”

顾茂昌看了他一眼，缓缓地摇了摇头：“宇风，出了这样的事，我比谁都难过，毕竟小萧是我亲自带到这里的。但你不明白这件事情的严重性，它所波及到的范围太大了，这不是我们几个人能够承担的。”

“照你这么说，除了把他交出去，就没有其他的解决办法了吗？”

“宇风，我知道你是为了朋友考虑，我很欣赏你这一点，但你不要忘了，除了自己的朋友，我们还要面对自己应该担负的责任和在五芒星这场动荡中无辜的受害者。”顾茂昌沉重地看着他，“宇风，有的时候，我们必须做出残酷的选择。能力越大，责任就越大，这不是一句空话。”

林宇风默默无言，良久终于开口说道：“我不管司徒萧做过什么，他始终是我的兄弟，这一点任何人也别想改变。”

调查科审讯室内。

黄大卫手里的烟就没有断过，他一根接一根地抽着，弄得不大的房间里乌烟瘴气。在这袅袅的烟雾中，他看着坐在对面的司徒萧：“你知道我都审讯过谁吗？”

“不知道。”司徒萧摇了摇头。

“常琳、李磊、修杰、白浩……今天还有你，你们都是顾茂昌身边的人。说实话，如果不是我了解老顾这个人，我肯定会认为他有问题。”

“什么问题？”司徒萧苦涩一笑，“站在反人类的一方吗？”

“没错，因为他身边几乎所有人都出现过这种倾向。所幸我跟老顾也是深交，明白他坚定的立场。但我不明白的是，你到底是什么身份？”

“K小队成员，司徒萧。”

“K小队？”黄大卫摇头苦笑，“我实在不明白，军方为什么要把你们几个人组成一个所谓的‘K小队’？难道是看重你们的能力？你们的背景我都了解过，林宇风之前是个混混，自不必说；李若辰之前是个搏击手，但这种水平的在一线专业队上一抓一把，并不算厉害；唯一有点价值的便是李磊，他是边防大队的传奇狙击手，有个绰号叫‘兵王’；另外还有你，司徒萧，宾夕法尼亚大学毕业的高材生，背后有着大财团的支持——除了这些，难道你还有什么其他过人的能力？”

“并没有。黄队长，你掌握的资料很全面。”

“我知道你是学心理学的，心理素质过关，像审讯室这种场合，给你造成不了任何心理压力，咱们就不兜圈子了，直接开门见山吧。你承认是自己向旅行者乐队泄露了消息，导致了抓捕行动的失败？”

“是的，我承认。”

“说一说你是怎么泄露的消息。”

“我之前并不知道抓捕方案，行动前的十几分钟顾教授才将行动的具体方案告诉我们。我就在他们都不注意的情况下，偷偷给旅行者乐队的安琪发了一条短信，让他们不要来现场。”

“为什么？你为什么要这么做？”

风尘秀低下了头。

“是因为你跟安琪之间有私交？你们之前是朋友？还是说他们乐队跟你背后的家族财团之间有什么关系？或者是你想……”

“不要猜测了，黄队长！”司徒萧猛地抬起了头，打断了他的话，“我之所以这么做，是为了保护你们！”

“我们？”黄大卫指了指自己，“你是说——我们？”

“对，你们，执行抓捕行动的所有人。我是为了大家的安全，才做出这个选择。”

黄大卫突然笑了起来：“司徒萧，你在跟我开玩笑吗？”

“我没有开玩笑，我是认真的。”

“那你说为了保护我们，到底是什么意思？”

“不到万不得已时，不能和旅行者乐队产生正面冲突，那样会害了所有的人。”

“司徒萧！你到底都知道些什么，全部说出来！旅行者乐队的成员到底是什么来历？他们跟‘天人’组织到底是什么关系？”黄大卫陡然厉声问道。

司徒萧却只是摇了摇头：“黄队长，抱歉，我只能说这么多了。”

“好，那你告诉我，旅行者乐队现在藏匿到了什么地方？”

面对黄大卫的问题，司徒萧不再回答，而是低下了头，用沉默进行反抗。

黄大卫连问了好几个问题，都没有得到答案，他急了起来，一拍桌子道：“你这是在包庇罪犯！司徒萧，你最好知道自己在做什么！我不管你跟旅行者乐队之间有什么私人恩怨，但你要知道，你现在面对的是那些在五芒星案件中死去的无辜者！我希望你能认清大局！”

“黄队，你不要再问我了，我什么都不会再说的。不过我可以告诉你，我会用自己的方式去完成应该完成的事情。”

司徒萧油盐不进，黄大卫也没有办法，只能吩咐手下的人先将他关起来，从长计议。

司徒萧被临时关进了拘留所的双人间内，这已经算是黄大卫对他的特殊“礼遇”。跟他关在同一屋的是一个身材枯瘦、面容猥琐的中年汉子。他看到司徒萧进来，从上铺探出脑袋问道：“哎，兄弟兄弟，有这个吗？”说着还做了一个抽烟的动作。

司徒萧摇了摇头。

他的神色顿时失望，悻悻地翻了一个身：“你因为啥进来的？”

“你呢？”司徒萧没有回答，而是反问道。

“你问我啊？入室盗窃。”

司徒萧顿了片刻，问道：“这么说，你会开锁？”

“开锁？开玩笑呢吧！我何止是会开锁啊，你就说什么样的锁吧，门锁、防盗锁、电子锁、暗锁、重锁、子母锁……不管什么锁，到了我手里都得乖乖地听话。你不是我们这行的，你不知道我的名声。知道哥在江湖上有个什么外号吗？锁天王！”

“这名字不错。我问你，如果我能帮你出去，你愿不愿意帮我一个忙？”

锁天王笑了起来：“你现在是泥菩萨过江——自身难保，还是先顾全自己再说吧。”

“我没跟你开玩笑。”司徒萧认真地看着他。

锁天王愣了一下，道：“你想让我帮你什么忙？”

“开锁。”

锁天王顿时大笑：“只要你能帮我从这里出去，别说开锁了，就是开天眼我都帮你给办了！”

“好，那就这么说定了。”司徒萧在床铺边上坐了下来，“等晚上，我们再开始行动。”

入夜之后，拘留所的看守由每小时的四班岗哨减为了两班岗哨，每班岗哨的换岗时差也由五分钟变成了十五分钟。在这个时间点，犯人们全都休息了，不需要执勤狱警一直巡检。司徒萧将耳朵贴在门上，听着狱警的脚步声渐渐远去，问道：“锁天王，你能想办法把这扇门打开吗？”

“打开也没用，外面还有一道栅栏铁门，是从外面反锁的。那道门我在外面才能打得开。”

“这个不用管，你先把这道门打开就成。”

锁天王从上铺跳下来，看着司徒萧：“怎么？你有办法？”

“有，你相信我就成。”

“好，哥哥我今天就信你一回，看你这葫芦里到底卖的什么药。”锁天王从枕头底下翻出一根细铁丝来，轻轻地戳进锁眼里，三弄两弄，那锁竟然“啪”的一声开了。锁天王指着外面还有一道的栅栏铁门，道，“这扇门我是无能为力了。”

“接下来的事不用你操心，往后一点。”司徒萧站在那里一动不动，双眼紧紧地盯着那道铁门，好像那道门是他的仇人一样。锁天王正纳闷间，忽然看到一个让他下巴都要掉下来的景象：那道铁门上的栅栏好像被什么力量控制了一样，竟然凭空被掰弯了！中间的空隙正好能容一人侧身通过。

“这是……我去……到底怎么回事……”锁天王愣愣地看向司徒萧，话都说不利索了。

“这事回头再跟你解释，现在不是说话的时候！”司徒萧带着锁天王溜了出去，剩下的几道关卡就容易过了，两个人没怎么废力就出了拘留所。

出来之后，两个人先找地方换了身衣服，然后打了个车，直接到了麒麟大厦，司徒萧进了大厦直奔负一层而去。过了负一层再往下，便出现了一道电子门，上面写着“工作重地，闲人勿入”。赫然便是司徒萧上次尾随安琪进入的地方。

“这地方挺隐秘啊，难道有什么值钱的东西？”锁天王四处张望道。

“履行你诺言的时候到了。”司徒萧指着电子门上的密码锁，问道，“这种锁，你应该开得了吧？”

“开是能开，只不过——”锁天王眼珠子骨碌一转，问道，“告诉我，你到底是什么人？在拘留所的那道栅栏铁门，你是怎么办到的？”

“这不是你应该知道的事情，现在你只需要履行自己的诺言。”

“现在是你求我，不是我求你。你不对我说实话，你以为我会帮你开锁吗？”

“你想出尔反尔？”

“哼哼，我出尔反尔的时候多了，你能怎么样？”

司徒萧没再说话，而是眯起眼睛，地上一根生锈的铁钉猛地飞了起来，正悬浮在锁天王的眉心前，还在慢慢地旋转着，似乎随时都要射出一样。锁天王立刻吓得腿都软了：“哎……兄弟兄弟……别……”

司徒萧冷冰冰地撂下两个字：“开锁。”

“好，我开，我开。”锁天王一边战战兢兢地开锁，一边拿余光瞄着司徒萧，“兄弟，你这到底是什么本事，跟我说说行不？要不我这心里憋得慌……你放心，我绝对不会说出去的。”

司徒萧顿了片刻，道：“我能够在一定范围和时间内使用意识控制金属。”

“控制金属？哎呀妈呀，这可厉害了，要有这本事多少钱挣不回来啊，兄弟，你就是因为这个事进拘留所的吧……”锁天王忽然想到了一个问题，“你既然能控制金属，直接把这门弄开就行了，为啥还要我过来开锁？”

“我不想把门强行弄开，会触发里面的警报系统。”

“警报系统？”锁天王第一时间想到的就是银行保险库一类的地方，他惊讶道，“哎呀兄弟，你跟我果然是一行的！”

这时“咔吧”一声，电子锁被打开了，电子门缓缓开启。锁天王正想伸脑袋进去瞅瞅，就被司徒萧一把拽了出来：“这里不是你应该来的地方，如果还想活命，就赶紧走！”

“兄弟，你想用这种办法把我逼走，独吞里面的东西是不是？”

司徒萧哭笑不得，只能重新祭出杀招，那枚铁钉再度飞起，瞄准了锁天王的眉心打转：“我现在给你两个选择：要么走，要么死。”

“好，我走，我走。”这个时候还是保命要紧，锁天王忙不迭地离开了这里。

司徒萧深吸了一口气，第二次走进了这个神秘莫测的地方。还跟上次一样，这里十分空旷，没有任何人活动的迹象。他左右观察了一下，发现在房间的尽头有一个黑洞洞的入口，像是通往某种怪兽腹内的咽喉。司徒萧迟疑了一下，向着那入口走去。

还没走两步，忽然从那入口深处传来了一阵轻微的“嗒嗒嗒”的声音，像是有人在拿小锤敲击着地面。司徒萧猛地停住了身体，盯着声音传来的方向，浑身的汗毛都竖了起来。

几秒种后，从那黑洞洞的入口处出现了一个高大的身影，缓步朝司徒萧走来。它的步伐不快，但很矫健。那个身影距离司徒萧越来越近，他终于看清来者是什么模样——一头身高超过两百五十公分的半人马生物！就像古希腊神话里描摹的那样，它的上半身是强壮健硕的人类身体，下半身是马的形态，刚才那“嗒嗒嗒”就是它的马蹄踩踏地面时发出的声音。

这匹半人马生物跟其他那些兽人怪物有些不同——它并不丑陋，甚至可以说十分俊朗，长长的头发披散在两侧，面部轮廓分明，鼻直口方，配以上半身完美的肌肉，简直就像出自大师之手的雕塑一样。它一动不动地盯着司徒萧，像是第一次见到人类一般，仔细地观察着他。

司徒萧咽了一口唾沫：“我要见你们组织的首领。”

半人马并不答话，或者是根本就不会说话，只是一动不动地盯着他。

司徒萧再次重复了一遍自己的话：“我要见你们的首领。”

沉默，死寂一般的沉默。在这让人窒息的沉默中，司徒萧感到一股巨大的压力从脚底升起，顺着脊椎骨慢慢爬升。他正要再次开口打破这种沉默，忽然一阵低沉的冷笑声从那黑洞洞的入口传了出来。

“谁？”他猛地打了一个冷战。

“没想到K小队的人还挺有勇气，竟然单枪匹马地杀到了这里。”随着说话声，一个人影慢慢走了出来，“我该说你是勇敢呢，还是愚蠢？”

司徒萧盯着突然出现的人——这是一个如假包换的人类，长着一张知性的脸，身上还散发着一种温润儒雅的气息。他认得这个人，在K小队的时候，他不止一次听过这个人的名字，也见过他的照片。他知道这个人在某天晚上仰望苍穹的时候忽然灵光乍现，推导出了两条惊世骇俗的理论，从此把世界拽入了恐怖的深渊。司徒萧看着他，叫出了他的名字：“修杰。”

修杰看着司徒萧，淡淡地笑了笑：“没想到你竟然独自一人来到这里，说实话，我有些惊讶。上一次安琪放过了你，纯属侥幸，可侥幸不会发生两次。”

司徒萧盯着他问道：“你跟‘天人’组织，到底是什么关系？”

修杰拍了拍旁边半人马健硕的肌肉，道：“他们都在我的麾下。”

司徒萧吃了一惊，他没想到修杰竟然是这群家伙的领导者。他说：“我要跟你谈谈。”

“谈谈？哈哈……谈话也是需要实力的，我不想跟过于弱小的人类做无用的交流。让我见识见识你的力量，如果你能打败它，你想谈什么我都奉陪；相反，如果你输了，就不要想着离开这里了，怎么样？

“我今天来这里，不是为了战斗的。”

“战斗与否，不是你说了算，弱者从来没有选择的权利。”修杰拍了拍半人马，“去碾碎他。”

高大的半人马一声嘶鸣，猛然动作，像一辆重型卡车般朝司徒萧冲撞过来，马蹄踩踏在地面上发出了一阵急促的“嗒嗒”声。司徒萧情急之下猛一挥手，丢弃在角落里的两张铝合金桌面飞了过来，像盾牌一样挡在了他的面前。半人马却冲势不减，生生地把“盾牌”给撞开了，余下的冲击力量仍然把司徒萧撞飞了出去。

司徒萧重重地摔在了地上，感觉浑身的骨头都要断了。这时半人马已经冲到了眼前，上半身高高扬起，硕大的马蹄眼看就要踩踏下来！如果吃了这一击，就算是金刚之躯也撑不住。司徒萧大吼一声，右手凭空一挥，掉落在地上已经变形的铝合金桌面旋转着飞了过来，向刀子一样朝着半人马削去。半人马暂缓了对司徒萧的攻势，转过身子，只一拳就把袭来的东西打飞了。这时另一张铝合金桌面也飞了过来，它想再度挥拳砸开，却没想到那东西绕过了它的拳头，紧紧地贴在了它的身上，桌面迅速拉伸变形，变成了一根金属长条，像条蛇一般缠在了它的身上。

在一旁观战的修杰笑道：“以柔克刚，有想法。”

长蛇一般的金属长条迅速收紧，缠住了半人马的左手臂和躯干，限制住它的行动。司徒萧右手虚握，金属长条立刻加大了力度，狠狠地勒进半人马的肌肉里。它一声嘶鸣，竟然伸出右手将左手臂生生扯掉，勒紧的金属长条一下子变松了，它趁机猛然窜到司徒萧的面前，用仅剩的右拳重重地轰在了他的胸口上。

司徒萧像断线的风筝一般飞了出去，跌落在地上，五脏六腑都仿佛移了位，再也站不起来了。半人马掐住他的脖子，将他慢慢举了起来，就像拎起一只垂死的小鸡一般。修杰道："别杀他，留着他对我们有用——"接着淡淡一笑道，"我要从他身上撬出'盘古'的情报。"

顾茂昌很快得知了司徒萧的情况，黄大卫火急火燎地给他打了一个电话："司徒萧越狱了！"

"什么？"顾茂昌简直不敢相信自己的耳朵，"小萧他……"

"老顾，赶紧带上你的人去麒麟大厦，我已经带人出发了！"

"去麒麟大厦做什么？"

"来不及解释了，到了你就明白了！"

顾茂昌带着K小队的其他人匆匆赶往麒麟大厦，到达的时候黄大卫的人已经封锁了整栋大楼，他带着几个刑侦专家正在负一层的地下室勘查现场。看到顾茂昌进来，他挥了挥手，让守在门口的警员放行。

顾茂昌穿过黄色警戒线走进来，有些不明所以："黄队，到底是怎么回事？"

"司徒萧昨天夜里从拘留所跑了出来，还带着跟他同屋的一个入室盗窃的惯犯。今天上午我们的人在巡逻的时候又把这个惯犯给抓着了，据他交代，司徒萧带着他来到这里，还威胁他开锁，并且展示了某些特殊的能力……老顾，你是不是有什么事瞒着我？"

"我……"顾茂昌欲言又止，"我本无意瞒你，可这个事属于军事机密。"

“机密个屁，我们现在不是军警联合办案吗？”

“说是那么说，可上面有纪律，你干了那么多年刑侦，这一点不用我提醒你吧？”

黄大卫抓了抓凌乱的头发，想发火却又找不到目标：“连信息都不能共享，还说什么团结一致、无间合作，当过家家呢？”

“好了好了，这事咱们私底下再说。”顾茂昌安慰了他一番，又问道，“现在是什么情况？小萧呢？”

“我们得到情报后就赶过来了，里里外外搜了一遍，没有见到司徒萧的影子，却找到了这个，你来看看。”黄大卫招招手，一个法医拎着一个超大的证物袋走了过来，拉开拉链，里面是一截已经变得苍白的断臂。

顾茂昌立刻皱起了眉头。

黄大卫看看他的表情，没说话。就算是一个外行人，也能看出来这条断臂的异常之处。虽然已经脱离了身体，因为失血而变得苍白，但那健硕的肌肉依旧没有萎缩，还保持着惊人的弹性。另外，这条断臂无论是直径还是长度都远远超出了普通人类所能达到的极限，如果按照身高来匹配的话，这条断臂的主人至少应该是一个身高超过三米的巨人。

黄大卫道：“我们已经控制了麒麟大厦的董事长，在他办公室里发现了五芒星图腾的标记。他已经承认自己是‘天人’组织的一员，但从来没有参与过‘五芒星罪案事件’。就在我们要继续审讯其他情况的时候，他引爆了安装在体内的微型爆炸装置——就跟当年的张淼一模一样。”

顾茂昌眉头紧皱，不发一言。黄大卫直视着他道：“老顾，我知道你肯定有很多我不了解的情况，事情到了这个份上，你再隐瞒下去已经没有任何意义了。你看看，五芒星这事闹得还不够大吗？”

见顾茂昌还在犹豫，黄大卫道：“当务之急是要找到司徒萧的下落，我不是从追捕嫌疑人的角度来说这句话的。如果我们得到的情报没错，司徒萧在这里一定遭遇到了什么不可预测的事情，他的失踪应该也跟这有关。”

顾茂昌蹲下身子，仔细地观察着那截苍白的断臂。断口处很不平整，并不是被某种利器切割下来的，但是像被生生撕扯下来的一般。他沉默了一会儿，抬起头道：“黄队，这不是属于人类的身体。”

黄大卫皱起了眉头。这确实不像普通人类的断肢，但要说它不属于人类的身体，那又属于什么呢？这明明是一截带有明显人类特征的手臂。

顾茂昌又道：“我所接触的‘天人’组织，跟你所接触的有所不同。到现在，我才明白它们为什么会被古玛雅人称之为夜族——来自遥远彼方的暗之大陆。如果你曾见过它们的核心力量，你也会这么想的，这种生物一定是来自非常遥远的地方，就像是幽冥的地狱一样。”

“核心力量？”黄大卫紧紧地盯着他，“你接触过它们的核心力量？”

“没错，它们曾经攻陷我们的实验基地，差一点就得到了‘盘古’。”

黄大卫吃了一惊，惊愕地看着顾茂昌。他不敢相信，对方竟然向他隐瞒了如此重要的情报。黄大卫急急地追问道：“他们到底是什么人？！”

“它们不是人。”顾茂昌答道，“确切地说，它们是兽人。”

司徒萧醒来时全身的骨骼都在疼，尤其是胸骨，疼得好像断掉了一样。他想活动一下手臂，才发现自己的双手被反剪着捆绑在一张椅子上。这是一个类似于囚禁室的房间，墙壁和地面都铺着大理石。他闭上眼睛集中精神——果然，这个不太大的房间里没有任何可以操控的金属物品，就连头顶上灯管里的钨丝都被某种非金属的物质取代了。

他侧耳倾听，觉出从某个方位传来一阵沉闷的“轰隆隆”的声音，地面也随之传来一种十分细微的震颤。正疑惑间，房间门忽然被推开，修杰走了进来，笑吟吟地坐到他的面前：“你醒了，风大公子？”

“修杰！这是哪里？为什么要把我关在这种地方？”司徒萧挣扎了一下，“这个房间在移动？”

“顾茂昌看中的人，果然都敏锐得很。”修杰轻轻鼓掌道，“你说得没错，但移动的不止是这个房间，而是整个堡垒。”

“堡垒？”

“当然，如果你愿意，也可以叫它移动城。”

“你不是修杰。”司徒萧盯着他问道，“你到底是谁？”

“这是个好问题。不过我确实是修杰，确切地说，在我的身体和精神里，有百分之五十是修杰，甚至是更多。不过我没想到，你司徒萧果然不简单，在这种场合还能保持镇定。好吧，作为奖励——”修杰耸了耸肩道，“你不是想找我谈谈吗？给你这个机会，你想谈什么？”

“‘天人’组织，是不是在你的掌控之内？”

“可以这么说。”

“你们在各国搞五芒星暗杀事件，劫持全人类，就是为了逼我们交出‘盘古’？”

“没错。怎么样？我这个策略用得还算到位吧？”

“你为了达成自己的目标，就要牺牲那么多无辜的人？”

“无辜的人？哈哈哈……”修杰笑了起来，“人类最可悲的一点，就是用自己的情感来揣度整个宇宙的法则。哪有什么无辜不无辜，你用的这个词汇，让我觉得可笑。”

“那些平白无故死去的人，哪一个不是无辜的？你们妄自称为‘天人’，却荼毒生灵，害人性命，难道不是罪恶吗？”

“风公子，我问你一个问题，当你看到一群狮子捕食羚羊，你会觉得这群狮子是罪恶的吗？”

“……”司徒萧忽然不知道应该怎么回答。

“当你站在更高的维度来看待事物时，就无所谓正义还是罪恶了。你之所以会觉得罪恶，只是因为你就是那只羚羊。”

一时间，司徒萧竟然不知道应该如何接话，顿了片刻才道：“你的目的，就是让宇宙重回十维空间？”

修杰点点头：“这是我们的终极目标，让宇宙回归完全体。”

“你想过没有，这样做不仅会毁了人类文明，宇宙中所孕育的所有文明都将毁于一旦！”

“哈哈哈……”修杰忽然大笑起来。

“你笑什么？”

“你们还真是喜欢——那句话怎么说来着，咸吃萝卜淡操心。风公子，你想过没有，在三维宇宙诞生至今这漫长的时间里，足以诞生多少远远超过人类智慧的高等文明！但是，在这场针对人类的‘浩劫’中，却没有一个高等文明站出来阻止，为什么？因为它们明白，十维空间才是宇宙终极状态！只有在这种状态下，智慧和生命才能达到永恒！你以为你在为全宇宙考虑？别自作多情了，以人类的智慧等级，所谓的文明只不过就是大青虫级别的。”

“难道那些高等文明不明白，重回十维就意味着永恒的死亡吗？”

“死亡是一个相对的概念。可怜而无知的人类，用那么多文艺作品来讴歌短暂易逝的生命，说它像烟花、像流星，因为短暂所以才珍贵……我告诉你，这就是扯淡，是你们在无可奈何下的自我安慰！如果你能拥有永恒之身，还用得着去讴歌什么烟花和流星吗？”

双方的意识形态根本就不是一个级别，纵使思维缜密如司徒萧，竟然也无法回答修杰提出的问题。修杰道："你想跟我谈的问题，我都已经回答了，接下来，你应该回答我的问题了。"

"你想问什么？"

"'盘古'在哪里？"

"我不知道。就算我知道，也不会告诉你。"

"不告诉我？"修杰伸出食指，轻轻地点在司徒萧的眉心，"你就不怕我杀了你？"

顿时，一股磅礴如同海啸一般的力量顺着眉心灌进了他的四肢百骸，司徒萧感觉像有一座大山压在自己的身上一般，呼吸系统瞬间衰竭。他咬着牙嘶吼道："有本事你就杀了我！"

"看你文文弱弱的，还挺有男子汉气概。"修杰收回了手指，"我要是杀了你，顾茂昌得多伤心啊，我跟他毕竟师徒一场，得讲个情分……"修杰拿出了一张照片，轻轻推到司徒萧面前，"我不杀你，但不代表我不会杀别人。比如这个人的性命，你在乎吗？"

照片上的人与司徒萧有几分神似，司徒萧立刻目眦尽裂："浑蛋！你敢动我的家人，我绝不会放过你！"

"狠话谁都会说，但得有这个实力才行。"修杰站了起来，丢下了一句话，"给你两个小时的考虑时间，要么说出'盘古'的下落，要么风氏集团的董事长风睿林出现在明天的'五芒星罪案事件'的新闻中。救一人还是救全世界，你看着办吧。

司徒萧第一次尝到了绝望的滋味。

自身被缚，无计可施，连家人的性命也遭到了威胁。更重要的是，他还必须要做出一个选择，是否用家人的性命来守护"盘古"的秘密。这是一个无比艰难的抉择，无论怎么样，带来的都是难以吞咽的苦果。

但是，他必须要选。

除了绝望外，剩下的还有懊恼。他懊恼自己为什么凭着一股血性就闯进了这里，致使身陷囹圄。此时此刻，他忽然十分怀念顾茂昌、李若辰、李磊，以及林宇风那张他一直看不上的脸。众多的情绪一起袭上心头，司徒萧感觉自己都要窒息了。

时间一点一点地过去，他无法做出选择，却又不能不选择，真想一死了之。但是他手脚被缚，就连自杀都无法做到。就在万念俱灰间，忽然房门打开了，一个身影快速地溜了进来。

“宝……”司徒萧刚要喊出声，安琪就急忙把手指放在嘴边，对着他做了一个噤声的手势。她把司徒萧身上的绳索解开，低声道：“什么都别说，跟我走。”

“这里到底是……”

“先别问了，这里不是说话的地方！”安琪一只手拽着他，一只手打开了门边的一道缝儿，探出脑袋向外张望了一下，确认没有危险后，拉着司徒萧溜了出去。

房间外是一条黑漆漆的走廊，伸手不见五指，司徒萧什么都看不见，只能跟着安琪深一脚浅一脚地跑着。约莫有五六分钟的时间，眼前忽然出现了一丝光亮，身边的景物也渐渐明晰起来，司徒萧发现自己身处一条巨大的甬道中，而出口就在前方几十米远处。安琪忽然停下了脚步，说：“我只能送你到这里了，你快走，出去之后不要回头，一直向北走。这里是中蒙边境，往北走不了多久就能看到城镇！”

“安琪……”司徒萧有千言万语，却一时间不知道说什么，最后只问了一句，“你为什么要救我？”

“是你先救了我，风公子。”安琪轻轻把手地放在了他的胸膛上，“在双城实验基地里，你放我一马，后来你又把警察突袭慈善晚宴的信息发给了我，即使知道麒麟大厦有问题，也没有把这个情报说出去……我知道，不管我是什么人，你都把我当成了朋友。”

“可是，你这样放了我，修杰是不会饶过你的。”

“没关系，他不会太难为我的，他还需要利用我的力量。”这时，地面忽然轻微地颤动起来，又发出了一阵之前听到过的“轰隆隆”的声音。安琪大叫道，“移动城要离开这里了，你快走，再不走就来不及了！”

“可是，安琪……”

安琪猛地抱住了他，轻柔地吻在了他的嘴唇上，带着一种诀别的味道。司徒萧闭上了眼，紧紧抱住了安琪，仿佛一撒手她就会消失似的。安琪忽然一把推开了他，叫道：“走啊！”

轰隆隆的声音越来越响，地面的震颤也越来越剧烈，司徒萧咬了咬牙，转身向着出口跑去。那出口正在逐渐合拢，变得越来越小，当他从里面跑出来时，出口已经完全关闭了，随着一阵“轰隆隆”的声音，移动城又潜入了地下。

司徒萧怔怔地站在那里，嘴唇上还残留着安琪的味道。他所在的地方是一处沙漠的边缘地带，极目之处有一些孤零零的建筑物，好似一个萧条破败的城镇。干燥的风缓缓地从他身边掠过，却带着一丝绿洲里潮湿的温度，好似恋人的轻抚。

“安琪……”司徒萧低低喃道。

在移动城的大厅中央，安琪正跪在冷冰冰的地面上，等待着惩罚的降临。修杰坐在她面前，淡淡地注视着她，不发一言，脸上的表情看不出来是喜是怒。

何翎羽也跪了下去：“夜王，求你饶过安琪这一次，我拿性命担保，她对于‘天人’忠心耿耿，绝无反叛之心。”

“翎羽哥，都这个时候了，你就别为她说话了。”说话的是旅行者乐队的键盘手洛冰，“如果她真的跟我们一条心，就不会放走司徒萧。”

"洛冰，你闭嘴！"何翎羽懊恼地看了她一眼。

"怎么了，我说的是事实嘛！"洛冰撇了撇嘴，"我们的身份已经暴露了，不能再出现在公共场合，没想到司徒萧竟然自己送上了门，多好的机会啊，竟然就这么被她放走了，真是讽刺……"

"洛冰，你说完了没有！"何翎羽站起来冲她吼道。

"怎么了，我哪句话说得不对？一直以来，你都无条件地袒护她，不管她做错了什么都是这样！凭什么！我知道你喜欢她，可人家心里只有司徒萧……"

"闭嘴！"何翎羽气急败坏地怒吼道，刹那间变身成狼人的形态，顷刻间杀气弥漫。

"哼，想威胁我？"洛冰冷哼一声，精致的面孔扭曲起来，身形也急遽变化，两对巨大而绚烂的蝴蝶翅膀从背后长了出来，一层细谧的亮光鳞片覆盖了她的全身。她朝何翎羽龇起了牙，隐约现出了一团带有剧毒的黑气。

"洛冰——"何翎羽伸出利爪，指着她道，"我只需要一个回合，就能把那难看的翅膀从你身上扯下来。"

"好啊，那你就试试看好了。"洛冰阴狠地笑道，"看看你引以为傲的身体能不能挡得住我毒液的腐蚀。"

两人剑拔弩张，一触即发，就在这时，安琪突然大喊了一声："够了，你们都住手！这不关你们的事，一切都是我做的，一人做事一人当，不要再把无关的人牵连进来……夜王，请您降罚！"

"降罚？为什么要给你降罚呢？"修杰脸上仍旧是淡淡的表情，他伸出手，慢慢摊开五指，掌心里有几只黑色如豌豆一般大小的虫子正在懒洋洋地爬着。

"纤维虫？"何翎羽惊道，安琪的脸色也变了，一瞬间面如死灰。

“没错，就是纤维虫。”修杰答道。这种虫有寄生功能，可以潜入动物身体内部，附着在其神经系统上，靠吸取宿主的养分为生。而当它们寄生在神经系统中时，形态也会发生改变，会逐渐与宿主的神经系统融为一体，所以被称之为“纤维虫”。

不用说，修杰已经在司徒萧的体内植入了纤维虫。

“什么时候……”安琪喃喃问道。

“就在他昏迷的时候。”修杰微微笑了起来，“当然，我植入纤维虫不是为了破坏他的神经结构，而是为了在第一时间得到情报。我手上的这些纤维虫能够和司徒萧体内的纤维虫产生远程信息交互感应，无论司徒萧去了哪里、做了什么、说了什么，我都能够第一时间得知。安琪，如果你不把他放走，我的这一步棋还真不好下呢。”

一瞬间，安琪的心中沮丧万分，原来她所做的一切都在修杰的掌控之中。她自以为大胆而决绝的牺牲，只不过替修杰走了一步绝妙的棋而已——也就是说，自己的打算从一开始就被看穿了。

这个人太可怕了——安琪心中不禁打了一个冷战——不，他根本就不是人，他是夜王，他是凌驾于所有人类之上的“天人”。

“站起来吧，安琪，我并不怪你。”修杰走过来，托着安琪的肩膀将她扶了起来，就像国王扶起朝他跪拜的忠诚骑士一般，“我只是好奇，告诉我，安琪，你为什么要这么做？到底是什么力量，让你宁肯背叛‘天人’、背叛我们的终极梦想也要放走司徒萧？”

安琪低着头，并不说话。

“让我猜猜……那是爱吗？”

安琪惊讶地抬头看了他一眼。

“不要用这么吃惊的眼神看着我，我不是冷血动物，我也知道‘爱’是什么滋味。”修杰微微眯起眼睛，眼前浮现出了一张模糊的面孔，即使那么模糊，也能看到她的温柔，她的娇俏，她一颦一笑间的可爱。

“顾青……”修杰喃喃地说道，朝前面伸出了手，仿佛在轻轻抚摸着她的脸庞。

安琪惊讶地看着他，修杰的脸上竟然流露出了幸福的神情，虽然是淡淡的，但足以让人惊诧。

“我会让宇宙回到十维空间，我会让你复活，我会让你和以前一样漂亮，我会让时间停留在我们最幸福的时光。”修杰喃喃地说着，接着又看向了安琪，“对吧，安琪，和你喜欢的人在一起，永远不分开，直到一切的尽头，这才是真正的爱。”

第十一章　终极之战

司徒萧重新回到了K小队基地，众人又惊又喜。彼时针对司徒萧的大规模搜寻已经持续了好几天，但活不见人，死不见尸，一个隶属于军方的K小队成员从黄大卫的眼皮子底下消失了，他承受的巨大压力可想而知。

司徒萧的突然回归出乎所有人的意料，他甚至还带来了第一手的资料——截至目前为止，他是第一个进入过“天人”组织内部的人类。鉴于其身上所携带的重大信息情报，司徒萧刚刚回到K小队，就被隔离监控了起来。对此，司徒萧并无怨言，人性本来就经不起考验，何况他还在“天人”的老巢里走了一遭，谁能确保他没有反水，或者那些怪物没有对他的身体动过什么手脚？

很快，针对司徒萧组成的联合调查委员会成立了，这个委员会由警方和军方的十几位代表组成，直接对李昌盛组建的调查科负责。顾茂昌和黄大卫也在这个调查委员会之中，但出于避嫌原则，顾茂昌只参与调查事务，并未获准直接与司徒萧进行接触。

事情发展到了这个地步，军方和警方之间的壁垒隔阂也已经打通，双方开始互相交换信息，在这种大背景下，顾茂昌所率领的K小队的真实身份也浮出了水面，在内部逐渐成为一个半公开的事实。与此同时，“天人”组织的兽人军团以及“盘古”能够让宇宙重回十维空间等机密也都以文字的形式写进了报告之中。

虽然这份报告只在极少数人的手中传阅，但足以“震撼高层”。他们终于明白这一切混乱表象之下到底隐藏着何等匪夷所思的根源，他们所面对的绝不是一次简简单单的带有五芒星标记的全球恐怖袭击事件，而是站在了人类命运的拐角点上。

在调查科的封闭会议室里，坐着十几个面容严肃、不苟言笑的家伙，他们都是调查委员会的成员，在这里面，司徒萧只认识一个人，那就是黄大卫。黄大卫也像其他人那样审视着司徒萧，因为现在在他们眼里，司徒萧的身份已经不仅仅是坐拥“风氏集团”产业的大公子，更是一个超自然能力者，一个从“天人”组织老巢内逃出生天的人类——他身上的情报，从某方面来说代表着人类未来发展的可能性。

司徒萧静静地坐在那里，没有说话。他在等待，等待别人的提问。他明白自己今天是会议的主角，一个被限制了人身自由和语言自由的主角。

“你所写的报告，我们都已经看过了。”一个戴着黑框眼镜、脸色沉郁的委员问道，“我想问一下，司徒萧，这份报告里面的真实性内容有多少？或者说，哪些是你亲身经历的，哪些是你在受了强烈刺激之下出现的某种幻觉而杜撰的？”

“我在宾夕法尼亚大学读的是心理学。”司徒萧回答得不卑不亢，“有没有出现幻觉，这一点我还是分得很清楚的。”

“这么说，这份报告里的内容都是真实无误的了？”

“就我个人而言，可以做出这样的保证。”

另一个委员问道：“旅行者乐队的真实身份是‘天人’组织的成员，

这是从什么时候开始的？”

司徒萧答道：“抱歉，我不知道。”

“能给我们描述一下移动城的具体情况吗？”

“是一座很大的类似于要塞一般的堡垒，运行时会发出很大的轰鸣声，我并不清楚它的运作原理，但可以肯定的是，它能够在地幔的缝隙间快速移动。因为我接触他们的时候还在麒麟大厦，但是当我从里面逃出来的时候，已经在中蒙边境了。”

委员会的委员们又问了各种各样的问题，司徒萧一一作答，将自己知道的情况事无巨细地说了出来。一个委员问道：“司徒萧，我觉得很奇怪，你说是旅行者乐队的安琪将你放了出来，可是我不明白，她为什么要这样做？”

“委员同志，我记得刚才已经解释过了，在之前‘天人’组织进攻双城实验基地的时候，我出于一时之怜悯，曾经放过她一马，她只是回个人情罢了。”

“只是人情吗？”

“你什么意思？”

“我的意思是……除了人情，你俩之间还有没有别的方面的事情，比如说……感情？”

司徒萧笑了，不过笑得却有些苦涩：“我知道你想说什么，你想让我承认跟安琪之间有些剪不断理还乱的关系，这样你就有更多发挥的空间，甚至可以断定我背叛了人类阵营，站在了夜族的一方，我所做的一切，只是一出苦肉计而已，其实我在下一盘很大的棋……我不知道你是具体做什么工作的，很有可能是行政人员，这已经是你的僵化思维，我不怪你，但请你好好想一想，如果我背叛了人类，用得着这么大费周章吗？我直接带着那些兽人怪物去找到‘盘古’，一切不就结束了吗？”

对方被司徒萧抢白了一番，有些尴尬，装模作样地咳嗽了几声，又道：“‘盘古’的隐藏地点是保密的，或许你根本就不知道，这才是最关键的。”

“那要让你失望了，我确实知道‘盘古’的隐藏地点。”

“在哪？”

司徒萧笑道：“不好意思，我不能告诉你，因为这是最高机密。除非得到K小队队长顾茂昌亲自传达的消息，这个秘密我不会告诉任何人。”

对方的脸上颇为尴尬，有些挂不住了，便想转移话题，对旁边的黄大卫说：“黄队长，你作为刑侦方面的代表，有什么问题想问的吗？”

黄大卫点了点头，看向了司徒萧：“我确实有问题想问你。”

司徒萧道：“黄队，没给你打声招呼就从拘留所溜了出去，惹了这么大麻烦，让你受惊了。”

“‘受精’？我他妈都快怀孕了我！”黄大卫爆起粗口，也不管其他委员们难堪的脸色，从兜里掏出一根烟点上，“我就好奇一点，你到底是怎么从拘留所里逃出去的？”

“你们不是抓了锁天王吗？他应该都把事情交代了。”

“锁天王？那个惯犯？这家伙嘴里跑火车，十句里面有九句是假的，我不信他——司徒萧，我想让你亲自向我解释。”

“我……”司徒萧有些犹豫，不知道应不应该坦白，“其实是因为……”

“不用隐瞒了，老顾已经跟我们交底了，你们K小队每个人都有特殊的超自然能力。说实话，我不太信，这太扯淡了……”

话没说完，他就目瞪口呆，因为他放在桌子上的ZIPPO打火机竟然凭空飘了起来，像有只手掌托着一样，稳稳地悬浮在他的面前。吃惊的不仅是黄大卫一人，在场的所有委员们都倒吸了一口冷气，他们没想到竟然真的存在这种匪夷所思的超自然能力！

司徒萧紧紧地盯着打火机，然后伸出右手，在虚空中一握，打火机立刻发出一阵“嘎吱”声，扭曲得像团麻花一样，接着“咣当”一声掉在了桌子上。

在场的所有人都已经瞠目结舌。黄大卫从桌上捡起刚才还好好的，现在却已经无法用语言来描述其外貌的ZIPPO，愣愣地道：“什么情况？X战警？万磁王？”

“不是X，是K。K才是我们的代号。”忽然一个声音传进了在场所有委员的耳朵里。他们面面相觑，不知所以，几秒钟之后才有人反应了过来：“这是顾茂昌的声音！”

可他们四下张望，封闭的会议室里哪里有顾茂昌的影子？由于避嫌原则，他根本就没有进入会议室，而是一直在外面等待着……可他的声音为什么会如此清晰地传进每个人的耳朵？

顾茂昌的声音还在继续：“超自然能力给我们带来了异于常人的力量，同时也带来了巨大的身体负担，使用任何一种能力，都是以快速消耗自身的能量为代价的。相信我，你们不会想体验那种能量耗尽之后连每个细胞都充满了疲惫的感觉的。处在这个时代背景之下，我们K小队的每个人都没有把这项能力当成造物主的馈赠，相反，我们认为这是一种加在我们身上的诅咒。”

“顾茂昌，不要装神弄鬼了，你在哪！”几个委员慌乱了起来。

“我没有装神弄鬼，只不过是把声音直接送进了你们的大脑里。诸位先生请稍安勿躁，静坐下来，听我一言。”

这句话说完之后，更令人惊异的事情发生了——几个站起来有些暴躁的委员竟然乖乖地回到了座位上，一声不吭地坐了下去！而从他们的表情来看，他们的行动根本就不受他们自己的支配！

“诸位，请你们再仔细看一眼坐在你们面前的这个年轻人，他坐拥千万家产，却放弃了成就自己商业帝国的梦想，加入了K小队，为了拯救人类文明而殚精竭虑，抛弃了自己之前生活中的一切。他绝不是你们的敌人——如果他想背叛人类，‘盘古’的隐藏地点早就暴露了，他也不会乖乖地坐在这里任你们提出各种荒谬的问题。各位，我并不是威胁或者恐吓你们，我只是想说明一个事实：我们绝不是你们的敌人，你们的敌人是‘天人’组织，以及那些来历不明的兽人。”

这番话说完之后，他们脑袋里的声音消失了，身体行动也恢复了自由。委员们打开了会议室的门，发现顾茂昌在门外的大厅里坐着，正抽着烟，手边的烟灰缸里已经摁灭了好几个烟头，表明他一直坐在这里，并未离开过。

“顾茂昌，你……”几个委员欲言又止，惊恐地看着他，眼神像看着什么怪物一样。

“别那么看着我，你们这种眼神让我怀疑自己还是不是人类。”顾茂昌诙谐地说了一句，摁灭了烟头道，“各位，我要提醒你们一句，今天你们知道的所有内容，不管是夜族的还是我们的，都不要向外界透露一个字。现在人类的秩序已经处在崩溃的边缘，就差最后一根压死骆驼的稻草了，我不希望你们来做那根稻草。”

调查委员会的工作暂时告一段落，司徒萧获得了相对自由——再怎么解释，很多委员还是对他不放心，因为能够活着从‘天人’组织的老巢里出来，这本身就已经在挑战他们理性思维的极限。在众多委员的坚持下，最终通过了“天眼”监视条例，即在司徒萧的皮下组织植入GPS芯片，不管他在哪里，都能够在第一时间确认他的方位。

司徒萧摸着手臂上植入GPS芯片的切口，苦笑了一声。顾茂昌知道他为什么发笑，以他的能力，毁掉这枚芯片只需一眨眼的工夫。但他还不能起这个念头，因为他要想继续被人类信任，就得让这枚芯片乖乖地在身体里待着。

“小萧，也不怪那些委员不相信你。”顾茂昌叹了一口气，“有些事情，你确实干得太鲁莽了。”

司徒萧知道他指的是自己一个人闯入夜族老巢的事情。他说：“顾教授，我只是……”

“不用解释，我知道你的想法。我不清楚你和安琪之间有什么事情，但我明白你是想凭借一人之力，将这个威胁全世界的事情解决掉。你这样的想法太天真了，小萧，它以后会害了你的。”

司徒萧沉默不言，并未赞同也没有辩驳，过了片刻，他忽然说道：“我在报告里隐瞒了一件事，在移动城里，我见到了‘天人’组织的首领。”

“首领？”顾茂昌惊问道，“谁？”

“修杰。”

顾茂昌悚然一惊！他怎么也不会想到，强悍如夜族竟然在修杰的掌控之下，如果不是司徒萧亲自所说，他无论如何也不会相信这一点。

“怎么会，阿杰他……他只是一个人类，竟然……”

“据我观察，修杰已经不是一个人类了，最起码，不是一个单纯的人类了。他身上融入了一些奇怪的东西，我说不出来是什么，总之，一个正常的人类不会给人那种感觉。”司徒萧回忆道，“我记得他说过这样的话：在他的身体和精神里，有百分之五十都是修杰，甚至是更多。”

“这句话代表了什么意思？”顾茂昌皱起眉头。

“我也不清楚，但我能感觉到，他身体里蕴藏着一股极为强悍的能量，这种能量绝非是人类能够拥有的。”

"修杰……"顾茂昌喃喃地说道，"看来我们是没有机会再续师徒缘分了。"

司徒萧跟着顾茂昌重新回到了K小队基地，在例常的身体检查中，却被白浩发现了端倪。不知道是不是因为失去了左眼的缘故，白浩的观察比以前更加细致耐心，失去了一只眼睛，却让他的专注度提高了数倍，对于一个以科研为生的人来说，这也算是因祸得福了。

因为担心司徒萧在移动城中受到某种辐射源的影响，白浩便用光谱仪给他检测了一下各项生命体征信息，一切都显示正常，却唯独在神经波动一项的参数有些异常。

司徒萧是"深蓝儿童"，脑电波频率一直异于常人，神经波动的参数有些异常也是情理之中的事情，但白浩却敏锐地发现他的参数异常极不稳定，像是被什么东西干扰一样，保险起见，白浩决定对他做一个全身CT深度扫描。

而就在这次扫描中，白浩发现了寄宿在司徒萧脊髓神经系统内、尚未与宿主合为一体的寄生虫子。这种虫子的模样很奇怪，白浩从未见过，便急忙叫来了顾茂昌。

在液晶显示器屏幕上，顾茂昌眯起眼睛，仔细地观察着这种奇怪的虫子，它外表有一层硬壳，但已经在慢慢融化了，似乎要将身体完全融入到宿主之内。顾茂昌觉得这种虫子好像在哪里见过，却又不熟悉，他问道："画面还能再放大吗？"

白浩答道："可以放大，但画面就不够清晰了。"

"没关系，让我观察一下局部。"

屏幕上的画面继续放大，当顾茂昌看清楚那种虫子的口器时，仿佛有一道闪电从他的脑海里划过！作为生物学专家，他明白这种虫子有一个非常形象的学名，叫作"纤维虫"。这种诞生于白垩纪时期的昆虫早已经灭绝，但它的“近亲”轮藻虫却活了下来，根据对轮藻虫的解剖以及对纤维虫化石的研究，现代生物学界相信这种虫子有一个特殊的本领，有点类似于“量子纠缠”：即成虫之间可以无视距离的远近，产生远程信息交互感应。这种技能听上去很酷炫，对于种族繁衍却并没有什么实质性的作用，所以在漫长的历史进程中被淘汰掉了。

没想到，他真真正正地见到这种史前昆虫，竟然是在司徒萧的体内！

不用说，这肯定是夜族为了获取情报而在司徒萧身上动的手脚，并且很有可能是他的学生修杰的杰作。顾茂昌面色凝重，问道：“这虫子能从司徒萧体内取出来吗？”

“应该可以。”白浩回答，“据我观察，虫子进入宿主体内的时间并不算太长，还没有进行深度融合，现在做手术取出还来得及，再晚一点恐怕就没有这个机会了。”

“那好吧，尽快安排手术。”顾茂昌道，“这虫子待在我们身边，就是一颗定时炸弹。”他面色严肃，在心里已经做了最坏的打算——他不知道这种虫子在司徒萧身体里潜伏了多长时间，更不清楚夜族通过这种虫子掌握了何等信息，他现在甚至不敢确定，修杰是否已经知道了“盘古”的隐藏地点。

一切都是未知，唯一让顾茂昌感到安慰的是，“盘古”的藏身之处不仅非常隐秘，更有一支精锐的特种部队驻扎在那里，是保护“盘古”最坚实的一道防线。这支特种部队代号为“隼”，成员有四十人左右，约相当于一个加强排，人数虽不多，但兵种却极为完备，非常注重于实战，具有十分丰富的野战经验。对于“隼”，参谋长彭飞是这样评价的：“如果说中国陆军的战斗力是世界第一，那么‘隼’就是站在金字塔尖的队伍，在同等抑或是稍微处于劣势装备的情况下，‘隼’能够全歼两倍于己方人数的敌军。”

既然连彭飞都这么评价了，那么“隼”的战斗力自然是不言而喻。但顾茂昌还是有些担心，因为一旦发生战事，那么“隼”面对的不是美军，甚至不是人类——他们的敌人将会是那些没有痛感、不知道恐惧为何物的兽人军团。

上一次双城实验基地驻防部队潘劲松部差点全军覆灭的事情还让顾茂昌心有余悸，也让他明白了一件事情：对于未知文明的实力，要做最好的准备和最坏的打算。

司徒萧的手术进行得很顺利，还未完全融入宿主神经系统的纤维虫被成功剥离了出来，让众人长舒了一口气。白浩看着装在玻璃器皿里的纤维虫，不无惊叹道：“我原本以为这种生物早已经灭绝了……”

“没错，是早已经灭绝了，在白垩纪末期，这种昆虫就已经从地球上消失了。”

“可是，这个……”白浩突然意识到了顾茂昌的弦外之音，“顾教授，你的意思是，它们和‘盘古’一样，都是被再生出来的？”

“没错。”顾茂昌长叹了一口气，他很确信，这同样也是出于修杰的手笔。他的这个曾经一心想以自己所学来改变世界的淳朴青年，如今终于可以肆无忌惮地发挥那惊人的才智，打开带有禁忌的潘多拉魔盒了。

思前想后，顾茂昌还是决定加一道保险。他单独把林宇风约了出来，两个人坐在一家咖啡馆里，一边喝咖啡一边聊天。

“顾教授，蛮有情调的嘛。”林宇风打量了一下四周，这间咖啡馆虽然位于闹市区，却闹中取静，十分优雅，再加上轻而舒缓的钢琴曲，让人不由自主地放松下来，林宇风砸吧着嘴道，“不过，顾教授，你是不是搞错对象了？我可是个直男。”

顾茂昌笑道："你要不是直男，我还不敢叫你出来呢。"

"哈哈，那我就放心了，不知道把我叫到这种地方来干什么？"林宇风诡秘地笑着，同时做了一个点钞的手势，"不会是跟我谈这个吧？你看，我现在也是为国家做贡献了，上次在普罗旺斯怎么说也算是虎口拔牙，救了你一命嘛，所以报酬这块……"

"哈哈，宇风，你还是这么直接，放心，钱不会少你的，估计到时候你想花都花不完。不过我今天想给你的却不是报酬，而是另外一个东西。"

"什么东西？"

顾茂昌拿出一个石墨封存的正方体，大小就如同一个魔方一般，不过全身都是黑漆漆的。林宇风掂量了一下，貌似还挺沉，不由得问道："这里面装的什么？"

"A—U2神经毒素原液，只需要一滴，就能杀死十头成年大象，这里面所有的原液加起来，能够灭掉整座城市所有的人。"

"什么！"林宇风浑身一惊，手抖了一下，石墨盒差点掉在地上。他手忙脚乱地急忙接住，然后赶紧放在桌子上，像望着魔鬼一般看着顾茂昌。接着又扭头看向四周，确保周围没有人听到他们刚才的谈话。

"顾教授，你……你……你想干什么？你为什么要给我这个东西……你不会是想让我去搞什么恐怖活动吧……"

"宇风，别那么紧张，我给你这个东西，未必有机会用到。"顾茂昌犹豫了片刻道，"它……只是相当于一个保险。"

"保险？"

"对。"顾茂昌点了点头，面色凝重，"如果真有那一天——我是说如果，'盘古'要落入夜族的手中了，你就把A—U2原液投入'盘古'的体内，杀死它。"

听了顾茂昌交代的任务，林宇风被震得一时间说不出话来，愣了半晌才道："你给我这个东西，是为了让我杀死'盘古'？"

"没错。'盘古'宁可毁灭，也绝不能落入夜族的手里。宇风，你知道这意味着什么。"

"可是……"林宇风盯着桌子上的墨盒，问道，"顾教授，为什么要把这个任务安排给我？"

"我是经过深思熟虑的，只有你最合适。以你的性格和能力，来做这件事情都是最合适的人选。"

林宇风摇头苦笑："这真是一个艰难的任务。"

"宇风，辛苦你了。"

"先别说这个。"林宇风摆了摆手，"你约我来咖啡馆，而不是在基地里直接把东西交给我，我猜是为了不让其他人知道这件事情，对吧？"

"你猜得没错。我的确不想让其他人知道这件事，尤其是我们K小队的其他人。大家一直以来的努力，都是为了保护'盘古'不落在夜族的手里，如果他们知道了我这个计划，心里会有多失落，对吧？但我这样做迫不得已，在这件事情上，我们不能冒任何的风险。"

"我明白你的意思了，'盘古'未必会落入他人手中，如果真的出现了那种情况，我就把'盘古'干掉，大家谁都别想过好。这种事情也许不会发生——也就是说，这是个备用计划。"

顾茂昌点点头："就是这个意思。"

"哈哈哈……"林宇风苦笑起来，"我希望这种事情最好不要发生，否则等以后全人类都知道我把老祖宗给弄死了，还不得掘我家祖坟啊。顾教授，你说'盘古'的隐藏地点都是机密信息，夜族它们能得手吗？"

"那可不一定。"顾茂昌叹了口气，"宇风，还记得在普罗旺斯的国际联合会议上，最后达成的协议吗？”

“协议……”林宇风思索着，恍然大悟道，“你是说，等‘五芒星罪案事件’的风潮过去，各国将要选派专家进驻中国，共同参与‘盘古’的研究工作？”

“对，这是让‘盘古’继续留在国内所达成的条件。既然‘盘古’的事情已经被国际所知，如果不这样做，我们会成为其他所有国家的众矢之的，这也是没有办法的事情。现在，‘天人’组织那边减缓了杀人的节奏，从某种程度上来说，‘五芒星罪案事件’的风头已经过去了，昨天已经有十五个国家向中国提出了申请，要派生物学专家来参与‘盘古’的研究项目。也就这几天，他们会相继入境。”

得知这个消息，林宇风立刻有了跟顾茂昌一样的担忧：“这么多人入境，都是来研究‘盘古’的，那‘盘古’的隐藏地点岂不是非常有可能暴露？”

顾茂昌道：“我担心的就是这个，所以才找你准备这最后一道保险。”

林宇风看着桌子上的那个石墨盒，黑色的盒子像黑洞一样吸引着他的视线，“真不希望有用上它的时候。”

联合国际会议商定的协议开始运作，各国都开始委派生物学专家进驻中国，参与“盘古”的研究项目，这个最庞大的“史前生物”终于在世人面前揭下了面纱。各国委派的生物学专家组建了一个专门的“盘古研究会”，最要命的是，这个“盘古研究会”拒绝国际军方的保护——他们都是选派自各个国家的生物学机构，认为生物学研究是一件很纯粹的科研工作，不想与军方有什么瓜葛。这种情况让中方也很头疼，只有把保护“盘古研究会”的任务全部压在了“盘古”基地驻防部队“隼”的身上。

与此同时，顾茂昌的K小队也接到上级命令，让他们秘密前往关押

“盘古”的隐藏地点——第二西北实验基地。一方面是以生物学专家的身份参与“盘古”项目研究，另一方面也是承担了一部分保护“盘古研究会”的任务。

第二西北实验基地位于西北库布齐沙漠的戈壁滩上，与第一西北实验基地遥遥相望。这里渺无人烟，距离最近的城镇也有八十多公里，极目远眺一片金黄，唯有不远的地方有一处叫作月亮湖的小型绿洲，才让这里的颜色不至于那么单调。在第二西北实验基地的中央有一座半地下的建筑，露出地面的部分大约有二十多米，形状如同一个碉堡，连一扇窗户都没有。就是这座其貌不扬的“碉堡”，却是国家的一级机密设施，因为这里关押着足以震荡整个宇宙的生物——“盘古”。

顾茂昌接到命令，要赶到第二西北实验基地与“盘古研究会”的各国专家汇合，然后一同进入基地内部。顾茂昌深知夜族一直躲在暗处窥探，伺机行动，这个时候对各国专家暴露“盘古”的位置，绝对不是一个明智的决定。但事关国际政治，中方也别无选择。

这个决定虽然有一定隐患，但总比将“盘古”的存在向全世界公开要好得多。

K小队一行人下了飞机，又坐了两个多小时的吉普车才赶到第二西北实验基地。林宇风摘下蒙在脸上的面纱，连吐了好几口唾沫：“呸呸呸，他娘的，满嘴沙子。”

“注意素质，素质！”李若辰踢了他一脚，“一会儿要见那么多外国人，你能不能收敛点，要不然老外还以为中国人都这个德行呢。”

“哎？”林宇风嬉皮笑脸道，“你不就是喜欢我一生不羁放纵爱自由这点吗？”

李若辰白了他一眼，简直不知道该怎么接话。顾茂昌道：“好了，不要闹了，李若辰说得没错，一会儿见了‘盘古研究会’的各国专家，大家都收敛点，不必拘束，但也不要太过分了。”说完他转过头问道，“小萧，你感觉怎么样？”

司徒萧刚做完剥离“纤维虫”的手术没多久，按照正常人的体质来说，应该还在恢复期，但司徒萧恢复的速度却异于常人，他点头道：“没关系顾教授，我已经没问题了。”

“小萧，我劝你不要硬撑啊。”林宇风装模作样地拍拍他的肩膀，“那些女人可都厉害着呢，就你这小身板，小心点可别……”

司徒萧笑道：“我向来洁身自好，你还是多担心一下自己吧，你这体格也比我强不了多少。”

“他敢？”李若辰白了他一眼，“看我不打断他的腿。”

林宇风撇了撇嘴，小声嘀咕道：“一入豪门深似海，从此萧郎是路人……”

李若辰瞪了他一眼，“谁是萧郎？”

“我这就是个比喻，比喻……”

在第二西北实验基地，一个穿着沙漠迷彩、身材壮硕的教官出来迎接他们。他戴着墨镜，下巴上的胡子刮得铁青，伸出手来道：“顾教授，你好，我是‘隼’的队长张龙。彭参谋已经给我打过招呼了，你们放心，我会保证你们的安全。”

这个张龙说话比较耿直，带着一股职业军人的不羁范儿。顾茂昌倒也不以为意，点头道：“张队长，你费心了。”

“哈哈，小事。实验基地的安防任务交给我们‘隼’，那就意味着万无一失，你们就安心地在这里做研究好了。”

“张队长，您客气。”顾茂昌微笑道，“其实我们K小队来这里，除了配合各国专家做研究外，也有保卫这里安全的任务。”

“顾教授，恕我直言，这种事情还是交给我们职业军人来比较好。”

张龙的目光越过顾茂昌的肩膀，看向站在他身后的李磊，“虽然你们有‘兵王’这样的人，但毕竟势单力薄啊。”

“哦？”顾茂昌转头看了看李磊，“原来你们认识？”

“一面之缘。”李磊道，“前年在全国军事技能比武大赛见过张队长一面，要不是我拿了个狙击第一名，张队长就把全能冠军的奖杯捧走了。”

张龙微微一笑，两个人的对视里竟然还生出了一丝硝烟味：“想不到竟然能在这里见到李队，这两天找个时间，我找你切磋切磋枪法。”

“好啊，随时奉陪。”李磊不卑不亢。

顾茂昌咳嗽了一声，开口缓和气氛：“那个，张队长，各国的专家们都已经到齐了吗？”

“差不多都到齐了，走，我带你们去基地里面。”张龙带着顾茂昌一行人进入实验基地，看到在外围站岗的士兵虎背熊腰、荷枪实弹、目不斜视，仅凭气势就给人造成一种极强的压迫感，顾茂昌在心里暗道，不愧是国内一等一的特种部队。

“盘古研究会”一共有来自五十多个国家的将近七十名生物学专家，暂时由顾茂昌任项目的负责人。当天下午，在顾茂昌的带领下，“盘古研究会”的专家们进入了羁押“盘古”的碉堡楼。虽然之前已经从书面上了解了很多关于“盘古”的信息，但当他们实地见到这个庞然大物的时候，还是忍不住纷纷倒吸了一口冷气。

“盘古”也觉察到了生人的靠近，并且还不止一个人，出于吞噬的本能欲望，它疯狂地挣拽锁链，同时发出了一声巨大的咆哮。强烈的声浪席卷过来，如同陡然刮过的一场狂风，把几个人的帽子都给吹飞了。

“上帝啊……”一位来自英国的生物学家忍不住在胸前划起了十字。

几乎所有的生物学家在见到“盘古”的瞬间，心中的科学主义信仰都受到了大大小小的颠覆。顾茂昌太了解他们的震惊了，当他第一次看到这个生物的时候，还不是和他们一样吗?

“顾教授，这个巨大的生物体真的是你们克隆出来的吗？”一名来自德国的生物学专家不敢置信地问道。他有着德国人一贯的认真和严谨。

“是的，的确是克隆出来的。”顾茂昌回答道。

“那么，你们是怎么得到它的干细胞的？”

“通过‘盘古’遗骸，当然，这只是我们取的名字。”

“‘盘古’遗骸？”

“对，我们首先发现了被封冻在喜马拉雅山脉卓穷峰段冰川里的一根巨大的手指节骨，中间出现了许多变数，克隆出了这个庞大的生物体——其实，将它克隆出来，也并非我们的本意。”顾茂昌将“盘古”出世的前后缘由大致给他们讲了一遍，同时也公布了他们研究“盘古”所得出的一些数据。

在顾茂昌的主持下，“盘古研究会”第一天的研究计划进行得很顺利，当晚，各国专家就下榻在实验基地里安置的宿舍内。第二西北实验基地已经被列为了国家一级保密设施，原则上来讲禁止任何人员出入，这也是为了确保“盘古”的信息不会外泄。

但没想到，意外还是发生了。

当天晚上，第一个醒来的是李磊，他的五感已经变得十分敏锐，对于危险的直觉也远远超过了一般人。他觉察到了一股不同寻常的震动，似乎来自于脚下，并且还有着比较规律的移动痕迹。他预感到不妙，有了上次双城实验基地被袭击的经历，他不敢怠慢，急忙去了“隼”设立在西北实验基地内的指挥部，在那里，有着能够覆盖基地周边五十公里的雷达监听器和红外扫描设备。

当他推开指挥室的门时，看到张龙已经站在那里了，他正对着一台雷达扫描仪器轻轻皱着眉头。在雷达扫描仪的屏幕上，有一个亮点在不停地闪烁，很明显，有什么不明物体出现在了雷达的监测范围之内。

听到推门的声音，张龙转头看到李磊，问道："你也觉察到了？"

"嗯。"李磊点点头，面色凝重，"我真希望这是自己的错觉。"

"不是错觉，确实有不明物体，在月亮湖附近，是突然出现的。"张龙盯着雷达屏幕，面色疑惑，这种现象已经超越了他的常识。

李磊面色凝重："会是那个东西吗？"

"什么东西？"张龙转过头看着他，"你到底知道什么？"

"如果是那个东西的话……曾经袭击过双城实验基地，我跟它们交过手。"

"袭击过双城实验基地？"张龙有些意外，因为当时的事件属于绝密事件，他并不知情，"那这突然出现的到底是什么？"

"是移动城！"司徒萧忽然推门而入，"它们果然还是找到了这个地方！张队长，它们的目标是'盘古'！"

巨大的探照灯亮了起来，在月亮湖周围逡巡着。在灯光的照耀下，一座犹如巨大魔方一般的金属堡垒从月亮湖里探出了一角，张开了一个黑洞，正有一些莫名其妙的生物从那黑洞里爬出。在月亮湖周围已经布满了一片密密麻麻的奇特生物，从远处看去，像是从池塘里爬到岸上栖息的青蛙，少说也有近百只。

警报声响彻整个基地，所有驻防战士全副武装，进入了备战状态。那些突然出现的恐怖生物混成一团朝着西北实验基地右侧的防线缓慢行进了过来。得到消息的各国生物学专家纷纷从被窝里出来，跑到瞭望塔上通过红外望远镜观察着这千载难逢的"异象"，激动地大呼小叫。张龙十分头疼，指挥两个卫兵道："快把这些家伙全都弄下去！过会儿真打起来，他们都成了活靶子！”

李磊道：“张队长，我需要一把狙击步枪！”

“要什么型号的？”

“口径越大越好，最好是反器材狙击枪！”

“我这没有巴雷特那种洋玩意儿，只有国产的M99，你能用习惯吗？”

“锤子？正好，我上次跟它们交手，用的也是锤子。”

“李磊，我需要你的情报！”张龙道，“这群生物会发起什么样的攻击，它们的进攻组织形式，还有它们所使用的武器以及机能特点，我希望你能简明扼要地对我说明一下！”

在距离西北实验基地右侧防线还有一百多米的范围外，这群生物像收到了什么命令一般，突然停了下来。一百米处是“隼”的警戒线，跨过这道警戒线，双方就会立即交火。

在探照灯的照耀下，一个人类竟然从那群怪物中走了出来，他面容清瘦，长着一张知识分子模样的脸，举起双手示意自己没有携带任何武器，然后一个人徒步前行，走到距离基地二三十米左右的地方停了下来，对着荷枪实弹严阵以待的士兵们说道：“别那么紧张，我没有任何武器。我要跟实验基地的负责人顾茂昌说话。”

出于安全考虑，张龙正在联系最近的军事基地，请求他们增援，忽然被顾茂昌制止了。顾茂昌道：“对面的人要跟我谈话，我希望这件事情能和平解决。先不要联系增援部队，以免激怒对方，导致形势无法收场。”

张龙看了看顾茂昌，又看了看兵临城下的夜族，点了点头道：“好。”

“谢谢你的信任。”顾茂昌说。

一个士兵要给顾茂昌穿上防弹衣，他摆了摆手示意不用，然后一个人走了过去，站在来人的对面叹了一口气，叫出了对方的名字："阿杰。"

"老师。"修杰笑了笑，"没想到，一别之后咱们师徒再见，却是在这样的情景之下。"

"是啊，物是人非，时过境迁。阿杰，我有个问题想问你。"

"您说。"

"司徒萧体内的纤维虫已经被剥离出来，你怎么还能找到这个地方？"

"老师你忘了，在剥离出纤维虫之前，因为司徒萧跟我们有过接触，你们的人不放心，对他实行了"天眼"监视条例——在他的皮下组织植入了GPS芯片，这对我来说就更简单了。老师，你没忘了我的特长吧？"

顾茂昌恍然大悟："对，我没忘，你是电脑高手。"

"我只要入侵'天眼'监视网络，就能够随时随地知道司徒萧的位置了，当然，他一直跟你在一起——这就是我出现在这里的原因。"

"是我们疏忽大意了。"顾茂昌叹了一口气道，"虽然说了可能没用，但我还是要说这句话：阿杰，悬崖勒马，为时未晚。"

"勒马？"修杰笑了起来，"老师，我倒是想劝你不要再执迷不悟。"

"难道你真的要把全人类都推到火坑里才甘心吗？"

"老师，你应该理解我的志向和抱负。我何曾想过要把全人类置于死地？跟随您学习生物学，也是为了研究人类本身的奥义，揭示出人类在这个宇宙里存在的意义。如今，我终于理解了人类存在的终极意义。"

"你所理解的意义是荒谬的，也不是被人类本身所接受的。"

"没关系，世人愚昧，连孔子都说'民可使由之，不可使知之'，我们这些觉悟者理应引导他们走入世界的新纪元。而一旦进入那永生之境，他们会感谢我们的。"

"生生死死、循环往复是宇宙的基本规律和需要，你现在连这个规律也要打破吗？”

修杰浅浅笑道：“老师，规律就是用来打破的，这不是您经常教导我的话吗？”

“我那是让你不要陷入前人的窠臼，是从学术的角度来说的这句话！”

“没错，我现在已经完全跳出了前人的窠臼，我有办法让死去的人重新回到我们的身边。老师，你想一想，我们可以再次跟师母、跟顾青团聚在一起，难道您不期望这样的情景吗？”

“我……”顾茂昌闭上眼睛，泪水缓缓地从眼角滑落，“我期望这样的情景……”

修杰的脸上浮现出了笑意。

“可是，我决不允许它的出现！”顾茂昌猛然睁开了眼睛，斩钉截铁道，“阿杰，你这么做是对生命的亵渎！顾青她在天之灵，也不希望看到你这样做！”

修杰也愤怒了起来，吼道：“顾茂昌！你不是顾青的代言人，你无权替她说这样的话！你不能以个人的意志，来决断其他人的思想！”

“对不起了，阿杰……”顾茂昌喃喃地说道，然后眯起眼睛，紧紧地盯着他。修杰一愣，随即整个身子都僵住了，一动不动，像被石化在了原地。

“阿杰，不要怨我，我从来没有想过伤害你，但事情到了这个地步……”

顾茂昌话没说完，面色突然一变，他看到修杰竟然“嘿嘿”一笑。

“老师，想用意识控制我的大脑？可惜了，站在你面前的修杰已经不是你认识的那个修杰了！”他陡然伸出右手朝顾茂昌的颈部抓去，就在千钧一发间，林宇风突然现身，一把抱住了顾茂昌，随即又出现在十几米开外的地方。修杰动身要追，忽然又停在了原地，猛地伸出手挡住脸。

当他缓缓摊开手掌心时，里面赫然躺着一枚12毫米口径的M99狙击步枪弹头。

在远处的狙击点，手握“锤子”的李磊不由得倒吸了一口冷气。他绝对想不到一个人竟然能徒手接住狙击步枪的子弹！

这时，在探照灯的照耀下，令人吃惊的一幕发生了，修杰刚才徒手接住子弹的那一瞬间似乎调动了全身大部分的能量，他的面容仿佛一下子苍老了十几岁。但是这丝毫影响不了他的淡定和从容，他像古代站在沙场前线的大将军一样，缓缓伸出手朝着羁押“盘古”的碉堡说道：“进攻。”

这平静的一声令下，接着便是如潮涌一般的攻势。蓄势待发的兽人军团如洪水一般涌了上来，几只天蛾人从上空掠过，矫健的身姿在探照灯下晃出一道影子，探照灯“啪”地一下碎掉，整个基地笼罩在一片深沉的黑暗之中。

“放照明弹！”张龙大叫道，同时给通讯兵下命令道，“快联系基地求援！快！”

“咻……”一颗照明弹升上夜空，在短短的几秒钟时间里把周遭照得亮如白昼，在有限的视野里，只见那些兽人正以疯狂的速度裹挟而来，大约有数百只，却生生冲出了千军万马的气势！

这种正面的冲击代表的是以实力碾压对手的气魄，换作是其他部队恐怕早已溃散，但“隼”不愧为国内的一线作战队伍，虽然人数不多，但战力极为强悍，已经提前摆好的战斗队形丝毫不乱，“嗒嗒嗒……”的枪声不绝于耳，顷刻间，冲在最前方、装甲不是太强的一些兽人纷纷被掀翻在地。

但随后，半人马、牛头人和巨型蜥蜴这样自带肉身护盾的生物冲在了最前方，为后面的杀出了一条血路。照明弹一个接一个地打在天上，

“隼”的战士们惊愕地发现，即使他们火力全开，倒下的怪物也没有几个，即使它们胸前被打得千疮百孔，只要还有行动能力，就一直在往前冲，根本不知恐惧为何物！

这种场面开始让战士们感到恐惧，他们觉得自己面对的仿佛是从地狱里爬出来的不死军团，这种场景对他们的心理冲击是极为强烈的。就在这时，张龙跳了出来，站在指挥所的屋顶平台上大喊一声：“强照明弹！”

一颗强照明弹被打到了空中，这颗照明弹无论是燃烧时间还是亮度都远远超过一般的照明弹，在人工制造的白昼之下，张龙宛若天神降临，他赤裸着上身徒手持着一门加特林六管机枪炮，对着冲在最前面的怪物扫射起来。六管机枪口快速旋转，发出疯狂的嘶吼，抛洒出来的弹壳如同雨点一般密集。每分钟千发以上的射速形成了一道肉眼可见的火力死亡线，在敌人的阵地内纵情收割，即使是强悍如半人马遭遇到加特林的火力死亡线也被打成了一堆碎肉！张龙以他一个人的力量，生生地刮起了一场“金属风暴”！

“隼”战队立刻士气大振，一时间又阻遏了兽人军团的攻击。忽然，一个庞大的阴影从张龙头顶快速掠过，他下意识地抬起头来，看到了一张变形的人脸，这张脸瘦削诡异，上面还有两只巨大漆黑的网眼，它从覆盖着尘状鳞片的翅膀下伸出了一只利爪，径直朝张龙的脖颈抓去！

张龙已避无可避，手中沉重的加特林限制了他的行动，导致他整个上半身都暴露在对方的攻击之下！就在张龙心里暗道一声“坏了”的同时，一声沉闷的枪响，张牙舞爪的天蛾人像断线了的风筝一般栽了下去，同时热乎乎的血溅了张龙一脸。

惊魂未定的张龙转头看去，趁着强照明弹最后的余光，看到不远处埋伏在狙击点的李磊朝他竖了竖大拇指。

强照明灯终于燃尽了最后一丝光辉，黑暗再次笼罩了大地。兽人的咆哮声、叫喊声和枪炮声交织在一起，组成了一首恐怖的死亡协奏曲。

被关在碉堡里的“盘古”也闻到了这股血腥的味道，它狂啸了一声，声音从碉堡里传出来，声震四野。

就算“隼”是国内一等一的特种部队，在面临兽人军团如此强悍的冲击时，也只抵挡了二十分钟，火力封锁线便被全盘突破了，凶猛的兽人军团终于冲进了第二西北实验基地。“隼”小队全面回防，集中于保护关押“盘古”的碉堡，双方很快陷入了更加残酷的混战。

每隔一分半便有一颗照明弹升上天空，在照明弹的照耀下，总会看到有新的人类或者兽人倒下去，鲜血渗入了沙土。除了照明弹，士兵们只能靠战术手电和枪火来观察目标，双方近距离地互相搏杀，整个实验基地一时间宛如地狱。

两只矫健的猎犬像幽灵一样从黑夜里蹿过，直扑向顾茂昌的咽喉。当顾茂昌意识到有物体接近时，他甚至都已经闻到了从猎犬嘴里发出来的腥臭。电光石火间，顾茂昌集中精神用意识干扰猎犬的行动，让它在犬齿即将咬住顾茂昌的喉咙时停滞了一下，就是这宝贵的一瞬间，李若辰一拳将这只猎犬打飞，同时扼住另一只猎犬的咽喉，将它狠狠地掼在了地上！只听“嗷”的一声，这只猎犬的脊椎骨被摔断了，再也动弹不得。

“身手不错。”一只狼人出现在她的面前，“上次跟你打得很不过瘾，今天我倒要看看，你的凝固之眼到底能不能看穿我的速度！”

李若辰不发一言，在夜色里紧紧地盯着对方。忽然，林宇风猛然出现在了狼人的身后，狼人悚然一惊，急忙回身一爪挥了过去，但几乎就在同时，林宇风又消失了。趁着狼人分神的空当，李若辰欺身而上，凌空跃起，一记狠辣的高扫朝着对方的太阳穴踢去。

一个训练有素的职业拳手，一拳可以打出将近400KG的重量，而全力腿击的话是这个力量的两倍，相当恐怖。虽然狼人在刹那间举起手臂护住了头部，还是被这一记高扫抡得踉跄后退。出乎李若辰意料的是，这点伤并未给狼人造成重创，它反而笑道："有意思，我最近有些运动不足，你们可以让我好好地运动一下了。"

"盘古研究会"的几十名生物学家都躲在地下防御室内，听着外面叫喊声和枪炮声大作，他们哪里经历过这个阵势，早已经吓得两股战战。忽然，随着几声金属摩擦的刺耳声，防御室的门竟然被生生地撬开了，一只巨大而恐怖的人形蝎子出现在众多生物学家的视野里。

虽然他们都是生物学家，平时看到这种奇特的生物一定会激动得两眼放光，但此时的他们没有任何激动之情，全都像看到了魔鬼一样惊恐地四下逃窜。人形蝎子沿着墙壁攀爬，速度极快，猛地跃下，尾巴上的毒钩刺穿了一个生物学家的胸膛！那个可怜的生物学家被毒钩举到了空中，不到三秒钟的时间里，面色已经完全发黑，其毒性之厉害可见一斑。

那蝎子迅速游走，朝着第二个人伸出了蝎尾，黑紫色的毒钩已经将要触及他的脊背，忽然"咣"的一声，一张歪倒在地上的铝合金椅子飞了起来，狠狠地把它砸到了地上！那张椅子的四条腿像利爪一样深入地内寸许，将人形蝎子狠狠地钉在了地上。那蝎子挣扎了几下，动弹不得，竟然一甩尾巴，毒钩脱体飞出，朝着司徒萧面门袭来。

这一下来得突然，司徒萧来不及防备，电光石火间，一个人影从斜刺里猛地蹿了出来，一下将那毒钩拍飞，接着过去一爪贯穿了那只人形蝎子的胸膛。

司徒萧惊道："安琪？！"

已经变身的安琪转头与司徒萧对视了一眼，狂暴野性的眼神里有几分哀怨的眷恋。两人还没来得及说话，忽然听到背后一个声音响起：“果不其然，安琪姐，你瞒着夜王和翎羽哥在这里做这样的事情，难道就不怕吗？”

两人猛地回头，看到全身覆盖着细谧鳞片、长着一对巨大而绚烂的蝴蝶翅膀的洛冰走了过来。在她精致的脸上挂着一抹邪魅的笑容。

“洛冰，我的事情，不用你管。”安琪冷声道。

“不用我管？笑话！你身为‘天人’组织的一员，却干出背叛组织的事情，不用汇报夜王，我就可以先把你干掉。”

“有本事你就试试看。”

“哼，让你知道我的厉害！”洛冰猛地一扇翅膀，上面附着的磷粉就在空中弥漫开来，亮晶晶的煞是好看。安琪低声道：“快屏住呼吸，这磷粉有毒！”

就在双方战斗完全陷入胶着的状态下，张龙呼叫的支援终于到了，几架军用直升飞机盘旋在第二西北实验基地上空，灯柱在上面晃来晃去。即使军用直升机上配备着火力极强的武器，此刻却完全无法展开攻击，因为地面上的双方已经混战在了一起，不分彼此，除非发动无差别攻击，使用大火力武器完全毁灭这一区域。

在这种形势下，支援部队只能采用“伞兵空投”的方式对张龙的部队进行支援，虽然见效不大，但除此之外也别无他法。狼人何翎羽在与林宇风和李若辰缠斗了一番之后，眼见突袭碉堡的兽人军团受阻，抽身而去，利用自己强悍的力量生生地杀出了一个突破口。随着何翎羽的突入，十几只兽人冲进了碉堡内部，直扑“盘古”而去。

此时，最黑暗的时刻已经过去，遥远的东方地平线上已经隐隐约约地出现了晨曦。目睹兽人冲进碉堡，张龙大惊失色，他对着几名手下道：“快跟我来！”

当张龙带着人冲进碉堡，却发现为时已晚。用来控制“盘古”的五根合金锁链已经被弄断，这个让人望而生畏的庞然大物终于恢复了自由。

它发出一声震耳欲聋的咆哮，然后大手一挥，土石崩裂，整座碉堡竟然轰然倒塌。“盘古”如山一般的身躯，重新沐浴在了天光之下。

交手的双方一时间都愣了，“盘古”已经恢复了自由，它从碉堡里走了出来，每踏一步，地面都发出剧烈的震颤。强烈的吞噬欲望使得它不在乎对方是人类还是兽人，开始疯狂地追逐一切能动的生物体，将之填补进体内，作为养料。在这种巨大的威慑下，人类和兽人纷纷四散奔逃，如同在巨人脚边仓皇逃窜的一蚂蚁一般。

“哈哈哈……”修杰仰天大笑，情绪激动，“尽情吞噬吧，你将成为这宇宙间最伟大的生物，然后颠倒乾坤！”

张龙知道事情的严重性，他通过步话机联系到在空中盘旋的武装直升机，大叫道：“执行B方案，干掉‘盘古’！开火！开火！”

几架直升机没有犹豫，立刻朝着“盘古”火力全开，几道肉眼可见的火力线如同镰刀一样朝着“盘古”收割而去，这火力要比张龙手里的那挺加特林还要猛烈许多倍。可就在这时，让人惊异的事情发生了，“盘古”周围像是有什么磁场在保护着它一般，那些子弹大部分都打不进去，只有一小部分侥幸钻了进去，对它造成的伤害微乎其微。

“这是……怎么回事？”目睹这一切的林宇风惊愕地问道。

“力场。”顾茂昌喃喃地说道，“‘盘古’因为其巨大的身躯和能量，已经能够在身体周围形成一道力场，当‘盘古’意识到有东西在攻击自己时，这道力场就会发挥作用，抵挡对方的攻击。”

“竟然会这样？”

“它刚才又吞噬了一些养料，突破了临界点，这是刚刚才获得的能力。”顾茂昌叹息一声道，“我担心的事情终于发生了，现在依赖常规武器已经杀不死它了。”

“还有一种方法能干掉它。”林宇风顿了片刻，沉声说道，“顾教授，你忘了，A—U2神经毒素原液，只要一滴就能杀死十头成年大象，也许是它派上用场的时候了。”

从知道夜族开始袭击实验基地的那一刻，林宇风就把A—U2神经毒素原液带在了身上，也许，他早已经预料到了会有这种局面发生。

林宇风从背包里掏出那个魔方大小、由石墨封存的正方体，道："顾教授，是时候用这个了。”

顾茂昌面上一凛，难道真的到了这种时候吗？要动用最后的杀手锏？

看到顾茂昌还在犹豫不决，林宇风反而急了，道："顾教授，你再不下决断，场面真的要无法收拾了！”

顾茂昌皱眉道："宇风，我是担心这样一来，你的安危……”

“顾教授！”林宇风打断了他的话，“我从接到这个任务起，就已经做好了准备！”

“宇风，你……”顾茂昌有些意外地看着他。

“没错，加入K小队之前，我林宇风是个混混，我不像司徒萧那样为了追寻什么人生意义，也不像李磊那种视命令为天职，我加入你们，只是为了一些蝇头小利……但是顾教授，是你让我看到生命还有另外一种活法，现在是践行这种信仰的时候了！我林宇风这辈子从来没有过什么信仰，这可是第一次！”

“好了，宇风，我明白了。”顾茂昌点了点头，“我只有一个要求，活着回来。”

“放心吧，我的命硬着呢！”

“宇风！”李若辰猛地拉住了他，叫道，“答应我……别死！”

林宇风笑着抚了抚李若辰的侧脸：“有了你，我怎么舍得死呢？等着看好戏吧，看我把那个大家伙放倒。”

几个移动之后，林宇风来到了“盘古”的脚下。“盘古”察觉到有生人靠近，一把抓起他就往口中填去，就在即将被吞没的那一瞬间，林宇风瞬时移动，从“盘古”的手掌里消失了，而那枚石墨正方体却随着惯性，掉进了“盘古”的嘴里。

“成功了！”顾茂昌忍不住低声呼道。可是进行二次移动的林宇风却并没有设想得那么顺利，他在空中无法左右自己的轨迹，结果又被“盘古”的另一只手抓住了，一口吞没。

这情景让目睹这一切的人目瞪口呆。李若辰大叫一声就要冲上去，被顾茂昌死死拉住：“李若辰，你冷静点！现在冲过去于事无补，‘盘古’马上就要进入濒死状态了！”

顾茂昌说得没错，A—U2落入“盘古”口中之后，石墨盒迅速消解，神经毒素急遽扩散，“盘古”疯狂地咆哮了一声，竟然发起狂来，在基地里大肆破坏，人们避之唯恐不及，就连许多夜族的兽人都死在他狂躁的蹂躏之下。如此折腾了十几分钟，几乎把整个实验基地弄得如废墟一般，它才缓缓地倒了下去，如同一座小山，重重地砸在地上。

此时无论是人类还是夜族，都已经无力一战，再说“盘古”已经倒下，生死未卜，再战斗下去毫无意义。

李若辰的眼泪流了下来，喃喃道：“宇风……”

“也许林宇风还活着！”司徒萧叫道，“快来帮忙！”

司徒萧说得没错，他们终于在“盘古”的腹中找到了林宇风——确切地说，他们挖出来的是一个密闭的金属立方体，林宇风就蜷缩在里面，由于没有空气，他已经陷入了昏迷状态，只是还保有微弱的脉搏。

顾茂昌瞬间就明白了，原来在林宇风被“盘古”吞噬的那一瞬间，司徒萧操控金属将林宇风包裹了起来，也幸亏这一举动，让他逃过一劫。

“宇风！”李若辰扑上去，抱着林宇风痛哭不止。林宇风悠悠地醒了过来，第一句话却是：“糟了，我们有大麻烦了……”

“什么麻烦，你什么意思？”李若辰梨花带雨地看着他。

林宇风指了指头顶。这时众人抬起头才赫然发觉，在他们头顶的天空中漂浮着一团乌云，但那团乌云的形状太奇怪了，它的边缘模糊不清，与其说是乌云，不如说是一个莫名其妙出现的黑域。

就连看到这一幕的修杰也是陡然变色，他没想到竟然会发生这样的事情。

“宇风，那是什么？”顾茂昌问道。

“顾教授，我刚才被‘盘古’吞噬的时候，跟他的意识有了短暂的共鸣，我好像能感知到他的意识状态。‘盘古’垂死时，在本能的驱使下利用自己的力场打开了另一个空间的……我不知道应该怎么形容。”

“是端口。”不知道什么时候，修杰出现在他们身边，还有那只恐怖的狼人。但他们丝毫没有攻击的意图，修杰抬头看着天上的那团黑域：“这是四维空间的端口。”

“四维空间？”顾茂昌十分惊讶，“目前的宇宙不是三维空间吗？其他高维空间不是都已经坍塌了吗？”

“从理论上是这样没错。宇宙膜理论是现今人类解释宇宙最为严谨的理论之一，我们生活的这个宇宙就像是一个超曲面，你可以将之想象成薄薄的一层膜，在这个膜上，不同维度的空间就像一个一个肥皂泡，都相继破灭掉了，仅存的就是我们生活的三维空间的肥皂泡。但作为并不算高维度的四维空间的肥皂泡并没有完全破灭，还有一小部分残存在膜面之上。本来这两个空间是永远不可能相交的，但‘盘古’用自己的力场打开了这一通道。在我的计划里，没有考虑过这一幕的出现。”

“那接下来会怎么样？”

“无法预料。”修杰一直盯着那团静止不动的黑域，“我虽然有‘天人’的力量，却也只属于三维世界的范畴。老师，想必你也知道，维度与维度之间的文明差异十分巨大，是呈跳跃级别的，从理论上来讲，高维度的文明可以随意碾压低维度的文明，就像捏死一只蚂蚁一样容易。现在，我们谁都无法判断这个四维空间的端口那边是不是还存有文明，如果有，也不知道它是善意的还是恶意的。”

“恶意？”林宇风一撇嘴道，“能比你们还恶意吗？”

“我的出发点是实现全人类的一统，不管你们相不相信，我一直都秉持着这个信念。”修杰淡淡地笑了一下，接着又看着黑域道，“但四维文明的动机我们并不了解，或许它只是单纯的杀戮和毁灭。”

“当我们怕他吗？”林宇风一脸不屑道，“以现在人类的军事实力，如果真的要……”

“宇风，你错了。”顾茂昌摇了摇头，“刚才也说了，维度与维度之间的文明差异十分巨大，如果四维空间里真有文明存在的话，那将是完全凌驾于人类之上的实力。”

顾茂昌转过头，看着修杰：“事已至此，你准备怎么办？”

修杰一眨不眨地盯着头顶上的那团黑域，它像龙卷风一般缓缓地旋转着，不时还有微弱的电流闪过。就在它刚刚出现的时候，就已经有两只天蛾人接到指令进入黑域打探情况。但时间一分一秒地流逝，却再也没见它们出来。

“维度之战吗？”修杰喃喃地说道，“如果四维空间的文明真的要发起攻击，我们所处的三维世界恐怕要被他们碾为齑粉。”他回头看了一眼站在晨曦里这些伤痕累累的兽人，默然了片刻道，“在没有探明黑域里有什么东西之前，我愿意跟你们停战。”

顾茂昌明白，这是修杰最明智的选择，如果四维文明是恶意的，毁灭的不仅是人类世界和地球，就连夜族也不能幸免。整个三维世界被碾为齑粉，它们一直以来妄图恢复十维宇宙的梦想就会彻底成为泡影。

顾茂昌点了点头，接受了这份和平协定，他不知道军方和国际社会怎么看待这个问题，但顾茂昌会尽量说服他们，因为夜族目前展露出来的强大力量足可为人类所用。他希望能够以此为契机，达成双方之间的合作。毕竟再这样杀戮下去，对双方都没有好处。

一个月后。

黑域始终盘旋在库布齐沙漠的上空，像一只注视着这片土地的巨大的黑眼。第二西北实验基地已经改成了军事监测站，对黑域进行全天候二十四小时监测。在过去的一个月里，人类向黑域里发送了探测器、无人机、甚至是激光制导导弹，可无论发送什么东西，都是有去无回。

黑域就像一个黑洞，吞噬着进入它体内的一切物体。

在这一个月里，夜族和以中国为主导的国际社会也初步达成了停战协议。双方约定，“盘古”的残躯由人类保管，夜族不得染指，夜族的任何行动，包括移动城的行动轨迹都要处在军方的监视之下，夜族与人类双方要针对先进的克隆技术进行交流，除此之外，就是夜族要全力配合国际社会的工作，尽量消除“五芒星罪案事件”在全球范围内的影响。

可以说，这个停战约定是完全有利于人类一方的，没想到夜族竟然会全盘接受，为此，修杰只提出了一个条件：旅行者乐队的身份既然已经暴露，国际社会要赦免他们的一切罪行。

为了尽快获取大局的稳定，国际社会答应了修杰的要求，特别委派顾茂昌作为代表与修杰签署了这份停战协议。消息传来，很多人都松了一口气，毕竟能换来短暂的和平了。

当晚，在库布齐沙漠的军事监测站里，人们还在讨论着这件事。

监测员小王神秘兮兮地道："你们知道吗？我听说夜族都是一群兽人怪物，它们都是被克隆出来的。"

"哎呦，太恶心了。"监测站主任陈丽是个美女，她皱着眉头表示不相信。

"我说陈主任，你别不相信啊。这我可都是听我表哥说的，我表哥可是内部人士，消息灵通得很。"小王道，"我还听说，顾茂昌的那个K小队里的四个人全都有特异功能呢！"

"特异功能，真的假的？"

"真的啊，我表哥说他亲眼见过，比真金还真。"

"那他们跟夜族打什么呀？"

"我表哥说，他们都在抢一个特别巨大的生物，叫'盘古'。"

陈丽笑了起来："小王，越说越玄乎了。"

小王还要说什么，监测站站长胡大为走了进来，问道："今天的监测有什么发现吗？"

"报告站长，没有任何发现。"

"数据没有变化？"

"没有，无论是观测数据还是噪音数据，都跟以前一样。"

"真是见了鬼了，这个黑域里到底有什么鬼东西？"胡大为挠了挠头道，"小王，今天晚上先关了监测设备吧，天气预报说今天夜里会有雷暴天气，开着这些监测设备，全都会被烧坏的。"

陈丽提出了疑问："站长，这样我们不就会漏掉一些观测数据吗？"

胡大为摆了摆手："几个小时而已，没事的。整整一个月都没有任何情况发生，就这几个小时还能有什么事？"

库布齐沙漠监测站的一整套监测设备暂时被关闭，逐渐冷却了下来，开始准备下一轮的运转。胡大为说得没错，到了深夜，果然发生了强雷暴天气。还伴随着让人生畏的沙漠冰雹。就在这种极端恶劣的天气条件下，一明一灭的闪电之间，只见一条巨大的触手慢慢地从黑域里伸了出来。

上部完